U0915242

中国社会科学院文学研究所当代文学重点学科资助项目成果
中国作家协会年度重点作品扶持项目成果

中国当代文学的城市叙述 1949-1966

Urban Narration in Chinese Contemporary Literature 1949-1966

徐刚——著

中国社会科学出版社

图书在版编目(CIP)数据

中国当代文学的城市叙述:1949－1966/徐刚著. —北京：中国社会科学出版社，2023.4

ISBN 978－7－5227－1745－6

Ⅰ.①中… Ⅱ.①徐… Ⅲ.①中国文学—当代文学—文学研究—1949－1966 Ⅳ.①I206.7

中国国家版本馆 CIP 数据核字(2023)第 061570 号

出 版 人　赵剑英
责任编辑　郭晓鸿
特约编辑　杜若佳
责任校对　师敏革
责任印制　戴　宽

出　　版　中国社会科学出版社
社　　址　北京鼓楼西大街甲 158 号
邮　　编　100720
网　　址　http://www.csspw.cn
发 行 部　010－84083685
门 市 部　010－84029450
经　　销　新华书店及其他书店

印　　刷　北京明恒达印务有限公司
装　　订　廊坊市广阳区广增装订厂
版　　次　2023 年 4 月第 1 版
印　　次　2023 年 4 月第 1 次印刷

开　　本　710×1000　1/16
印　　张　15.5
插　　页　2
字　　数　200 千字
定　　价　78.00 元

凡购买中国社会科学出版社图书，如有质量问题请与本社营销中心联系调换
电话：010－84083683
版权所有　侵权必究

目　录

导　论

第一节　"城市文本"与"阅读的困惑"

"如果城市是一个文本，我们该如何阅读它?"[①] 这是乔伊斯·卡罗尔·奥兹（Joyce Carol Oates）在《想象中的城市》（*Imaginary City*）中，对"城市文本"及其"阅读困惑"的追问。然而，对于现代以来的中国"城市文本"而言，这种"阅读的困惑"似乎更为明显。

尽管中国城市有着极为悠久的历史，但作为一个更为悠久的农业大国，中国城市及城市文学在近代以来的尴尬处境是不言而喻的。就像李欧梵在谈及中国现代小说时所说："城市从来没有为中国现代作家提供像陀思妥耶夫斯基在彼得堡或乔依斯在都柏林所找到的哲学体系，从来没有像支配西方现代派文学那样支配中国文学的想象力。"[②] 看得出来，在他那里，中国文学在城市的缺席总是令人无比气恼，以至于在更多人看来，"中国缺乏真正

① Joyce Carol Oates, *Imaginary City*: *America*, *Literature and The Urban Experience*, Rutgers University Press, 1981, p. 11.

② ［美］李欧梵：《论中国现代小说》，邓卓译，《中国现代文学研究丛刊》1985 年第 3 期。

的城市文学”。在《城市像框》一书中，李洁非直言不讳地指出：“跟城市现实这只巨大像框本身相比，现有的城市文学创作其实远谈不上丰富，余地很大，还有很多空白等待填补。”① 这便正如陈晓明在《城市文学：无法现身的“他者”》一文的结尾处说的，中国的“城市文学”本身“始终是一个幻象，它是一种不可能性的存在”，“我们历数了那么多的城市文学作品，事实上，它们不只是关于城市的，甚至不是关于城市的，它们只是涉及城市，只是写到城市里的生活”②。这或许正是现代以来中国城市文学的现状。

城市成为“一种不充分的他者化的存在”，而“真正的城市文学”则隐匿不见。在此，所有的话语都指向了自现代以来的传统及“革命中国”③ 所造成的“城市文学”的匮乏处境。溢于言表的沮丧和自卑背后，包含着对中国“脱离世界”三十年之久的深切“痛楚”，以及近三十年来“融入世界”的急迫之情。然而，何谓真正意义上的城市文学？无论是陈晓明谈到的“表现人物与城市的精神冲突的作品”，还是张清华言及的“城市主体身份”与“城市经验”④，这种抽象或诗意化的城市指标背后，都极为明显地潜藏着“后冷战”时期对资本全球化趋势的浪漫想象。

---

① 李洁非：《城市像框》，山西教育出版社 1998 年版，第 3 页。

② 陈晓明：《城市文学：无法现身的“他者”》，《文艺研究》2006 年第 1 期。

③ 在此“革命中国”的概念取自蔡翔新著《革命/叙述：中国社会主义文学—文化想象（1949—1966）》，在这本书中，他用“革命中国”这一“比喻性”的说法，将之与“传统中国”以及“现代中国”区分开来，“所谓‘传统中国’，我指的是古代帝国以及在这一帝国内部所生长出来的各种想象的方式和形态；所谓‘现代中国’则主要指称晚清以后，中国在被动地进入现代化过程中的时候，对西方经典现代性的追逐、模仿和想象，或者直白地说，就是一种资产阶级现代性——当然，这也是两种比喻性的说法——而‘革命中国’毫无疑问的是指在中国共产党人的领导之下，所展开的整个 20 世纪的共产主义的理论思考、社会革命和文化实践”。参见蔡翔《革命/叙述：中国社会主义文学—文化想象（1949—1966）》，北京大学出版社 2010 年版，第 4 页。

④ 张清华：《比较劣势与美学困境——关于当代文学中的城市经验》，《南方文坛》2008 年第 1 期。

早在20世纪八九十年代，这种西方中心式的城市想象与研究，便借助“新启蒙知识编码”席卷而来。在“呼唤现代化”的历史脉络之中，资本主义式的现代城市成为“自由”与“民主”的标志被寄予厚望，而“文明与愚昧的冲突”所造成的“乡村”和“城市”的分野、对峙，则成为彼时城市文学的主要特征。正如一位论者所谈到的，“以现代西方城市文明为主要特征的新文化全面进入中国大陆，与原有传统的东方农业文化发生矛盾、冲突，以至互化和融合。当代中国的城市文化和城市文学，正是在这一过程中产生的”①。这种城市的“现代的魅力”，在“告别革命”的呼声中显得“恰逢其时”，“人们仿佛突然间睁开了眼睛，他们不再生活于灰色的生产车间，而是生活于流动性很强、五光十色的城市之中了。这使得那生活于城市中的人们，开始有了真正的都市经验的积累”②。然而不久，这种兴奋的感觉便为过于沉重的“农业传统”和“革命包袱”所“拖累”，“真正的城市”成为渐行渐远的“乌托邦”。20世纪90年代之后，欲望化的城市景观所造成的“文本分裂”至今令人刻骨铭心，而那些所谓的“真正内蕴着城市精神的宏大的城市生活”则始终缺席。

正如笔者在另外场合所概括的，20世纪90年代之后的当代城市文学研究主要集中于两个领域：“一是瞩目于20世纪30年代以‘新感觉派’小说为代表的海派都市文学之中；另外就是90年代以来的当代城市文学研究。”③ 就第一个领域来看，以“海派”小说和张爱玲作品为代表的城市写作，在1949年以前的中国所创造的“伟大的传统”一直引人津津乐道，严家炎的新感觉

① 徐剑艺：《城市与人——当代中国城市小说的社会文化学考察》，云南人民出版社1989年版，第2页。

② 高秀芹：《文学的中国城乡》，陕西人民教育出版社2002年版，第3页。

③ 徐刚：《想象城市的方法——大陆“十七年文学”的城市表述》，台北新锐文创2013年版，第3页。

派小说研究，[1] 李欧梵在《上海摩登》中描述的“新都市文化”等，[2] 为此类研究开了先河，吴福辉、张英进等学者的研究带动了国内学术界的持续“跟进”[3]。而就后者来说，20 世纪 90 年代以来的城市（或都市）文学研究可谓蔚为大观。仔细分析，以上两者实际上是一个问题的两个方面，都是在 90 年代“新的意识形态笼罩下”学术界的本能反应，就像李欧梵所说的，“上海终于在一个世纪的战争和革命的灰烬里重生了”[4]，“上海摩登”为这种现实与追忆之间的“借尸还魂”打开一条通道，历史不过是现实的一种“倒影”[5]。在 20 世纪 90 年代的历史语境中，这种“暧昧的怀旧”被张旭东称为“意识形态巨变的一个感伤的注脚”[6]，而在王宏图看来，“它通过移情设计的方式，将当下的情境投射到历史年代中，达到一种对历史经验的非历史性的重组，

---

① 参见严家炎《中国现代小说流派史》，人民文学出版社 1989 年版。

② 参见［美］李欧梵《上海摩登——一种新都市文化在中国（1930—1945）》，毛尖译，北京大学出版社 2001 年版。有人认为：“李欧梵在《上海摩登》中重构了旧上海物质文化生活和消费主义的精神时尚地图……《上海摩登》重绘了一幅夜晚的地图、消费的地图、寻欢作乐的地图，同时却遮蔽了白天的地图、生产劳动的地图、贫困破产的地图，从根本上来说，也就是用一幅资产阶级的地图遮蔽了无产阶级的地图，用资产阶级的消费娱乐遮蔽了无产阶级的劳动创造。”参见旷新年《另一种“上海摩登”》，《中国现代文学研究丛刊》2004 年第 1 期。

③ 相关研究成果有吴福辉的《都市漩流中的海派小说》（湖南教育出版社 1995 年版）、李今的《海派小说与现代都市文化》（安徽教育出版社 2000 年版）、张英进的《中国现代文学与电影中的城市：空间、时间与性别构形》（秦立彦译，江苏人民出版社 2007 年版），以及孙绍谊的《想象的城市——文学、电影和视觉上海（1927—1937）》（复旦大学出版社 2009 年版）等。

④ ［美］李欧梵：《上海摩登——一种新都市文化在中国（1930—1945）》，毛尖译，北京大学出版社 2001 年版，第 335 页。

⑤ 正如研究者所指出的，“在对 30、40 年代上海与 90 年代对上海以及其文化的研究当中，某些研究者倒是犯了一个与其研究对象（即这两个时代的文学文本）同样的错误。文学创作者基于中国全球化的想象构筑了文学中的上海，而研究者同样也如此，因为，只有 30、40 年代海派文学与 90 年代关于上海的文学，是充分意义上的全球化想象的产物。两者构成互文关系，其实是不同时期对同一问题的表现而已”。参见张鸿声《“文学中的城市”与“城市想象”研究》，《文学评论》2007 年第 1 期。

⑥ 张旭东：《上海怀旧——王安忆与现代性寓言》，《批评的踪迹：文化理论与文化批评（1985—2002）》，生活·读书·新知三联书店 2003 年版，第 304 页。

并将革命和社会主义的震荡所造成的都市发展的断裂从集体的记忆中抹去”[①]。在这个意义上，这种怀旧的姿态几乎可以被视为“后革命时代”的城市“招魂术”。

如前所述，现有的城市研究往往专注于“城市形象”和“城市意象”，或是从一种欧洲中心主义的“城市观念”入手，来争论当代中国是否存在“真正意义上的城市”；或是在小资产阶级的艳羡口吻和诗意笔触中，陶醉于城市的迷乱意象；再或是廉价地批判城市的物质主义和市侩哲学。[②] 然而问题的关键在于，是介于20世纪30—90年代，在这两个时段之间，漫长的50—70年代的文学因与“城市”的无缘而被打入另册。[③] 在这个“农民”“成了文学的事实上的唯一值得表现的对象”的时段里，城市生活已然“消隐”，或是变得“微乎其微”，“从1949年到七十年代末止，在所有以现实为素材的小说创作中，所谓‘农业题材’始终拥有绝对优势。在此以外，只有极个别作品，因为要表现‘工业战线’和‘工人阶级’的作品……算是从故事背景上涉及了城市，至于真正意义上的城市文学，实际上一直阙如”[④]。同样，在另一位论者那里，“真正意义上的都市景观”呈现出的只是“都市里的村庄”或高度政治化了的“单位”组织，“50年代至70

---

① 王宏图：《都市叙事与欲望书写》，广西师范大学出版社2005年版，第135页。

② 杨东平以极富诗意的笔调谈论了城市这个概念：“城市是一个自然和地理单元；城市是人类的一种聚居方式；城市是一片经济区域；城市是一种文化空间；城市是一部用石块和钢筋水泥建构的历史；城市是一部打开的书，记载着一代又一代人的光荣和梦想、希冀和抱负；城市是一种生活方式；城市是一种群体人格；城市是一种氛围；城市是一种特征……城市正像文化一样，是一种很难定义是什么的现实。”参见杨东平《城市季风——北京和上海的文化精神》，新星出版社2006年版，第2页。

③ 在陈晓明看来，“社会主义文学在相当长的一段时期内是对城市（文学）采取他者化的策略，也就是驱魔的策略，城市总是在行使批判性的叙事意向时才作为背景存在，而本质上与城市相关的人物总是被驱除的对象，必然连同城市一道被驱除”。参见陈晓明《城市文学：无法现身的“他者”》，《文艺研究》2006年第1期。

④ 李洁非：《城市像框》，山西教育出版社1998年版，第10页。

年代，由于上层建筑领域不断开展革命与批判，中国都市现代化的进程被严重地耽误了”，“描写都市人日常生活形态，尤其是描写工人和知识分子世俗生活的作品几乎绝迹。出现了市民文学的断裂和缺失，这不能不说是历史和文学的遗憾”[①]。在研究者眼中，“十七年”以及“文革”时期的“文学中的城市”，一直以来都和“空白”及遗憾相伴而生。

第二节　想象城市的方法

这种意味深长的“空白”不得不归咎于研究界对“城市”概念的理解。对于现代文明来说，城市的重要性不言而喻，德国学者斯宾格勒（Oswald Spengler）指出：“人类所有的伟大文化都是由城市产生的……世界的历史就是城市的历史。”[②] 城市在其概念上往往被概括为一种“景观”、一片“经济空间”或一种“生活中心和活动中心”，也是一种“气氛”、一种“特征”或一个“灵魂”[③]。社会学家马克斯·韦伯（Max Weber）则试图从经济学的角度来定义城市——“就是一个其居民主要是依赖商业及手工业——而非农业——为生的聚落”，“在聚落内有一常规性——非偶然性——的交易货物的情况存在，此种交易构成居民生计不可或缺的成分，并满足他们的要求——换言之，一个市场”，“在政治性定义里，城市的特征就是一个特别的‘市民’身份团体的出现”[④]。在韦伯的定义里，他强调了“市场”和“市民”的意

① 王晓文：《二十世纪中国市民小说论纲》，博士学位论文，山东大学，2006年，第20页。

② ［德］斯宾格勒：《西方的没落》，齐世荣等译，商务印书馆1991年版，第206页。

③ 梅新林、赵光育主编：《现代文化学》，内蒙古人民出版社1995年版，第199页。

④ ［德］马克斯·韦伯：《城市的概念》，康乐等译，见薛毅主编《西方都市文化研究读本》（第一卷），广西师范大学出版社2008年版，第253—254、269页。

义。K. J. 巴顿（K. J. Button）也认为城市是“人类经济的集中地”：“城市是一个坐落在有限空间地区内的各种经济市场——住房、劳动力、土地、运输等等——相互交织在一起的网状系统”[①]。而凯文·林奇（Kevin Lynch）则将城市表达“看作是一个故事，一个反映人群关系的图示、一个整体和分散并存的空间、一个物质作用的领域、一个相关决策的系列或者一个充满矛盾的领域”[②]。无论是韦伯将城市定义为一个政治上独立自主的“市场”，还是格奥尔格·齐美尔（Georg Simmel）用“精神生活”来定义“大都市”，抑或是路易斯·沃斯（Louis Wirth）所认为的，城市是一种生活方式，同时也是一个社会的网络，再或是尼克拉斯·卢曼（Niklas Luhmann）所尝试的，利用系统理论来理解和研究城市社会中不同层次的网络体系，[③] 这些都旨在强调资本主义生产关系对城市概念的塑造。正如韦伯反复强调的，只有资本主义国家，才能产生现代意义的城市。

马克思主义理论认为，城市是阶级社会的产物，它是建立在私有财产制度基础之上的，是伴随着社会分工的开展而逐渐形成的。而反过来，城市的建立，又促成了私有财产制度的形成和锚定，由此也造就了城市和乡村的对立。在这个意义上，恩格斯对城市有一个简单的定义：“只要它（乡村）用壕沟和墙壁防守起来，乡村制度也就变成了城市制度。”[④] 在他看来，围绕城墙展开的防卫工作，是乡村变为城市的关键。有冲突就需要防守，而当冲突发展为战争时，城墙便应运而生。总而言之，城市起源于阶

---

① ［英］K. J. 巴顿：《城市经济学——理论和政策》，上海社会科学院部门经济研究所城市经济研究室译，商务印书馆 1984 年版，第 14 页。

② ［美］凯文·林奇：《城市形态》，林庆怡、陈朝晖等译，华夏出版社 2001 年版，第 27 页。

③ 参见黄凤祝《城市与社会》，同济大学出版社 2009 年版，第 5 页。

④ 转引自黄凤祝《城市与社会》，同济大学出版社 2009 年版，第 77 页。

级斗争。在私有制和阶级论的视野里，城市的负面效应也渐次呈现。就像斯宾格勒在《城市的心灵》中指出的，“城市不仅意味着才智，而且意味着金钱”，在此，“世界都会”（Cosmopolis）“就像巨大的石像，矗立在每一伟大文化的生命历程的终点。文化人在精神上是由乡土塑形的，他被自己的创造物即城市所掌握和拥有，而且变成了城市的动物，成了它的执行器官，最终成为它的牺牲品……变成了这种恶魔性的石头荒漠的毫无心灵的死物质……如果说文化的早期阶段的特点便是城市从乡村中诞生出来，晚期阶段的特点是城市与乡村之间的斗争，那么，文明时期的特点就是城市战胜乡村，由此而使自己摆脱土地的控制，但最后必要走向自身的毁灭。”[①] 他对作为现代文明的城市的绝望可见一斑。

城市既是现代的馈赠，又造成现代性的灾难。现代资本主义的发展，既带来了城市的繁荣，也直接导致了《圣经》之中的“天堂之城”向“地狱之城”（或“上帝之城”向“人之城”）的堕落，“天堂之城”和“地狱之城”的比喻也影响着文学对城市的想象。在浪漫主义以降的文学表述中，城市作为社会衰败和道德罪恶的代表，不断通过堕落城市的隐喻，来凸显拜金主义与精神危机的“反都市”主题。正如朱克英（Sharon Zukin）在《城市文化》中谈到的，“城市经常因其代表了人类社会最低级的本能而受到批评。城市是建筑上的庞然大物与金钱崇拜的具体体现，是官僚机器的权力或者金钱的社会压力的地图”[②]。城市文化研究学者刘易斯·芒福德（Lewis Mumford）也曾谈到，“就资本

---

① ［德］斯宾格勒：《城市的心灵》，吴琼译，见薛毅主编《西方都市文化研究读本》（第一卷），广西师范大学出版社2008年版，第452、455、465—466页。

② ［美］朱克英：《城市文化》，张廷佺、杨东霞等译，上海教育出版社2006年版，第1页。

主义对城市的关系来说，它从一开始就是反历史的……资本主义承认的只是贪婪、贪心、骄傲以及对金钱和权力的迷恋”[①]。在《疾病的隐喻》中，苏珊·桑塔格（Susan Sontag）将城市视为疾病，认为城市“是一个畸形的、非自然增长的地方，一个充斥着挥霍、贪婪和情欲的地方”[②]。

正是由于资本主义城市负面效应的显现，使我们不得不将期待的目光投向社会主义城市。那么有没有一种社会主义城市呢？按照汪晖的理论，社会主义作为一种“反现代的现代性”[③]，理应包含着一种对现代资本主义弊端的克服与修正。那么“社会主义城市”是否真像列宁所称的是“人类聚居新模式”？或者如理论者所概括的，“创造没有社会分化和经济分化的城市；有义务使得住房价值保持社会一体化和提供广泛的社会服务设施；城市规划要适应经济规划，而经济规划将决定工业区位，并控制发达地区和主要城市的城市化速度。这样城市规划实质上就被界定为一种实体—工程—建筑的基础性职业，以被审批的形式进行高度开发”[④]。然而对于社会主义中国而言，城市及其文学的面貌又该如何叙述？就中国的“十七年”文学来说，这一时期的城市及其文学虽并非“严格意义上的城市文学”，但也依然存在着关于城市

① ［美］刘易斯·芒福德：《城市文化》，宋俊岭、倪文彦译，中国建筑工业出版社2005年版，第430页。

② ［美］苏珊·桑塔格：《疾病的隐喻》，程巍译，上海译文出版社2003年版，第66页。

③ 在他看来，“毛泽东的社会主义一方面是一种现代化的意识形态，另一方面是对欧洲和美国资本主义现代化的批判；但是，这个批判不是对现代化本身的批判，恰恰相反，它是基于革命的意识形态和民族主义的立场而产生的对于现代化的资本主义形式或阶段的批判，因此，从价值观和历史观的层面来说，毛泽东的社会主义思想是一种反资本主义现代性的现代性理论”。参见汪晖《当代中国的思想状况与现代性问题》，《天涯》1997年第5期。

④ ［美］布莱恩·贝利：《比较城市化——20世纪的不同道路》，顾朝林、汪侠等译，商务印书馆2008年版，第162—163页。

的诸多想象与表述。综观这一时期的主要文学作品，在城市个人性、日常性与消费性之外，突出地强调一种阶级性、公共性与国家风格，这显然是社会主义城市想象的重要基础。本书正是旨在突出社会主义城市文学的某种复杂性，彰显其基于不同城市类型基础上与资本主义文化构成的冲突、对抗，甚至妥协的历史关联。由此，本书也旨在通过“城市”这个文化研究的视角，解读社会主义文学，从而揭示社会主义文化与资本主义文化在那段特殊历史时期的冲突、顺应的历史过程。

第三节　社会主义城市类型学

在《非正当性的支配——城市的类型学》一书中，马克斯·韦伯将城市分为若干类型，在他看来，城市就其居主导地位的不同经济要素，可以划分为“消费城市”“生产城市”“商人城市”[①] 等诸多类型，这样的划分给人许多启发。就1949年以后的中国而言，中华人民共和国成立的历史界碑意义所造成的城市类型的分野同样引人注目。从城市变迁的角度来看，这里也涉及不同城市类型的替代与转化。在“社会主义城市”历史建构的过程中，城市类型的变迁体现在以下几个方面。

一　从“消费的城市”到“生产的城市”

众所周知，当历史的序幕随着中华人民共和国即将成立而缓缓拉开之际，毛泽东同志庄严宣告“党的工作重心由乡村转移到城

① 参见［德］马克斯·韦伯《非正当性的支配——城市的类型学》，康乐、简惠美译，广西师范大学出版社2005年版，第6—7页。

市”。其实早在1949年春天，《人民日报》接连发文讨论“变消费城市为生产城市”的问题，1949年3月17日发表社论《把消费城市变成生产城市》，1949年4月2日又发文《如何变消费城市为生产城市》。在主流意识形态看来，“消费的城市”意味着连接资本主义腐朽与堕落的旧有统治遗迹，而“生产的城市”才是基于劳动与建设之上的健康的“乌托邦”远景。因此，将“消费城市”转变为“生产城市”的逻辑在于，只有使中国从农业国变为工业国，才能巩固人民革命政权，使中国人民彻底翻身。这种鲜明的意识形态分野清晰可辨：如果说中华人民共和国成立以前的城市只是消费性的寄生/剥削城市，从而在“城市—资本主义—罪恶”的逻辑视野中被打入另册，那么中华人民共和国成立以后的“社会主义城市”，则“与建立在对工人阶级残酷剥削基础上的资本主义城市有着本质不同”，因为“在社会主义城市中，一切建设都是为劳动人民的利益服务的。保证劳动者物质文化生活水平的不断提高，是社会主义城市的基本特征”①。就拿上海来说，这个“消费城市”的典范，在全景式的社会主义改造中，势必以崭新的形象出现在中国社会主义建设的蓬勃发展序列之中。“无论是一般由外国殖民势力枢纽、金融中心变成人民政府所在地的外滩，或者由西侨、豪客专属购物街转变为社会主义消费场所的南京路，或由殖民者的娱乐空间转而成为群众集会活动的文化广场，这些旧有的上海城市地标不仅被新的规划与设计，也被新的活动所改造，空间的性质被重新的规定”②。这种历史变革的伟大力量势必带来文化想象的剧变。

就此基础上的文学创作而言，“生产城市”的建构使得中华

① 《贯彻重点建设城市的方针》（“社论”），《人民日报》1954年8月11日第1版。

② 李芸：《空间的改造、争夺和生产——“文本”叙述与作为社会主义城市的上海想象》，硕士学位论文，华东师范大学，2008年，第9页。

人民共和国成立之前的市民都市题材走向没落，而“车间”成为城市小说中经常出现的正面意象。“车间文学”的勃兴带动着“生产的城市”的建构，一时间新的工业城市的作家类型也横空出世：草明的《火车头》和杜鹏程的《在和平的日子里》表现了铁路工人开天辟地的劳动热情；萧军的《五月的矿山》、周良思的《飞雪迎春》、李云德的《沸腾的群山》则展示了矿山工人的壮志豪情；张天民的《创业》体现了石油工人的创业精神；周立波的《铁水奔流》、艾芜的《百炼成钢》、草明的《乘风破浪》、胡万春的《钢铁世家》、罗丹的《风雨的黎明》、冉淮舟的《建设者》、程树榛的《钢铁巨人》等集中叙述了钢铁工人忘我的生产和斗争，这些都是中国文学史上不曾有过的文学类型。

二 从“个人的城市”到“集体的城市”

正如《剑桥中华人民共和国史》中谈到的：“中国共产党决心从根本上改变中国城市的特征……重建新型的城市——稳定的、生产性的、平等的、斯巴达式的（艰苦朴素的）、具有高度组织性的、各行各业紧密结合的、经济上可靠的地方；减少犯罪、腐败、失业和其他城市顽疾。”① 其中“高度组织性”的城市无疑与新中国初期城市行政对社会的控制息息相关。按照当时国家领导人的愿望，这种“集体主义”的社会控制，目的在于以组织化的方式，克服旧中国散漫无序的状态，用群众的集体力量，建设一个独立富强的新中国。因此，这里就包含着一个从“个人的城市”向“集体的城市”转变的问题。

---

① ［美］R. 麦克法夸尔、费正清编：《剑桥中华人民共和国史：中国革命内部的革命（1966—1982 年）》，中国社会科学出版社 1998 年版，第 713 页。

新的人民政权对于“组织化”的谋划是极为明显的，早在中华人民共和国成立之初，《人民日报》就转载了《东北日报》的长篇社论《坚决改变城市政权的旧的组织形式与工作方法》，文章强调一种“组织化”的城市。在此，各级人民代表大会是政府联系群众的重要桥梁，而各行各业的社会团体，也在某种程度上构成了城市政权的基础。政权工作与人民群众之间的密切联系，其主要的方式就是“组织化”，即把不同产业的职工组织到各种工会中，把工商业者组织到同业公会，把居民组织到合作社、文化馆，而妇女则被组织到妇女代表会中，各级机构正是以这些组织来联系群众的。1954 年，《城市街道办事处组织条例》《城市居民委员会组织条例》等相继出台。城市的组织政策开始逐步体现出托马斯·海贝勒（Thomas Heberer）所总结的三重特征：“（1）建立政治调控网络（通过街道办事处和居委会）；（2）利用城市居民的经济潜力（诸如通过建立街道企业和居民区企业）；（3）建立具有集体联系和集体意识的固定集体，类似于乡村或者‘单位’、企业部门。”[①] 这种政治控制渗透进日常生活的方式，势必引起研究者有关福柯主义“全景敞视”的遐想，但这种基于特定历史条件下的充分的“社会动员”机制其实并不同于一元化的“集权主义”[②]，尽管它所激起的是有关“单位”和“政治化大工厂”的政治抱怨。[③] 从文学方面来说，“集体主义”对“个人主义”弊端的克服（抑或压制）所引起的城市文学批判，在 20 世

① ［德］托马斯·海贝勒、君特·舒耕德：《从群众到公民——中国的政治参与》，张文红译，中央编译出版社 2009 年版，第 44 页。

② 参见［美］詹姆斯·R. 汤森、布莱特利·沃马克《中国政治》，顾速、董方译，江苏人民出版社 2007 年版，第 15—16 页。

③ 如研究者所言，“1949 年后的中国城市，基本上可以描述为充分政治化的大工厂，人们隶属于一个个‘单位’，终其一生为‘单位’服务，生老病死也几乎全由‘单位’保管。大家过的只是一种制度化、行政化、模式化甚至于军营化的生活。”参见李洁非《城市像框》，山西教育出版社 1998 年版，第 29—30 页。

纪50年代达到一个高峰。剧本《万紫千红总是春》便是以文学的方式讲述（想象）居委会作为调节“个人的城市”与“集体的城市”之间关系的权力（说服）工具的故事。[①] 另外，从《我们夫妇之间》《红豆》《在悬崖上》等小说对“资产阶级情调”和“个人主义城市”的批判，到1958年“大跃进”时期的“城市公社”，以及60年代“上山下乡”等文化想象的方式，都是对“集体主义的城市”的建构和实施。

三 从“市民的城市”到“人民的城市”

在1949年第一次“文代会”结束之际，刚复刊的上海《文汇报》就爆发了一场关于“小资产阶级可不可以作为作品主角”的争论。这场争论从表面来看，是关于文艺的表现对象的问题，但实际上却包含着生死攸关的政治背景：是以“小资产阶级”（市民）为政治主导，还是以“工农兵群众”（人民）为政治主导的关键问题。这也直接导致了从“市民的城市”向“人民的城市”的转型。众所周知，在新中国的政治预设中，“人民”的概念并没有排除城市小资产阶级与民族资产阶级。然而，在此“可不可以写小资产阶级”的争论之中，最后的结果是争论的挑起者被略显粗暴地批判为“为保卫小资产阶级的利益——特别是在文艺上的地位而战”，是“对毛泽东文艺路线的一种含有阶

① 研究者指出，“街道办事处和居委会的任务不仅是在居民区贯彻中央决定的政策（如群众斗争），而且还要关心社会问题和问题群众（失业人员、退休人员、残疾人、刑满释放人员）。它们成立了幼儿园、卫生保健机构和小企业；它们履行警察的救助职能，就像是户籍管理处和民政局。在政治极端化时代，它们成为政治和意识形态的监督与控制机关”。参见［德］托马斯·海贝勒、君特·舒耕德《从群众到公民——中国的政治参与》，张文红译，中央编译出版社2009年版，第44页。

级性的抗拒”[①]。这就不可避免地透露出一种无产阶级的文化焦虑：由于习惯意义上的“市民”阶层，包括人们所划分的小资产阶级与民族资产阶级，他们大多生活在城市里，如果以他们为文学的主角，那么，“市民的城市”理应成为文学作品的表现对象，这势必会蚕食传统匮乏的“人民的城市”的文学空间。意识形态的紧张造成的结果是，随着争论的最后定性，传统意义上的“市民的城市”从文学作品中消失了。

然而，“人民的城市”中高度意识形态化的生活其实并不牢靠。它在压倒“市民的城市”的过程中并没有获得一劳永逸的胜利，这也体现出社会主义文化的复杂面向。就有研究者指出，对城市生活的排斥，并不能完全杜绝以“变相的形式”出现的早期城市生活场景，并且也会不自觉地流露出资产阶级的城市情调。用研究者的话说，“城市及其某种生活情调附身于革命出场，革命要颠覆旧城市的统治者，要改造旧社会的城市，城市以其幽灵化的形式模仿死亡从而获得新生”[②]。甚至是像《上海的早晨》这样声称反映民族资产阶级改造和“人民的城市”建构的叙事文本，也出人意料地流露出对“市民的城市”的留恋，“表现了色彩纷呈、千姿百态的现代大都市生活”。“透过这些，我们似乎看不到作者对资产阶级生活也就是所谓城市生活的厌恶与批判，从小说的描写中反而透露出作者对城市生活几丝欣赏乃至羡慕的眼光。”[③] 这种叙事的裂隙使人得以洞见“市民的城市”与“人民的城市”之间的矛盾与纠结。

---

① 朱寨主编：《中国当代文学思潮史》，人民文学出版社 1987 年版，第 44 页。

② 陈晓明：《城市文学：无法现身的“他者”》，《文艺研究》2006 年第 1 期。

③ 陈晓明：《城市文学：无法现身的“他者”》，《文艺研究》2006 年第 1 期。

第四节 解读“社会主义文学”的“城市视角”

在《文学中的城市：知识与文化的历史》（*The City in The Literature*）中，理查德·利罕（Richard Lehan）将城市看作“都市生活加之于文学形式和文学形式加之于都市生活的持续不断的双重建构”①。这样的概念用在“十七年”社会主义城市及其文学之上也是同样有效的。作为不同于资本主义的城市类型，社会主义城市所体现的“另一种现代性”并不为人所知，但其文学（或文化）想象在与城市的互动过程中所体现的文化政治却包含着更为复杂的内涵。而本书通过解读“社会主义文学”的“城市视角”，也旨在揭示这种文化政治的秘密。此外，张英进的城市文化研究具有方法论的启示意义，如其所言：“本书研究的不是‘城市文学’本身（那是一种具体的文学），而是‘文学中的城市’，即文学与电影文本中想像的城市。”② 因此，其研究重心不是城市如何影响了文学，而是文学、电影如何通过对城市的“构形”成为现代中国一个重要的文化生产形式。在这本书中，“构形”成为解读文学与电影中城市的核心词语，它指文学艺术对城市书写或叙事的结构方式——不仅包括作品中所呈现的城市形象，更指作者叙述城市时运用的感觉体验和话语修辞“策略”，这毋宁说是一种“以城市为方法”的文学/文化研究方式。由此来看，探讨文本创作的意义便在于去追问“城市是如何通过想象性的描写和叙述而被

① ［美］理查德·利罕：《文学中的城市：知识与文化的历史》，吴子枫译，上海人民出版社2009年版，第3页。

② ［美］张英进：《中国现代文学与电影中的城市：空间、时间与性别构形》，秦立彦译，江苏人民出版社2007年版，第2页。

‘制作’成为一部可读的作品”[①]。类似的研究方法在更多学者那里得到了回应，张鸿声认为，城市文学之于城市，绝非只有“反映”或“再现”的单纯关系，而可能是一种超出经验与“写实”的复杂互动关联。[②] 因此，城市的历史形态与城市文学文本之间构成了极其复杂的对应关系，这一切则以对城市的不同表述体现出来。而城市叙述也绝不以城市题材为限，它可以存在于各种题材之中。所以，鉴于城市文学研究自身逐渐以“城市性表述”涵盖了“文学再现城市”，从概念上来说，“文学中的城市”要比“城市文学”能够揭示更多城市对文学的作用与两者的复杂关联，而从方法论的角度来说，后者更接近文化研究。这便回到了文章开头，卡罗尔·奥兹意义上以文学的方式“阅读社会主义城市”的意义所在。

本书除导论和结语之外，将分五个章节来讨论“十七年”文学中的城市表述问题，从而一窥“社会主义文化”及现代性的矛盾问题。具体如下。

第一章通过讨论“进城”及其文学表述的问题来呈现城乡格局中的“社会主义城市”的意义。主要以小说《我们夫妇之间》及相关作品为中心，论述“革命之后”“进城”的冲突与改造的焦虑。另外，“农民进城”与城市想象一节则主要探讨农村题材小说中的城市叙述问题，通过“进城的乡下人”的视野来呈现城市在社会主义文学中的意义。它通过乡村伦理的坚守、浪漫主义的城市批判及社会主义的意识形态选择这三者之间的矛盾和冲突，在“驱魔”资本主义城市和建构社会主义城市的过程中“形构”城市的意义，并由此彰显彼时的意识形态“症候”。

---

① ［美］张英进：《都市的线条：三十年代中国现代派笔下的上海》，冯洁音译，《中国现代文学研究丛刊》1997 年第 3 期。

② 张鸿声：《“文学中的城市”与“城市想象”研究》，《文学评论》2007 年第 1 期。

第二章“城市改造的文学表述”主要通过中国共产党进城和城市改造的文学表述，来讨论解放及社会主义文化的积极意义。本章主要以“改造龙须沟”、“改造妓女”及建设“工人新村”三个个案，分别阐释中国共产党的城市改造及其文学表述的现代意义。如果说作为一部城市改造的“寓言”，“龙须沟”的故事将城市环境治理与一个国家万世太平的隐喻联系在了一起，那么“50年代的妓女改造”运动则更为鲜明地呈现出“城市文明病”的“疗救”与“卫生现代性”的建构所蕴含的辩证关系，而“工人新村”的叙述则更为鲜明地突出了城市工人阶级的解放议题。

第三章“‘消费城市’的空间变革”主要通过20世纪五六十年代《在悬崖上》《霓虹灯下的哨兵》等几部代表性作品，讨论社会主义意识形态如何改造城市消费空间的问题。然而，无论是从“营业舞厅”到“机关舞会”，还是“街道”的美学变化，抑或是从“无轨电车”到“火车”的空间变革，城市消费空间在社会主义城市改造中始终阴魂不散，既成为后者贬抑的对象，又是其得以借重的写作资源。

第四章“革命伦理与城市日常生活”主要讨论意识形态在城市日常生活中的顽强记忆。这里既涉及“消费城市”的遗迹，又关联着市民日常生活。随着战争的胜利，无产阶级革命从农村来到城市。在此之中，意识形态的烛照固然使得昔日城市的资本主义繁华无处遁逃，但作为传统藏污纳垢的所在，昔日的城市在社会主义改造之后，并没有一劳永逸地成为无产阶级革命的圣地，相反，其“消费主义”的残余依然猖獗，给“革命之后”的城市带来巨大的不安。革命年代的“上海姑娘”形象，体现出意识形态表述与城市摩登记忆的复杂纠结，从而彰显出摩登与革命的辩证关系。在《上海的早晨》等有关社会主义改造的经典小说中，无意识的“文本分裂”流露出的情感倾向也引人关注。而《千万不要忘记》《年青的一代》等戏剧作品中城市日常生活和市民社会的价值观念，也严重干扰了新的意识形态的达成。

第五章探讨作为“消费城市”救赎方式的“生产城市”的文学建构过程。在此，“生产城市”的建构并非一句空洞的意识形态口号，而是实实在在的政治实践，即它必须诉诸工业化的城市建设。作为暧昧城市的疗救手段，从“消费的贬抑”到“机械的颂赞”，工业题材文学成为社会主义城市书写的理想方式。在此之中，工业“风景”与工人阶级的主体性得到了张扬。此外，尽管作为社会主义现代性的劳动本身凸显出极其非凡的意义，但“劳动的乌托邦”以其与资本主义共享的现代性（现代化），也出人意料地显露出“异化劳动”的迹象。然而，在“生产的城市”的建构过程中，工业题材文学凸显出它的核心矛盾，即“激情”与“理性”的冲突，此处的“激情”作为一种社会主义意识形态的表达方式，成为疗救资本主义科层制现代性的重要手段，但在“冲破规程”的背后，也隐藏着社会主义的意识形态争辩和第三世界的现代性焦虑。

总之，本书通过考察“十七年”文学的城市表述，来探讨一种“社会主义城市”的文学表达。由此，试图讨论“革命之后”社会主义意识形态的矛盾性和内在焦虑，这也是从当代史的角度分析社会主义遗产和教训的重要视角。在这个意义上，解读“社会主义文学”的“城市视角”，研究“十七年”文学中的城市表述问题，其实为分析20世纪80年代中国社会转型提供了解释的依据。

第一章 城市与乡村的文化变奏

在《城市文化》一书中，刘易斯·芒福德开篇即谈道："城市——诚如人们从历史上所观察到的那样——就是人类社会权力和历史文化所形成的一种最大限度的汇聚体。"[①] 在他看来，作为现代性的标志，工商业文明基础上建立起来的城市，当仁不让地统领着国家的政权中心。然而对于中国革命来说，城市的攻占固然是国家政权更迭的象征，但革命的"乡村起源"及其"农村包围城市"的斗争策略，已然预设了乡村和城市的伦理位置。革命成功，夺取城市，意味着政治生活重心由农村向城市的转移。然而，一方面，中国自古以来就是一个农业国家，顽强的农耕文化与作为现代性标志的城市形成了鲜明分野，这种传统与现代的冲突，构成了乡村的自卑与无力；另一方面，革命的乡村所带来的社会主义期许，又是对堕落的资本主义城市的"新的现代性冲击"，乡村的自卑之中却又包含着"社会主义"的自尊与自信。在这种"乡村社会主义"与"城市资本主义"的现代性对峙之中，城市被革命话语逐渐建构成一个复杂含混且暧昧不明的所

① ［美］刘易斯·芒福德：《城市文化》，宋俊岭、李翔宁、周鸣浩译，中国建筑工业出版社2009年版，第1页。

在。中国共产党人通过对城市的占领而宣告这场伟大革命的胜利，并最大程度实现了阶级解放，这既是由乡村向城市的现代性迈进，又是一种新的革命空间的展开。然而，在此解放之中，社会主义的乡村文化与资本主义的城市残余劈面相迎，与“进城”相伴而生的不仅是兴奋与欣喜，更有警觉和犹疑。因此，在资本主义的“腐朽”城市面前，社会主义的乡村起源既包含着无可比拟的道德优越感，但也潜藏着难以察觉的文化自卑性，这构成了“革命之后”的莫大焦虑。于是，争取城市的“社会主义文化主导权”，便成为新的人民政权的迫切问题。

毫无疑问，对于进城而言，毛泽东对城市治理经验的忧虑与对资本主义“糖衣炮弹”的恐惧，成了中华人民共和国成立初社会主义文化的最大焦虑。就像《进城：1949》一书中所谈到的，“1949 年以前中国共产党多年在农村的工作获得了前所未有的建立基层政权的经验，但这套系统能否成功引入城市，革命的热情能否转化为严格有序的组织，并创建行之有效、富有活力的新秩序，在 1949 年初，仍是一个未知数”①。就此，毛泽东曾谈道：“我们熟习的东西有些快要闲起来了，我们不熟习的东西正在强迫我们去做。”② 这时，中国共产党对沈阳的城市接管工作即将完成，而对天津、北平、上海的接管刚刚开始。或许对于刚刚进城的中国共产党而言，其治理城市的技术远不如他们在农村工作时那么得心应手。这便构成了城市与乡村的潜在对立，而对立背后毋宁说恰恰昭示了中国现代性的复杂矛盾。

对此，莫里斯·梅斯纳（Maurice Meisner）有极为精彩的分析，他认为，中国共产党人“大多数是在农村的穷乡僻壤生活和

---

① 朱文轶：《进城：1949》，广西师范大学出版社 2010 年版，序言第 3 页。
② 朱文轶：《进城：1949》，广西师范大学出版社 2010 年版，第 3 页。

战斗了20多年……对于那些农民干部来说，城市是完全不熟悉的陌生地方……在1949年以前，那些革命家把城市看作保守主义的堡垒，是国民党的要塞，是外国帝国主义势力的中心，是滋生社会不平等、思想堕落和道德败坏的地方。1949年，他们既是作为解放人员，又是作为占领人员进入了城市，而对于那些对革命胜利贡献很少的城市居民来说，同情和很大的疑虑是交织在一起的。这种把革命的农村和保守的城市一分为二的想法，是全部革命经历产生出来的，这个想法在毛泽东主义者思想中已经成为根深蒂固的观念"①。

尽管莫里斯·梅斯纳对中国革命中的农民式的"狭隘"颇有微词，但在他眼中，毛泽东对城市的"不信任"却是其来有自。事实也证明，城市的现代性冲击中所蕴含的政治风险确实触目惊心。根据薄一波的回忆，我们可以看到，"华北最初接管城市，走了一些弯路……收复张家口的时候，不少干部随便往城里跑，乱抓乱买东西，有的甚至贪污腐化……攻克石家庄，接管工作虽有所改进，但仍有不少士兵拿取东西，他们还鼓励贫民去拿。开始是搬取公物，后来就抢人财物……在城市管理上，不自觉地搬用农村的经验，混淆了封建主义与资本主义的界限，损害了工商业的发展"②。因此，在毛泽东眼中，城市不仅有消费主义残余留下的"糖衣炮弹"，也有农民式的"狭隘"和"反动的、落后的、倒退的、必须坚决反对"的"农业社会主义思想"，究其原因，主要在于"我们党诞生在城市，但后来长期生活、战斗在乡村，许多同志不熟悉城市工作，还有一些同志难免用一种小生产者的

① ［美］莫里斯·梅斯纳：《毛泽东的中国及其发展——中华人民共和国史》，张瑛译，社会科学文献出版社1992年版，第96—97页。

② 薄一波：《若干重大决策与事件的回顾》（修订本）上，人民出版社1993年版，第6页。

观点去看待城市"[①]。在这个意义上，"革命之后"的社会主义改造实际上面临着双重改造的问题，即一方面要改造原有的消费社会残余，实现资本主义城市向社会主义城市的转型；另一方面还要将一个传统的农业社会转化成城市社会，某种程度上实现由"农民"向"市民"的身份转型。

第一节　进城的冲突与改造的焦虑

如果说中华人民共和国的成立是城市与农村的一次重要会合，那么"革命之后"的城市化问题所带来的"合法化危机"，则广泛触及了现代性和当代社会主义转型的诸多问题。正如论者所言，"城市"在某种意义上表征着政权的合法性，因此，"进城"意味着一个新的"革命之后"的时代的开始。然而，这一时代既是中国革命的产物，也"积淀着中国自晚清以来逐渐形成的'现代'梦想"。但与此同时，"进城"也带来了某种巨大的焦虑，这一焦虑正是产生在革命党向执政党转型的过程之中。因为，"进城""既是对革命党执政能力的挑战，也是对这一政党的革命意志的考验"，而且，"在逐渐展开的'革命后'的时代之中，身份的重新辨识开始成为一个极其重要的问题"[②]。在此，身份的"重新辨识"在于，"它们以自己过去的生活方式影响着城市，而城市更以特定的文化氛围改造着他们"[③]。正是这种双重的改造，为和平年代的城乡冲突平添了些许敏感的政治色调。《我们夫妇

① 薄一波：《若干重大决策与事件的回顾》（修订本）上，人民出版社 1993 年版，第 6—7 页。

② 蔡翔：《"技术革新"与工人阶级的主体性叙事》，《热风学术》第二辑，上海人民出版社 2009 年版，第 128—129 页。

③ 董之林：《旧梦新知："十七年"小说论稿》，广西师范大学出版社 2004 年版，第 40 页。

之间》这部作品，作为“知识分子与工农相结合”的典范，无论是在小说版本还是在电影版本之中，都集中体现了中华人民共和国成立以前李克与妻子张同志的和谐与融洽，然而随着时间的推移，故事本身开始呈现出中华人民共和国成立前夫妻之间的“艰辛”却“和谐”——与中华人民共和国成立后的“舒适”却“争吵”相对立的状态，进而借家庭的伦理矛盾极为明显地表达了“革命之后”的现代性困境的问题意识。正如小说所言，矛盾就发生在“进城的第二天”，这无疑隐喻着丹尼尔·贝尔（Daniel Bell）所说的“革命的第二天”① 的问题。然而，这里不仅仅是革命本身的问题，更是空间的转移，即从农村来到城市所带来的问题。这种城市与乡村的交汇所带来的日常生活中不同生活习惯与观念的碰撞，以及背后所隐藏的“改造”与“被改造”的政治交锋，都广泛触及“新的权力机构内部，农民与知识分子的冲突”，以及“不同家庭出身、社会阶层和文化习俗的人在城市生活中的矛盾”。用评论者的话说，“这些矛盾过去多被紧张而艰苦的战争岁月掩盖了，那么在和平时期，随着生活环境的变化，人们再也无法回避它们，并进而思考与探求生活中新的精神支点”②。

小说还涉及当代中国城市化进程的问题，也是在这个意义上，萧也牧的这部作品被认为是“当代”最早触及“城市生活”和“城市问题”③ 的小说。小说中“李克”与“我的妻”（“张同志”）的冲突，至少包含了三层意蕴：其一，隐藏着极为明显的“城市伦理”与“乡村伦理”的冲突，即将“村姑”及其“城市

① 参见［美］丹尼尔·贝尔《资本主义文化矛盾》，赵一凡等译，生活·读书·新知三联书店 1989 年版，第 75 页。

② 董之林：《旧梦新知：“十七年”小说论稿》，广西师范大学出版社 2004 年版，第 41 页。

③ 王彬彬：《“城市文学”的消亡与再生——从〈我们夫妇之间〉到〈美食家〉》，《小说评论》2003 年第 3 期。

适应”问题化；其二，由此种价值冲突所导向的“知识分子”与“工农群众”（或农民）的冲突；其三，最为关键的是由此折射出“小资产阶级”与“无产阶级”的文化领导权的冲突。因此总的来说，小说通过一对夫妻的日常生活场景包含的生活冲突和伦理矛盾，折射出了“知识分子/小资产阶级/城市”与“农民/无产阶级/乡村”的价值分野问题。

从小说来看，对于李克来说，城市是他的故乡，这里有他热爱的生活方式：游园、游戏、逛街、跳舞……。于他而言，伴随着革命成功所带来的欣喜，“返城”意味着尽情享受来之不易的幸福生活。尽管北京对他来说也是第一次到来，“但那些高楼大厦，那些丝织的窗帘，有花的地毯，那些沙发，那些街景的街道，霓虹灯，那些从跳舞厅里传出来的爵士乐”①，却是他所熟悉的城市消费元素。这些“熟悉”“调和”的城市元素所散发的“强烈的诱惑”，让他“觉得分外轻松”，一种“好像回到了故乡一样”的感觉油然而生。“虽然我离开大城市已经有十二年的岁月，虽然我身上还是披着满是尘土的粗布棉衣……可是我暗暗地想：新的生活开始了!”② 李克对“革命之后”的“新的生活”充满了“憧憬”。尽管他也曾在革命和战火中磨砺，但他相信，革命所允诺的终极福祉将随着革命的成功一并到来，并迫不及待地在他熟悉的“消费城市”中兑现这种承诺。

然而在妻子的眼中，城市的控制权虽已掌握在党和人民手中，但在社会主义改造完成之前，还远未呈现出“解放”的面貌，这里依旧残留着旧城市的景观。也就是说，城市并没有随着革命的成功而带来新的“历史改观”，在其眼中依然是亟待改造的

---

① 萧也牧：《我们夫妇之间》，《人民文学》1950 年第 1 期。

② 萧也牧：《我们夫妇之间》，《人民文学》1950 年第 1 期。

"剥削之地"。这里还存在着"剥削"和"不平"，比如"十三四岁""瘦的像只猴子"的"蹬三轮的小孩"，却拖着一个"气儿吹起来似的大胖子"；"西服笔挺""像个绅士"的胖子殴打一个十三四岁的孩子；西单商场皮鞋铺老板辱骂学徒；甚至还有"擦粉抹口红"，脑袋像"草鸡窝"的"女工"。面对城市景观的不同态度，夫妻之间的伦理矛盾恰恰在于"进城"与"返城"之间的不同价值选择。对于李克而言，城市是他的"故乡"，"返城"意味着将自然化的城市景观重新"内在化"，尽管这种"内在化"的城市之中依然包含着旧有的习惯，但他并不为之所动，面对城市的"压迫"与"不平"，他的淡漠溢于言表，这样的事"城市里多得很"，"这是社会问题"，从小说到电影，将其鲜明刻画为一个贪图享乐、忘恩负义而又冷漠无情的"市民"形象。而作为工农群众的"进城"者，妻子"张同志"则基于乡村伦理和社会主义精神立场，处处表现出与"城市的一切生活习惯不合拍"的面貌，不妥协，不迁就，立志要改造城市，作为性格中的两个极端，她的"粗言秽语"和对无产阶级"尊严政治"的执着，都给人留下了深刻印象。

正是基于"进城"与"返城"之间的不同价值选择，李克和张同志之间"开始有了裂痕"，发现彼此的"感情、爱好、趣味""差别是这样的大"。在李克眼中，妻子就是一个"农村观点"十足的"土包子"，随着城市日常生活的展开，她的狭隘、保守、固执，越来越明显。而至为重要的是，"妻子"在"丈夫"眼中逐渐丧失了"美感"："别的人穿上灰布'列宁装'，洒脱而自然"，而她还是"像她早先爬上下坡的样子，两腿内里微弯，迈着八字步，一摇一摆，土气十足"①。而在妻子眼中，"李克"则

① 萧也牧：《我们夫妇之间》，《人民文学》1950年第1期。

忘掉了革命年代艰苦朴素的个性，开始迷恋买皮鞋、抽纸烟、看电影、吃“冰其林”和跳舞，他“进了城就忘了广大农民”，开始对城市生活盲目崇拜，一言以蔽之，他的心“大大的变了”。

当然，作为中华人民共和国成立初期“社会问题剧”的惯常结尾模式，小说不可避免地为这对“欢喜冤家”设置了夫妻和解的结局，以此表明“知识分子与工农结合”的城市改造主旨。尽管李克“自省”式的“和解”多少显得有些突兀，但依然显示了小资产阶级知识分子的诚挚，他感动于妻子在“小娟偷表”事件的妥善解决中对无产阶级“尊严政治”的维护，进而从“她”身上“发现了不少新的东西”，而这正是“我所没有的”。也就是从这里开始，他重新认识妻子的“狭隘、保守、固执”，及她与城市格格不入的特性。而对于妻子张同志来说，她也开始逐渐拆除与城市的紧张关系，认同城市的价值观，实现由“农民”向“市民”的“蜕变”。小说中写到，她对“擦粉抹口红”，脑袋像“草鸡窝”的“女工”“开始变得很亲近”，面对丈夫的调侃，她的反驳是，“她们在旧社会被压迫，迫切需要解放”，并反斥其为“狭隘保守”。于是，这里的“解放”便具有了意味深长的含义。在城市生活的“熏陶”中，她买了旧皮鞋，服装也变得整洁，粗言秽语开始减少，并“学会了礼貌”，在“要代表大国家的精神”的名义下，她实际上已经在无形中“被城市改造”。通过这种“双重改造”的呈现，作者萧也牧力求不偏不倚地实现“知识分子与工农群众”的“双重批判”，在批判“我”的“小资产阶级脱离现实生活的成分”的同时，也对妻子在“坚强的阶级仇恨心和同情心”之外的“急躁的情绪”隐含着批评。而小说最后也设置了一个典型的小资产阶级式的结尾：“夕阳照到她的脸上，映出一片红霞。微风抚着她那蓬松的头发……我忽然发现她怎么变得那样美丽了呵。我不自觉地俯下脸去，吻着她的脸。仿佛回到初恋的‘幸福时光’。”[①]

在中华人民共和国成立初期“书写规范”尚不明朗的情况下，以略带喜剧化的方式饶有兴味地呈现城市市民生活本无可厚非，更何况萧也牧业已服膺于“文艺为政治服务，文艺为工农兵服务”的创作原则。正如评论者所言，《我们夫妇之间》从意义系统上来看，其出发点仍属对“左翼文学”传统的延续，即“通过日常事件的叙述，将日常性提升至超验层面，表述‘知识分子与工农相结合’的解放区文学命题”[②]。但即便如此，小说典型的“小资产阶级”“叙事腔调”，在经历了“可不可以写小资产阶级”[③]的讨论之后，依然遭致批评界的非难。因此，萧也牧的小说在赢得一片短暂的赞誉之后，不久便引来一阵批判的声音。陈涌就毫不客气地指出，小说表现了“依据小资产阶级的观点、趣味来观察生活、表现生活”的“不健康倾向”[④]。对于陈涌、丁玲和冯雪峰等当时批评家来说，萧也牧的“政治冒犯”无疑是不可原谅的“错误”。

然而就小说而言，需要指出的是，文本并没有表现出叙事者对主人公李克这位“原形毕露的洋场少年”及其价值倾向作出明显的“认同式”的书写，毋宁说小说本身包含着某种程度的“反讽”或“张力”，即在叙述者与主人公之间刻意保持着价值犹疑和“间离”的距离，或用研究者的话说，“小说的创作中基本上

---

① 萧也牧：《我们夫妇之间》，《人民文学》1950 年第 1 期。

② 张鸿声：《〈我们夫妇之间〉及其批判在当代城市文学中的意义》，《郑州大学学报》2005 年第 4 期。

③ 指 1949 年 8 月至 11 月，上海《文汇报》“磁力”副刊进行的“可不可以写小资产阶级”的讨论。这次争论是由陈白尘参见第一次文代会回到上海后的讲话，以及冼群对陈白尘的批评引起。参与讨论的主要有冼群、张毕来、黎嘉、何其芳、乔桑等，论争最后以主张“可以写小资产阶级”的代表人物冼群发表“自我反省”文章《文艺整风粉碎了我的盲目自满——从反省我提出“可不可以写小资产阶级”的问题谈起》（《文汇报》1952 年 2 月 1 日）结束。

④ 陈涌：《萧也牧创作的一些倾向》，《人民日报》1951 年 6 月 10 日第 5 版。

遵循的是话语忏悔立场”[①]。这种“话语忏悔立场”至关重要的作用是在叙事人和主人公的不同价值立场之间划出一道“分界线”，从而有限度地表现出“小资产阶级”自我批判的鲜明意识。也就是说，“李克”作为一个“返城”的“小资产阶级”知识分子，是作为小说作者萧也牧观察生活之后，提出来的一个“社会问题”的“表征”。而他通过小说的叙事展开，也是希望借此疗救“革命之后”由“农村”向“城市”的转移中出现的“现实危机”，然而小说的叙事手法却极大地干扰了这种文学疗救的愿望达成。

相当多的研究者都注意到这篇小说的“叙事手法”给作者带来的“政治危机”，即《我们夫妇之间》中的第一人称叙事。作者以需要改造的小资产阶级知识分子“李克”作为主角，以其作为第一人称的视角展开叙事，将工农群众“妻子张同志”置于被审视的位置，这就使得知识分子有了一种叙述优势，而有着“坚定的政治立场”和与“旧的生活习惯不可调和”的张同志却成了一个被“他者化”的“被改造者”。于是我们看到，小说中，“我”的思想转变显得意味深长。如评论者所说的，“从叙述的主题来看，《我们夫妇之间》是不会受到批评的，但是从叙述的角度来看，情况就会发生变化”[②]。因此小说被批判的原因，在很大程度上应归咎为“我”作为一个“不可靠的叙述者”，其实被当成了作者萧也牧的化身。这种由“角色”向“叙述者”的偏移，使得文学的虚构特质遭到了极大的漠视。也是在这个意义上，丁玲批评这篇小说：“李克实际上是个很讨厌的知识分子……李克最使人

① 李遇春：《权力·主体·话语——20世纪40—70年代中国文学研究》，华中师范大学出版社2007年版，第370页。

② 周新民：《由“角色”向“叙述者”的偏移——十七年第一人称叙事小说论》，《华中科技大学学报》2001年第3期。

讨厌的地方，就是他装出高明的样子，嬉皮笑脸地玩弄他的老婆——一个工农出身的革命干部。”他（它）“嘲弄了工农兵”，“骗过了一些年轻的单纯的知识分子”，“应和了一群小市民的低级趣味”[①]。小说中，“李克”的“讨厌”，悄然变成了“作品”和“作家”的“讨厌”。而冯雪峰更是极为尖锐地将“李克”的“思想倾向”归结为萧也牧的“政治态度”，“假如作者萧也牧同志真的也是一个小资产阶级分子，那么，他还是一个最坏的小资产阶级分子！”作品是“对人民没有爱和热情的玩世主义”，如果任由这种倾向发展下去，“就会达到政治问题，所以现在就须警惕”[②]。于是，政治批判的矛头就这样轻而易举地从“李克”转移到了萧也牧身上。

然而在批判的背后，重新去发掘萧也牧通过小说叙述所提出的问题则显得意义非凡。现在看来，萧也牧所提出的问题在于，共产党“进城”之后如何防微杜渐，杜绝城市的消费环境带给人的精神腐蚀的问题，这里涉及社会主义革命及城市化进程中，知识分子和工农群众的双重改造如何可能的问题。尽管小说中，李克最后对自己的思想有所反省，对妻子也做出了某些妥协，但他改变的主要是自己对妻子的“思想认识”，在“具体行动”上并没有多大改观。因此无论如何，小说中李克的“转变”是廉价而轻率的，这位“原形毕露的洋场少年”身上还残留着“病入膏肓”的“小资产阶级劣根性”；而妻子张同志的转变则较之前者更具坚实的质地，对于李克来说，城市生活已经使妻子的“急躁冒进”和“简单作风”连同她的“保守”“狭隘”“固执”等特

① 丁玲：《作为一种倾向来看——给萧也牧同志的一封信》，《文艺报》1951年第4卷第8期。

② 李定中（冯雪峰）：《反对玩弄人民的态度，反对新的低级趣味》，《文艺报》1951年第4卷第5期。

性都得到了极大的“改观”。她从极端敌视、警惕城市生活到逐渐“开窍”，不再那么“偏激”，对女工涂口红、烫发也看得惯了，穿起了旧皮鞋，也开始讲究起服装和仪态来。也就是说，她是“的的确确被城市改造”，开始“向都市投降了”。因此，从张同志身上，可以明显地看到“精神现象学”式的无产阶级“城市化”历程，其中“真正自我”的实现所包含的工农群众“被城市改造”的意味极其明显，小说也是在这个意义上被批判的，某种程度上在于第一人称叙事中包含的轻率感与价值倾向问题。但其实质在于，不能容忍无产阶级“被改造”的故事，不能容忍工农干部向城市认同，向小资产阶级生活认同这一完全与“解放区传统”相悖谬的态势。也就是说，在资本主义城市的“丰富”面前，工农群众的“溃退”与“认同”，这种现实的“可怕”在于，它似乎让人得以洞悉无产阶级文化的某种“匮乏”，进而指陈无产阶级理想的“空洞”。正如小说所言，“不能要求城市完全和农村一样”，这种论断本无可厚非，但对其非阶级化、非伦理化的评断，小说中对“抹口红、烫头发、爵士乐、高楼大厦”等城市“资产阶级生活符码”的宽容，又似乎直指无产阶级文化自卑感的“痛处”。而敏感于城市文化对“解放区传统”的消弭作用，通过批评的方式，小说及其批评事件也宣告了“知识分子与工农群众”在中华人民共和国成立初城市化进程中“双重改造”的不可能性。

第二节　“堕落干部”的进城故事

如果说萧也牧的《我们夫妇之间》通过一对革命夫妇的家庭悲喜剧，来凸显“革命之后”无产阶级与城市的内在矛盾，以及由此衍生的“社会主义危机”，那么俞林的《我和我的妻子》则同样将

“进城”的社会矛盾焦点聚集在“家庭”和“夫妇之间”。

“在一个婚礼上，有位来宾向大家讲了以下的故事。”在俞林笔下，这个“夫妇之间”感情聚合的故事以这样的方式展开。在此，作者显然吸取了《我们夫妇之间》所包含的批判教训，转而通过“讲故事”的方式获得一种“间离效果”，以此规避第一人称叙述所承担的意识形态风险。以类似的方式减轻叙事者对故事本身的沉迷，从而获得一种置身事外的安全感，在同时期作品中并不鲜见。[①]

在《我和我的妻子》的“进城”故事中，“我的妻子”是一位“刚从城市里来的女学生”，有着十足的小资产阶级情调，革命对她的吸引在于“很有意思”，然而她毕竟在革命的年代经受了锻炼。当“我们”一同从革命年代走过之后，在我的“官僚主义”和“私心”的照顾下，她终于“丢掉做医生的前途”，开始进入平庸的城市日常生活。于是，家庭生活与革命热情之间的矛盾开始凸显，平庸生活的苦闷开始蔓延。为了消除这种苦闷，“她要在业余时间向机关里的一个干部学弹吉他”[②]，由此走向腐败堕落的境地。

从表面上看，“我的妻子”与《我们夫妇之间》中的“李克”比较相似，都是“返城”的知识分子革命者，而且故事本身也是在反省“我”的“官僚主义”和“妻子”进城以后的“变质”，然而此处问题的关键却在于“告别革命”所造成的日常生活的“瓦解”。我的官僚主义在于“不关心自己的妻子”，“不从政治上帮助她”，使“她越来越不像一个从老区来的干部”，而“她”则遭受着资产阶级文化——“弹吉他”——的致命吸引。这里不仅仅是一个“革命者”进城之后的“日常生活”的焦虑，

---

① 与此类似的有邓友梅的《在悬崖上》的开头，“闷热的夏天”，“大家轮流谈自己的恋爱生活”。既要讲述一个温情脉脉的情感故事，又要逃避某种可能的政治苛责。

② 俞林：《我和我的妻子》，《新观察》1956 年第 11 期。

以及“娜拉走后怎样”的女性主体性建构的问题，更是一个无产阶级文化的“匮乏状态”和资产阶级文化“致命吸引”的问题，这也许才是故事本身所暗示出的城市秘密所在。

面对“妻子”的堕落，“我”深情地回想起“那些曾一度在她身上闪耀过的光芒，体会到她那些曾有过的幻想和希望”，这无疑是革命年代的人性闪光。然而，如“我”所思索的，“为什么这些火花没有燃烧成火焰就熄灭了呢？”果真如小说所阐述的，“是我把妻子当作自己的附属品，把她放在身边，不叫她学习，也不叫她工作。借口‘照顾’她，其实却是为了自己有一个所谓‘温暖’的家，让妻子成为照顾这个家的主妇”吗？或者，“正是我这种可耻的思想窒息了她发出的火花，阻挡了她前进的道路”吗？换句话说，是“政治生活”的缺位所引起的“学习”匮乏造成的后果吗？事实恐怕并没有那么简单。就像小说所揭示的，“妻子”堕落的根源，即那位“弹吉他的干部”不出所料地“与私商勾结，贪污公款”，这是作者俞林为城市资产阶级趣味所设置的“合理结局”。结合“三反”的斗争背景，这种“政治无意识”的流露恰如其分地体现了意识形态的焦虑所在。小说最后，“我妻子后来到纺纱厂做工会工作，一开始很困难，但是她没有退缩，她又恢复了从前的样子，积极、热情，很快就入了党”①。尽管这种与《我们夫妇之间》一样的大团圆结局符合观众善良的阅读期待，也体现了作者试图弥合“意识形态创伤”的努力，但社会主义城市在“资产阶级趣味”的内在干扰中所呈现的分裂状态却是无法挽回的困局。

与《我们夫妇之间》《我和我的妻子》比较相似，“山药蛋派”小说家孙谦的作品《奇异的离婚故事》也描写了一个革命干部

① 俞林：《我和我的妻子》，《新观察》1956 年第 11 期。

“进城”之后的堕落故事。小说主人公于树德在“革命之后”的城市的所作所为，非常符合毛泽东在七届二中全会上所描述的警惕对象。进城之后，他不自觉地受到资产阶级思想“毒素”的影响，“生活”上开始蜕化变质，不仅变得“爱穿戴，也爱玩儿，还爱跳舞”，而且追求一种“有‘无产阶级的思想’，又有‘小资产阶级的风度’”[①] 的价值取向。他热衷于物质享受：沙发、小汽车、毛料子制服，喜欢到著名的工商业城市出差，有着十足的官僚主义做派，他的“反省丸”和“自我检查丹”蒙蔽了许多人。他爱上了“梳着两条长辫儿的大学生陈佐琴”，每天“坐着小汽车逛公园”，开始嫌弃自己乡下的“黄脸婆”，并酝酿着与她离婚。

小说是围绕于树德“抛弃妻子”的故事展开的，而在孙谦这位农民小说家道德化的书写之中，于树德毫无意外地被塑造为十足的道德败坏者、共产党干部中的蜕变者，一个“当代陈世美”的形象。与此相反，他眼中的“黄脸婆”妻子，那位曾经“脸儿红红的，一对大眼睛象是两颗晶亮的星星”的“救命恩人”，则被塑造为任劳任怨，具有传统美德的农村妇女。因此在很大程度上，这位“良心让狗吃了”的负面道德型干部形象，是通过被叙述为伦理的敌人，从而被认定为阶级敌人的。在此，于树德这个“官僚主义者”是被依附在“抛弃妻子”的民间伦理的“冒犯者”之上的。[②] 就这样，于树德这位腐败堕落、贪图享受的官僚

---

① 孙谦：《奇异的离婚故事》，《长江文艺》1956 年第 1 期。

② 这不由得使人想起孟悦在《〈白毛女〉演变的启示》一文中对“延安文艺历史多质性”的精彩分析，在她看来，“民间伦理秩序的稳定是政治话语合法性的前提。只有作为民间伦理秩序的敌人，黄世仁才能进而成为政治的敌人”。也就是说，“政治力量最初不过是民间伦理逻辑的一个功能。民间伦理逻辑乃是政治主题合法化的基础、批准者和权威。只有这个民间秩序所宣判的恶才是政治上的恶，只有这个秩序的破坏者才可能同时是政治上的敌人，只有维护这个秩序的力量才是政治上以及叙事上的合法性”。因此在某种程度上，“民间秩序塑造了政治话语的性质”。参见唐小兵编《再解读：大众文艺与意识形态》（增订版），北京大学出版社 2007 年版，第 57—58 页。

主义者，抛弃“糟糠之妻”的传统伦理的“入侵者”，毫无意外地被塑造为阶级的敌人，等待着被起诉和查办的命运。

正像研究者所分析的：“这篇小说是以一种传统的乡村文化性质的审美价值观来对当时城市中工农干部在生活上蜕化变质的现实进行艺术表现的。这必然带上某种文化的偏向。最明显的是小说中对于于树德的‘缺德’描写有很大程度的夸张和漫画化，而对他妻子杨玉梅的‘美德’则是相应的理想化。”① 这其实也透露出彼时意识形态对城市腐蚀作用的警惕。值得一提的是，于树德虽然是一位革命者，从战争年代走过，但他是“在城市里读过中学，又在他父亲的店铺学过买卖——有一些城市经验”，由此被调到城市去工作的。因此，他与《我们夫妇之间》中的“李克”非常相似，都是作为“返城者”重回城市的。而他本人进城当官后的堕落，也鲜明地体现出“城市经验”作为一种负面所指的意义。“生活中确实有这种荒诞的事情！”《奇异的离婚故事》的结尾意味深长，也毫无疑问地包含着某种现实主义的批判意味。② 尽管它顺应了“双百”时期“反官僚主义”的历史潮流，但至关重要的是揭示了城市对于“革命之后”的社会主义政治空间的腐蚀。

在“进城者”的眼中，“革命之后”的社会主义城市是一片“解放”的天堂，而社会主义清教徒式的文化匮乏状态却终究难敌幽灵般残存的资本主义文化，这也是解放所呼唤出的“个人”

---

① 徐剑艺：《城市与人——当代中国城市小说的社会文化学考察》，云南人民出版社1989年版，第40页。

② 《奇异的离婚故事》发表之初赢得了批评界的好评（参见薄鸣《像火一样烧毁思想中的资产阶级毒素——〈奇异的离婚故事〉读后感》，《长江文艺》1956年第3期），但在20世纪60年代的批判氛围中却被指责为对新社会的“攻击和诬蔑”（参见红笔《矛头指向哪里？——评孙谦的〈奇异的离婚故事〉》，《山西日报》1960年1月5日；李束为、马烽等《危险的道路——评孙谦小说的思想倾向》，《读书》1960年第4期）。

的病症所在。邓友梅的《在悬崖上》讨论的也是“革命之后”的城市夫妻关系问题。这篇小说的主人公不再是昔日的革命者和进城干部，而是一位暗示出负面形象的工地技术员、小资产阶级青年。在他这里，这种“个人主义”与资产阶级趣味更加肆无忌惮，因此也极为暧昧地揭示出城市的“美”“自由”“消费主义”“物质主义”等资产阶级因素对“社会主义城市”的“诱惑”。小说中，“我”在妻子（“革命伴侣”）与情人（艺术学院毕业的雕塑师加利亚“资产阶级女青年”）之间的情感抉择，被暗示为“实用大方”与“华丽外表”两种不同美学风范的对峙。当然，最终的结局无疑是社会主义理想的胜利，但在意识形态的教益之中，迟疑的瞬间终究暗示了“情感”与“诗意”令人心醉的吸引。《在悬崖上》有一段经典段落，讲述“星期六的机关舞会”中“我”和爱人，以及加丽亚的相逢。面对突然出现的加丽亚，“我”不禁开始后悔，不该把妻子带到这里来丢人现眼。“糟糠之妻”令他自惭形秽，在这种伦理关系中，微妙地象征着社会主义美学在资产阶级面前的自卑状态。紧接着，小说描述了“我”和加丽亚酣畅淋漓的舞蹈：“音乐一响，我俩就旋风似的转过了整个大厅，人们那赞赏的眼光紧追着我俩闪来闪去。加丽亚得意地说：‘我好久没这么高兴过了，跳舞本身是愉快的，被人欣赏也是愉快的’。”[①] 这种“个人”陶醉于资本主义文化的欣快感，以及城市的“诗意”与“趣味”，终究是具有道德洁癖的社会主义文化无法提供的，于是“堕落”便显得不可避免。

在此颇有意味的是，从《我们夫妇之间》到《在悬崖上》，小说都不约而同地写到了“机关舞会”。作为一种社会主义城市的大众娱乐方式，“机关舞会”被认为是对20世纪30年代营业

① 邓友梅：《在悬崖上》，《文学月刊》1956年第9期。

性舞厅的“重塑”。从40年代的“延安交谊舞”到中华人民共和国成立初期的“机关舞会”，“舞蹈”尤其是“交谊舞”，作为一种资产阶级城市娱乐方式，出人意料地被社会主义文化吸收和改进。这体现了社会主义文化在一种节制的原则中对“身体解放”的认同和对欲望放纵的警惕。然而，就是“机关舞会”这种意识形态规训下某种“洁净”的大众娱乐方式，也在中华人民共和国成立初期的城市题材小说中酿成了苦果。无论是《我们夫妇之间》中的李克，还是《在悬崖上》中的“我”，抑或《上海的早晨》中那位迷恋“机关舞会”的张科长，都是在物质欲望的沉迷中冲决了身体解放的适度原则，从而演变为精神堕落的肮脏后果。这种情节设置的原则，已然体现出“机关舞会”这一社会主义城市文化形式的破产迹象。

这其实也体现出“进城”的无产阶级政权，不断面临的文化抗争的命运。这就像《霓虹灯下的哨兵》中的“游园会”，以及“革命剧《白毛女》”与“好莱坞电影《出水芙蓉》”之间的争斗。如果从“进城”的历史脉络来看《霓虹灯下的哨兵》，则主人公排长陈喜身上也或多或少呈现出于树德的影子。[①] 在此，故事的主体变成了解放军战士，更凸显出“阶级斗争”的紧张局势。在反动派的叫嚣中，排长陈喜果然陷入城市的“物质主义”迷恋。他开始钟情“花袜子”，而嫌弃“老布袜子”，开始忘却象

① 据悉，该剧的创作是在将生活艺术化的基础上，依据领导意图、形势需要不断修改、锤炼而来的，这也是“十七年”时期文学创作的普遍情形。《霓虹灯下的哨兵》最初主要是反映人民内部矛盾，表现“腐蚀与反腐蚀”的主题，其中围绕排长陈喜的主要情节是：他进城后被上海的“香风”迷惑，看上了进步学生赵霞，看不起自己的农村妻子春妮儿，想离婚再娶，偏偏春妮儿又被评为劳动模范，成了赵霞学习的榜样。剧本写成后，这样的情节被批评为不符合“生活本质的真实”，一个进步的女学生怎么会腐蚀干部呢？在重新修改的剧本中，赵霞便换成了女特务曲曼丽。于是，中华人民共和国成立初期常见的一个婚变矛盾，被改写成更为重大迫切的阶级斗争问题。参见沈西蒙《〈霓虹灯下的哨兵〉创作回顾》，《戏剧艺术》1979年第2期。

征着“部队的老传统”“解放区人民的心意”的“针线包”。城市的“香风毒雾”已然让他“思想深处发霉”，“出现腐烂的斑点”。他鼓励童阿男和林媛媛的约会，认为“你是个解放军，大方些，别叫上海人笑话!”另外，对赵大大的“黑脸”也极尽揶揄，“黑不溜秋的，靠边站站吧!”这都体现出对无产阶级“土”的厌恶。在他眼中，上海繁华的城市空间，使得鲜明的无产阶级特征恰恰成为城市的嘲讽对象。在此至关重要的是，妻子春妮儿连同她那“破旧”的“支前扁担”“红布包袱”，都激起了陈喜“致命”的自卑感。因此，尽管文本之中“老布袜子”的象征意义在于，“结实、耐穿，穿着它，脚底板硬，站得稳，过去穿着它能推翻三座大山，今天穿着它照样能改造南京路!”但陈喜对春妮儿“无意识”的“摒弃”，联系上海这一花花世界的背景，便具有了意味深长的内涵。

城市给家庭带来的变故，感情危机背后蕴含的意识形态危机，这些都显示出无产阶级文化的匮乏状态，它似乎难以抵挡资产阶级文化的吸引，而“革命之后”的城市便是这一文化的重要载体。《乘风破浪》中的“进城工人”李少祥，面临着同乡下姑娘小兰和上海姑娘小刘之间的情感抉择。尽管最后，小说在一种无产阶级劳动美学的价值评判中选择了小兰，但李少祥的“延宕”本身却在无意间透露出“小刘”这一有文化又有着“摩登”意味的资产阶级女子的致命吸引。而在《霓虹灯下的哨兵》中，尽管排长陈喜最后在指导员的教育下幡然悔悟，但他对“春妮儿”的坚守，毋宁说只是对解放区人民的道德承诺，而社会主义文化在很大程度上就是依赖这种道德的“超我”结构得以维系的。

在“进城”的故事中，面对城市的诱惑，道德蜕变者往往与政治蜕变者有着惊人的同构关系，这也是城市官僚主义的由来。

他们的形象在王蒙的《组织部来了个年轻人》、刘宾雁的《在桥梁工地上》《本报内部消息》，以及杜鹏程的《在和平的日子里》中有着清晰的呈现。如果说草明的《火车头》中刘国梁的“官僚主义”被认为是照搬农村经验到城市来的“保守”与“狭隘”，那么刘世吾、罗立正和梁建等则是“革命之后”安享“和平日子”的落伍者和堕落者。尽管刘世吾这位革命年代的英雄，从战场和农村来到城市和组织部，作为“经验丰富”“心地单纯”的“布尔什维克”，并不能简单地被看成一个官僚主义者，但他的“世故”和“冷漠”，以及安于现状的“逃避哲学”，却终究体现出官僚体制中策略性的自我保护，这无疑是与革命理想背道而驰的。而《在和平的日子里》中的梁建作为一个坐享和平的建设者，他丝毫没有意识到“和平日子”蕴含的严峻危机。他的问题在于将过去“忘光”，忘却了自己作为一位革命者从失败走向胜利的艰辛，他“要能把经过的一切事情都忘光，好像那些事情根本没有发生过一样。要不，人就永远不能安然地过日子！”这里的“安然”一词让人想到了张爱玲对人生“安稳”的追求，这种日常生活的逻辑几乎就是城市的秘密，却是革命的大敌，也是革命者从乡村走向城市的危机所在。小说通过对梁建革命史的回顾，引出了一个“革命之后”的“蜕变”的问题，正如韦珍所说，“一个人只有在自己没有饭吃、没有出路、活不下去的时候，才有奋不顾身的革命劲头？等到他不愁吃穿了，生活环境安逸了，他听不见生活在怎样呼唤社会主义？他的生命就失去动力？这样的人，能算真正的革命者？”① 在此，作为现代文明的城市，它一方面对传统农耕文化具有强烈的消解作用，但另一方面，作为资本主义的产物，城市对于革命所建构的无产阶级政权又具有明显的腐蚀效应。

---

① 杜鹏程：《在和平的日子里》，人民文学出版社 1958 年版，第 110 页。

第三节 “农民进城”与城市想象

正是基于作为资本主义产物的城市文化所具有的腐蚀作用，无产阶级文化对城市想象充满了敌意。于是跳出城市，在略显保守的乡村伦理背景上，梳理“十七年”农村题材小说中“农民进城”与城市想象的脉络，便会更为尖锐地呈现出社会主义城乡文化想象的复杂关系。

作为一个起源于乡村的革命政权，中国共产党领导的人民政府多少带有一些道德理想主义情愫。在此之中，城市因其裹挟着资本主义因素，而被主流文化警惕，真正意义上的城市文学也由此消亡。对此有研究者曾指出，毛泽东是在“农村包围城市”战略方针的指导下取得全国胜利的，中华人民共和国成立后，他很快就把一种“毛主义”的城市规则运用到政治生活之中：“城市不过是外国统治的舞台，而不像马克思确信的那样，是现代革命的舞台。”这种强烈的反城市偏见“认为城市是资产阶级思想、道德和社会腐败现象的根源”。[①] 因此，从一开始，城市就连同“旧中国历史中的病态肮脏”一道，被打上了摆脱不掉的“原罪”烙印。正是在这个意义上，如论者所言，“中国的城市文学始终是生不逢时，它遭遇乡土中国永不衰竭的历史力量，尽管它也具有强大的历史活力，但它只能是遭遇主导历史排斥的‘他者’，一个‘大他者’”[②]。这个排斥的主导便是借助主流意识形态力量迅速成长的“农村题材

① ［美］莫里斯·迈斯纳：《毛泽东主义中的乌托邦社会主义论题：城乡关系》，《马克思主义、毛泽东主义与乌托邦主义》，张宁、陈铭康译，中国人民大学出版社 2005 年版，第 58 页。

② 陈晓明：《城市文学：无法现身的“他者”》，《文艺研究》2006 年第 1 期。

文学”[1]，革命在城市的“驱魔”中造就了“乡土的胜利”，使得“乡土”和“农村”几乎囊括了新中国文学的全部历史。

在《中国新文学大系·小说二集》导言中，鲁迅曾这样概括“乡土文学”：“凡是在北京用笔写出他的胸臆来的人们，无论他自称为用主观或客观，其实往往是乡土文学，从北京这方面来说，则是侨寓文学的作者。”[2] 在此经典的定义中，“乡土”不过是城市知识分子的想象之物，因此也应属于广义上的城市文学。对此，王德威认为：“没有城市，何来乡土？乡土意象的浮现离不开都会的对应存在”，这是一种“相生相克的关系”[3]。然而颇为有趣的是，在“十七年”的农村题材小说中，这种“相生相克的关系”出现了一个异乎寻常的“颠倒”，即此时的小说在单调的农村生活之外，若隐若现地透露出了“城市的信息”。当真正的城市文学已经被“工业小说”取代时，农村题材小说中的城市叙述便成了“窥探”城市的绝佳路径。这种意外的呈现犹如意识形态的“伤口”，恰如其分地传达了此时主流文化有关城市想象和叙述的“征兆”[4]。在农村题材小说中，叙述的重点在于此时此地的政治运动和乡村生活，比如“合作化”或“人民公社化”运

---

① 关于当代文学中的“农村题材小说”与现代文学中的“乡土小说”的不同特征和意义，参见王又平的《从“乡土”到“农村”——对中国当代文学主导题材形成的一个发生学考察》，《华中师范大学学报》2003年第3期。

② 鲁迅：《中国新文学大系·小说二集》（序），《鲁迅全集》（第6卷），人民文学出版社1982年版，第247页。

③ 王德威：《想象中国的方法：历史·小说·叙事》，生活·读书·新知三联书店1998年版，第364页。

④ 此处的“征兆”（symptom）来自齐泽克（Slavoj Zizek）的观点。齐泽克在《意识形态的崇高客体》（*The Sublime Object of Ideology*）中用拉康的精神分析学，对马克思的商品、弗洛伊德的梦这种“形式”进行了追问。在他看来，通过分析要揭穿的“秘密”不是被形式（商品或梦的形式）隐藏起来的内容，而是这种形式自身的“秘密”。他进而指出，“马克思发明了征兆”的意义在于，马克思主义“意识形态批判”的基本程序是“征兆性的”，它探究的是“意识形态领域的崩溃点”。此处的城市叙述也可作如是观，重要的不是想象和叙述背后隐藏的内容，而是这种想象和叙述的形式本身。

动等，然而在此之中，作为“他者”的城市却从侧面“幽灵般”显现。在这个意义上，城市（或“都市”）成了“社会主义文化缺席的在场者”①。这种侧面的呈现并非毫无意义，它旨在通过展现乡村伦理的坚守、浪漫主义的城乡抉择，以及社会主义的意识形态教育，来“形构”城市的微妙意涵，并由此彰显彼时的意识形态征候和现代性秘密。

一 城市的文化想象

美国城市文化学者刘易斯·芒福德在其名著《城市文化》中曾这样谈道：“人类文化生活是在城市环境里才达到了它的顶峰，实现了其浓缩的极致的。”② 他也曾借用中世纪欧洲的一句谚语来谈论城市的意义：“城市空气能使人获得自由。”然而在芒福德看来，尽管人们“之所以聚居在城市里，是为了美好的生活”，但“对于中世纪城市内部的社会生活而言”，“资本主义制度本身”作为“一种破坏性力量”是不言而喻的。而关于资本主义的兴起对城市文化的冲击，理查德·利罕在《文学中的城市：知识与文化的历史》一书中亦有着清晰的说明。他以“文学中的城市”为线索，在城市与文本的互文式阅读中，着重考察了欧美城市不同发展阶段文学的表现方式，并从中发现了资本主义与城市文学的秘密，“随着城市变得越来越趋向于物质主义，文学想象中开始出现针对它的敌意，这一敌意与对启蒙价值的不信任携手而至”③。因此现代资本主义的发展，既带来了城市的繁荣，也直接

① 戴锦华：《犹在镜中：戴锦华访谈录》，知识出版社 1999 年版，第 67 页。

② ［美］刘易斯·芒福德：《城市文化》，宋俊岭、李翔宁等译，中国建筑工业出版社 2009 年版，第 68、517 页。

③ ［美］理查德·利罕：《文学中的城市：知识与文化的历史》，吴子枫译，上海人民出版社 2009 年版，第 6 页。

导致了《圣经》之中的“天堂之城”向“地狱之城”（或“上帝之城”向“人之城”）的堕落。这样的城市象征符号不断回响在后世的文学中，“天堂之城”和“地狱之城”的比喻也影响着文学对城市的想象。这种圣城与罪恶之城的对立，“表现了物质和现实城市体验与精神的理想城市幻想之间的复杂关系，表达了人类对于自己最壮观、最可见的创造物以及最复杂的组织形式——城市——既自豪又自负、既爱又恨的复杂情感”。[①] 在浪漫主义以降的文学表述中，城市作为社会衰败和道德罪恶的代表，不断通过堕落城市的隐喻，来凸显拜金主义与精神危机的“反都市”主题。由此而生，在对城市的文学表现中，矛盾和爱恨交织的情况也由来已久。从巴尔扎克笔下的外省青年到狄更斯小说中的“工业废墟”，再到波德莱尔的巴黎“恶之花”，西方悠久的现代文学传统，大体贯穿了一个“爱恨交织”的城市情感脉络。而自晚清以来的中国文学，也在乡村宗法社会的破解中延续了这一主题。从丁玲、茅盾等的“左翼”小说，到老舍笔下的“骆驼祥子”等，都通过“乡下人”失败的城市经验，表达出都市控诉的反现代主题，并由此彰显乡村与城市之间一目了然的情感倾向。

如理查德·利罕所言，“每一次‘革命’都是对城市的一次‘重新表述’（re-presentation）”[②]，新中国成立后农村题材小说虽包含了乡村文化的保守狭隘和社会主义的意识形态规训，但其“重新表述”之中仍依稀联结着此前西方现代文学的反都市传统。它们大多通过“乡下人进城”中城市景观的呈现，来“形构”城市的意义和意识形态征候。在这些进城的“乡下人”眼中，城市

① 陈晓兰：《城市意象：英国文学中的城市》，广西师范大学出版社2006年版，第230页。

② ［美］理查德·利罕：《文学中的城市：知识与文化的历史》，吴子枫译，上海人民出版社2009年版，第21页。

往往因其负面而难以适应。如在王杏元的《绿竹村风云》（第一部）中，有一段县里税务局同志向主人公王天来介绍当时的城市印象，“在‘三反’运动前，有些奸商市侩，企图走私漏税。他们天天和你混在一起，称兄道弟，用金钱美女向你进攻，如果你说没爱人，他们马上会给你介绍一个漂亮的姑娘。他们邀你上酒楼，见你喝醉了，会扶你进房睡觉，把你的旧鞋拿掉，换上新的皮鞋。你手上是旧手表，醒来时，会变成一个顶好的手表在你眼前闪光。要是你失去警惕，就会被他们拉下陷阱去”[①]。这显然表达出一种对城市的恐惧（抗拒）心态，在其眼中，社会主义改造之前的城市是充满陷阱和欺骗的地方，能够引起人的堕落和沉沦。这种对资本主义“糖衣炮弹”的恐惧，毋宁说是中国革命“农村包围城市”的原初焦虑和寓言写照。这些负面的城市形象，不仅是现代性本身的“病灶”，更是对社会主义革命圣洁性的威胁。

在此，“左翼文学”由来已久的城市资本主义批判被发扬光大，然而在这种“反现代的现代性”追求中，“制度化”的农村题材文学毕竟包含着更为严峻的意识形态焦虑。这些作品里的负面人物，总免不了会把城市看作“个人发家”[②]的好地方，比如在秦兆阳的长篇小说《在田野上，前进!》中，村支部的徐翠莲便属此类；而《三里湾》里的范登高更不用说，这位村长不仅做起了小买卖，还雇人帮他赶驴，而城市便是他们进货赚钱的主要

---

① 王杏元:《绿竹村风云》（第一部），人民文学出版社上海分社 1965 年版，第 144 页。

② 关于“自发的资本主义”，根据林蕴晖等在《凯歌行进的时期：1949—1989 年的中国》（河南人民出版社 1989 年版）中的考察，1952 年 8—9 月，中共中央委托中央政策研究室召开全国第二次互助合作会议，对《关于农业生产互助合作决议（草案）》进行修改，并检查如何办好农业生产合作社的问题。时任中共中央政策研究室副主任的廖鲁言在会上讲话说，中央关于农业生产合作社决议草案下达后，下面干部与自发的资本主义倾向做斗争的信心提高了，有了明确的发展方向。在谈到目前合作运动发展中的几个问题时，他首先强调了“与自发的资本主义倾向的斗争，仍须加强”。由此可见，“土改”之后农村“自发资本主义”的倾向非常严重。

场所。小说借小俊之眼，描写了一段范登高家里的商品盛况，“见范登高家的桌子上、床上放着好多新东西——手电筒、雨鞋、扑克牌、水果糖、棉绒衣、棉绒毯子、小孩帽子、女人帽子、头卡……还有些没有拆开的纸包”[①]。如此繁多的商品的呈现，并不在于渲染社会主义物质产品的丰富，而是在一种马克思主义的商品“拜物教”阐释中，对资本主义的投机倒把和发家道路的意识形态批判。在这种“两条道路的斗争”中，意识形态的紧张使得一切商业活动都具有了欺骗的罪恶本质。这一点在《创业史》中也有体现。小说对乡镇粮食市场的那段描写便是明证：“看吧！黄堡桥头这约莫五十步长的粮食市场上，现在，到处在议价了……总之，熙熙攘攘，市声冲天。但所有这一切都是必要的吗？这里的一切活动都是欺骗和罪恶啊！损人利己、损公利私的行为，在这里都被商业术语，改装成‘高尚的’事业了。”[②] 就是在这个“罪恶”的粮食市场，郭世富以次充好，欺骗了一个粮客。在主流意识形态看来，正是万恶的自由市场和商品交易使得一切罪恶得以滋生，人们的欲望也得到极大地膨胀。正是这种对商品经济，以及对资本主义市场关系的恐惧，才导致了对城市的终极焦虑。这可能就是王德威所谈到的，当代文化传统中的“城市—小资产—资本主义—颓废—堕落”的“奇怪逻辑”[③] 产生的重要原因。对于国家意识形态来说，城市的资本主义性质是亟待“驱魔”的对象，而对于老实巴交的农民来说，商业和资本更是传统乡村伦理的“腐蚀剂”，因而也被视为可怕的洪水猛兽，“庄稼人最骇怕吃亏了。不管是什么时候，他们对商人始终保持着高

① 赵树理：《三里湾》，作家出版社 1963 年版，第 20 页。

② 柳青：《创业史》（第一部），中国青年出版社 1977 年版，第 471 页。

③ 王德威：《想象中国的方法：历史·小说·叙事》，生活·读书·新知三联书店 1998 年版，第 364 页。

度警惕”[1]。

如果说《创业史》中对城市资本主义的偏执想象，还包含着“重农抑商”的悠久传统中“庄稼人”由来已久的保守和狭隘，那么浩然的《艳阳天》中的敏感与警惕则与特定年代紧张的意识形态冲突密切相关。小说《艳阳天》“讲述话语的年代”正值“文化革命”前夕（1964年9月，1966年3月、5月，《艳阳天》第一卷、第二卷和第三卷分别出版），用小说中的话说，“一场社会主义大辩论就要深入展开，一个社会主义建设的新高潮就要到来”[2]。在此情境之中，作者浩然将小说“话语讲述的年代”锁定在1956—1957年间，则无疑包含着极为鲜明的激进政治诉求，即将农村的“合作化运动”与城市的“反右派斗争”结合起来，从而彰显特定年代的“两条路线斗争”。于是这部农村题材小说在合作化运动之外，也广泛涉及农村生活之外广阔的历史背景，呈现出“城乡互动”的小说格局。在此之中，城市作为“隐匿”的“他者”，却时时“在场”，影响着乡村的政治生态。小说中的“东山坞”，匍匐在城市“大鸣大放”的阴影下，承受着来自城市的“负面”消息。如马之悦和“弯弯绕”等，就与生活在城市里的子辈们关系密切，甚至与反动分子范占山暗中勾连，伺机破坏农业社的生产生活。如小说中瘸老五从北京的来信，马立本与范占山的通信，直接联系着“东山坞”富裕中农的土地分红歪风。而地主马小辫的儿子马志新的来信，则直接指向了城市政治运动与乡村“两条路线斗争”的关联：“整风、大鸣大放，机关、学校，到处是战场，斗争如火如荼，万分激烈。美国自由世界的风尚，将来到北京。学校老教授，很希望在农村出现一些敢于闹事

① 柳青：《创业史》（第一部），中国青年出版社1977年版，第570页。

② 浩然：《艳阳天》（第三卷），人民文学出版社1966年版，第551页。

请愿的人，跟城市的勇士们呼应起来，再通过舆论在全国、全世界传播开来。”[1] 于是，在城市和乡村、北京和“东山坞”、鸣放会与合作化运动之间，便出现了极为微妙的“镜像”关系。北京的“新思潮”和“毒种子”，酝酿着城乡勾结的“变天”阴谋，“城市是这样，不能不影响到农村，农村有地、富，有反革命，有投机分子，这也是毒种子，也会发芽抬头”。[2] 这样的意识形态叙述，无疑是特定年代阶级斗争的生动写照，更是城乡关系的激进化想象。

二　农村还是城市？这是一个问题

如前所述，城市的资本主义面目，往往使其成为主流意识形态的批判对象。于是在小说的叙述之中，静谧的乡村生活总是与危机四伏的城市相对照，成为小说情感投射的主要窗口。陈登科的小说《风雷》中的反动特务胡永贵，《艳阳天》中的反动分子范占山，都与城市关系密切。这种人物设置清楚地表明：城市是物质丰裕的享乐空间，又是藏污纳垢的肮脏所在，是阶级斗争的严峻空间。由此，面对城市的诱惑，乡村群众的价值选择便显得极为重要。农村还是城市？这是一个生死攸关的问题。

康濯的《水滴石穿》讲述了一个城市的失败者重新回到农村的故事。小说中的农村姑娘张小柳迷恋城市生活，然而在一段并不成功的“城市冒险”之后，她无奈地回到了农村。当被问到能否与旧日对象言归于好时，小说女主人公申玉枝这样反问：“你

① 浩然：《艳阳天》（第二卷），人民文学出版社 1966 年版，第 710 页。

② 浩然：《艳阳天》（第二卷），人民文学出版社 1966 年版，第 355 页。

如果考上学校，进了工厂，找了称心的工作，或是你那个好同学一直跟你好下去，你还会想起他？你还会回来？”小柳的回答也暗示了作者的态度：“我是要回农村，要劳动，要建设社会主义，要挽回我过去扔了的前途!”[①] 然而，此时的张小柳果真“挽回了”自己过去“扔了的前途”吗？就像她所说的，“我没脸，我实在不想白天进村啊!”失败的城市经验令她羞愧难当，这种“羞愧”之中有着复杂的深意：这既是对自己过往弃绝乡村行为的羞愧，更包含着一种被城市拒绝而不得不重返乡村的羞愧。因此，虽说小说最后农村终于战胜了城市，但这种胜利很难说是乡村伦理的真正胜利，而毋宁说只是一种“虚妄的胜利”[②]。因为在此之中，女性主人公在离开的那一刻便已注定了她们对乡村的弃绝与不贞，因此，这些最后的无奈坚守者连同她们农村社会主义建设的光荣，居然是以被城市的拒绝反衬出来的，[③] 这可能也是小说的叙述者在无意间流露出来的价值指向。

这样的价值指向在很多长篇小说中都体现得极为明显，《香飘四季》《水滴石穿》《在田野上，前进!》等作品，都不乏逃避农村的年轻姑娘。她们不愿在农村劳动和受苦，往往四处寻找婚姻择偶的机会，以求伺机进城。这样的情节设置旨在表明，城市不过是好逸恶劳者纵情享乐的地方，也是不安心农村劳动的年轻女子的“避风港”。因此，她们的城市经历未能如愿也就不足为奇了。对于特定年代的政治氛围来说，城市与乡村之间的价值选

---

① 康濯：《水滴石穿》，人民文学出版社 1981 年版，第 250 页。

② 路遥 1982 年的小说《人生》也塑造了一个从乡土到城市，又返回乡土的农村青年形象。在高加林这里，“离去—归来”的个人奋斗模式也是以被城市的拒绝而告终的。因此小说最后，主人公“扑倒在黄土地上”，毋宁说也是一种乡村的“虚妄胜利”。

③ 当时流传一句谚语，“走了的都是英雄好汉，留下的都是稀松懒蛋”，中华人民共和国建立之初，政府希望农民扎根农村，但严酷的事实却让部分农民脚踏田里，眼望城市，形成一股进城风潮。参见李巧宁《1950 年代：“翻身农民”想进城》，《时代教育》2008 年第 8 期。

择，显然具有生死攸关的意识形态意义。这是因为，“革命之后”的社会主义城市，已然成为阶级斗争和符号争夺的关键领域。在秦兆阳的《在田野上，前进!》中，面对这样的提问，“你们为什么不想到城市里去呢?”小妮子的回答是：“我没价到过城市地方，可我听见人们说过，那儿连个长草儿的地方也没有，连个透气儿的地方也没有，尽是房子挤房子、车挨车，连走道儿都不敢放心大胆地走，哪如俺们乡下畅快!”[①] 这里无疑是以审美的眼光对农村和城市之间关系的重新审视，从而在一种对宗法制乡村“原初激情”式的浪漫主义想象中，达成了对城市物质文明的抽象拒斥。这种拒斥所包含的乡村坚守意味，顺理成章地与主流意识形态有关城市与乡村的价值选择形成了“合谋”。在此，意识形态的“说教”在一种对乡村伦理的“原初激情”式的迷恋中得以呈现。于是，乡村的伦理坚守、浪漫主义的城市批判以及社会主义的意识形态选择，这三者之间的矛盾和冲突，几乎构成了“十七年”农村小说中特有的城市宿命。

如前所言，在农村题材小说中，城市的“负面”形象几乎随处可见。西戎的小说《姑娘的秘密》描写在县城里当收购员的李桂生回农村看望玉花姑娘的场景，他“穿着皮鞋，戴着呢子帽，嘴里还镶了两颗金牙”[②]，却并没得到玉花的好感；而在康濯的小说《春种秋收》中，百货公司的干部“头发梳的透亮，穿着新皮鞋和细腿的裤子”[③]，也没得到农村女青年刘玉翠的认同。城市人的举止和装扮，时常成为农民的批评对象。然而，城市毕竟对于农民有着巨大的吸引力。尤其是当“城市”与“工人”、“工业化”等结合在一起而体现出十足的正面形象时，城市的腐朽与堕

---

① 秦兆阳：《在田野上，前进!》，作家出版社 1956 年版，第 190 页。

② 西戎：《姑娘的秘密》，人民文学出版社 1959 年版，第 108 页。

③ 康濯：《春种秋收》，作家出版社 1955 年版，第 24—29 页。

落这才“烟消云散”。在马烽的小说《韩梅梅》中，张伟离开农村去省城当了工人，这让他妈感到非常荣耀，逢人就说儿子当了工人，因为那个时候，“当工人是最吃香的”[①]。而在马烽的另一篇小说《一架弹花机》中，因为购买弹花机的缘故，张老大和张宝宝进过城，所以他们两人回来后带回一肚子的城市见闻，这吸引了全村男女老少都聚拢到院子里，等着听他俩来分享。“合作社院里真象唱戏赶会一样热闹，全村男女老少进进出出，都来看省城办回来的货物。有的问洋火多少钱一盒；有的问颜料多少钱一钱；还有的问省城里怎个热闹，火车汽车是个甚样子。”[②] 小说在此，“进过城”意味着“见过大世面”，能被村民们高看一眼，这显然也反映出农民对于城市生活的艳羡与好奇。由于张宝宝从城里捎回了“一个红红的化学梳子、一个圆圆的小镜子，还有一本蓝色的硬皮日记本”，宋小娥“每天总要把这些东西拿出来偷偷看三遍，心里经常是热乎乎的，说不来是怎股劲”[③]。正是出于这种对城市的艳羡和渴望，《创业史》中出现了当时农村青年踊跃参加城市招工报考的壮观场景：“当西安国棉三厂招女工的通知到了下堡乡。乡政府的大院子，拥挤着满院的闺女们。”“分配给渭原县的名额只有二百八十个女工，报名的突破三千了。光城关区就有一千多报名的。”[④] 和徐改霞一样，无数的农村女青年都期盼着考进工厂，实现离开农村进城当工人的梦想。

然而，这样的城乡伦理位置，乡村与城市之间如此鲜明的意识形态选择，却因为城市“工业化”的干扰而出现一定程度的价

---

① 马烽:《韩梅梅》，少年儿童出版社 1955 年版，第 19 页。

② 马烽:《一架弹花机》，见《村仇》，人民文学出版社 1958 年版，第 6—7 页。

③ 马烽:《一架弹花机》，见《村仇》，人民文学出版社 1958 年版，第 10 页

④ 柳青:《创业史》（第一部），中国青年出版社 1977 年版，第 440 页。

值犹疑与纠结。原本一贯被批判的城市物质主义，也在“工业化”的掩护下，获得了些许合法的迹象。这突出地表现在《创业史》中徐改霞的职业选择上。在自己爱慕的梁生宝和向往的城市生活之间，徐改霞的“延宕”显得意味深长。当她纠结要不要去通过报考“国棉三厂”进入城市时，小说这样写道：“她的心沉重得很。她感动难受，觉得别扭。她问她自己：你是不情愿离开这美丽的蛤蟆滩，到大城市里去参加国家工业化吗？她心里想去呀！对于一个向往着社会主义的青年团员，没有比参加工业化更理想的了。听说许多军队干部和地方干部，都转向工业。参加工业已经变成一种时尚了。工人阶级的光荣也吸引着改霞。”[①] 小说无意间触及当时城乡之间的敏感问题，即“国家工业化”与“农村集体化”到底孰先孰后？当时，国家工业化建设已经逐渐展开，城市开始向农村吸收劳力。小说中，郭振山的三弟郭振江，就是“在城市向农村第一次要人的时候”，去西安电厂当了徒工。而蛤蟆滩“有名的俊女子”改霞也在犹豫，要不要“奔赴祖国工业化的战线”。尽管对于蛤蟆滩的人而言，进城参工意味着现代化事业给他们的生活带来的一种新的可能，意味着对古老人生模式的一次突破，具有十足的现代意义，但对于农业合作化这项伟大的社会主义实践来说，二者又具有明显的冲突。这毋宁说是现代性本身的冲突。小说中，对于当时城市招工之于农村合作化建设的破坏，主人公梁生宝表达了自己的忧虑。因此，尽管作者柳青以一种略带保守的乡村本位立场表达了对城市的偏见，但其内在的目的却是服务社会主义实践，即另一种“现代性的追求”。而且，作为一种现实政治，这对于当时城乡发展的政策也有一种政治辩论的意图，包含着对当时“国家工业化”背后“农村青年

① 柳青：《创业史》（第一部），中国青年出版社 1977 年版，第 244—245 页。

盲目流入城市”问题的回应。[1]

尽管“国家工业化”确实是“更要紧”的事情，但不可否认的是，在徐改霞报考国棉三厂这一献身国家工业化的“崇高思想”中，依然夹杂着对城市物质文化的迷恋。对她来说，城市抑或乡村，这是一个问题。“离开柿树院，住进工厂和工人宿舍里”，去享受“工人阶级的光荣”和“工业化理想”，这固然是一项伟大的事业。但在这崇高的理想之中，又包含着对城市舒适生活的莫名焦虑。改霞的心理活动已然暴露了这一点：“她似乎是追求工资奉养寡母的乡村闺女，她似乎是很希望嫁给一个在城市生活的小伙子。结婚对她，似乎只不过是每月几十块人民币，一双红皮鞋和一条时髦的灯芯绒窄腿裤子的集中表现而已!”[2] 因此，尽管改霞和生宝之间有着纯洁而深厚的情谊，但改霞的隐晦选择和暧昧态度，还是让梁生宝这位扎根农村的“社会主义新人”心痛不已，因为对他来说，改霞已经“和庄稼人不是一条心”了。这种道德的抉择，便是对他们之间爱情关系的终极宣判。正如梁生宝对冯有万所说的，“人家想进工厂哩。你思量，既有这意思，咱何必惹那个麻烦？咱泥腿子、黑脊背，本本色色，不攀高亲。咱要闹互助合作，又要闹丰产，咱哪里有闲工夫和她缠？你往后再甭提这层事了”[3]。尽管这种农民的自卑中，夹杂着

---

① 中华人民共和国成立初农民外流的情况相当普遍，他们主要流向城市或工矿。当时，政府下发了一系列制止农民“盲目外流”的文件，如 1954 年 3 月 12 日的《关于继续贯彻〈劝止农民盲目流入城市的指示〉》、1956 年 12 月 30 日的《国务院关于防止农村人口盲目外流的指示》、1957 年 3 月 2 日的《国务院关于防止农村人口盲目外流的补充指示》、1957 年 5 月 13 日的《国务院批转内务部关于灾区农民盲目外流情况和处理意见的报告的通知》、1957 年 12 月 18 日的《中国共产党中央委员会、国务院关于制止农村人口盲目外流的指示》等（参见国务院法制局、中华人民共和国法规汇编编辑委员会编辑《中华人民共和国法规汇编》，法律出版社 1956 年版、1957 年版），并采取了相应的限制农民外流的措施。国家反复下发禁止“盲流”的文件，可见“盲流”现象在当时非常严重。

② 柳青：《创业史》（第一部），中国青年出版社 1977 年版，第 447 页。

③ 柳青：《创业史》（第一部），中国青年出版社 1977 年版，第 260 页。

对城市生活的狭隘厌恶，但是城市与乡村的选择，与扎根农村、投身合作化运动的意识形态运作，却是极为复杂地纠结在一起的，成为一个生死攸关的问题。

三　“工业化”与社会主义“城市景观”

事实上，如研究者指出的，“革命的农村和保守的城市”①，几乎是“十七年”文学最为重要的二元对立结构，这也深刻体现了中国现代性的复杂所在。正像莫里斯·梅斯纳所考察的，这种“前工业”的“落后地区的革命马克思主义意识形态”，实际上来自“毛泽东主义”的“乌托邦社会主义”实践。在他看来，毛泽东摒弃（或超越）了马克思主义“以现代化城市为中心”的革命进程，而在一种“唯意志论”的理想主义中，相信经济落后的“革命农村”能最终战胜发达的“城市”。尽管这种类似于农民本位主义的“偏执”，目标并不在于城市的“农村化”，也不在于乡村的“城市化”，而是致力于一种“农村现代化”，使现代化的城市与共产主义的农村逐步相融，最终“消除城乡差别”，但在其客观效果上，“对农村生活美德的颂扬和对‘堕落的’城市生活方式的抨击，强化了公社化运动的反城市倾向”。这种“反现代”的倾向包含的“本土色彩”如此浓厚，以至于有论者将其看作孔子以降“中国传统的对大自然的倾慕之情”。于是，传统与现代的面目在此几乎模糊不清。然而，梅斯纳还是一针见血地指出了其中的根源，“无论传统社会中农民对寄生的以行政为基础的城市如何憎恶，孔夫子的弟子们对乡村美德的称颂有怎样的影响，

---

① 孟繁华：《传媒与文化领导权：当代中国的文化生产与文化认同》，山东教育出版社2003年版，第76—77页。

毫无疑问，在现在反城市观念的形成中，最重要的因素乃是现代帝国主义的入侵，正是这种入侵使中国城市成为外国的领地，成为外国统治的象征”[①]。因此，在这“堕落”城市的背后，既有社会主义与资本主义的意识形态争辩，也有第三世界国家“脱殖民化”，走向独立的民族主义“创伤”。

于是，农村题材小说在一种浪漫主义的“去城市化”中，回到了“前资本主义”时期反对资本主义制度的思潮，在此，新的城市建构中的社会主义工业化便具有意识形态疗救的重要意义。在毛泽东那里，“乌托邦社会主义”必然包含着民族自强的现代性诉求，而“大规模的工业化为一个崭新社会的诞生创造着经济基础”。对新的人民政权而言，作为资本主义代名词的“城市”本身，在社会主义的文学视野中被批判性审视的同时，却终归需要有一种真正的社会主义城市形象得到正面呈现。尽管如大卫·哈维（David Harvey）在《巴黎城记：现代性之都的诞生》（*Paris, The Capital of Modernity*）中所说的，革命的现代性的开启总是与“创造性的破坏”有关，“在于它采取与过去一刀两断的态度”[②]，但在他那里，奥斯曼的巴黎重建之中，却蕴涵着资本主义城市及现代性的起源神话。而对毛泽东来说，新的城市形象则迫切需要通过社会主义改造来建构，这种“社会主义现代性”的诉求在于将颠倒的世界重新颠倒回来，正如他所说的“我们不但善于破坏一个旧世界，我们还将善于建设一个新世界”[③]。

那么，如何将颠倒的世界重新颠倒回来？毛泽东却依然动用

---

① ［美］莫里斯·迈斯纳：《马克思主义、毛泽东主义与乌托邦主义》，张宁、陈铭康译，中国人民大学出版社2005年版，第66、59页。

② ［美］大卫·哈维：《巴黎城记：现代性之都的诞生》，黄煜文译，广西师范大学出版社2010年版，第1页。

③ 毛泽东：《在中国共产党第七届中央委员会第二次全体会议上的报告》（1949年3月5日），《毛泽东选集》（第四卷），人民出版社1991年版，第1439页。

的是“工业化”这一资本主义现代性的资源。在他看来，将“消费城市”变成“生产城市”便可使城市的原罪在社会主义工业化的建设中得到荡涤，这其实也颇为无奈地反映了中国这个第三世界国家在社会主义进程中体现出的现代性尴尬。在此意识形态的烛照下，“生产的城市”则不可避免地成为此一时段文学中亮丽的“景观”。

作为一部合作化题材的农村小说，柳青的《创业史》站在乡村伦理的立场上，对以梁生宝为代表的社会主义新农村历史实践给予了极高的礼赞。然而，对于国家的工业化，柳青也极为矛盾地表达出崇高的敬意。小说的历史背景非常明确，那就是第一个五年计划时期的西安，小说从侧面反映了这座城市热火朝天的建设场景。小说最后，在与农村合作化几乎平行的历史线索中，作者也畅想了国家工业化建设的远景，这无疑也印证了柳青关于城乡之间互动的深入思考。1955年他在写给陕西省委书记的信《建议改变陕北的土地经营方针》中就曾建议：“陕北应当结合自然和气候条件，改变土地经营方针，可以种植苹果，利用黄河水利条件兴建水电站，经过土地经营方针和经济结构的调整，必然导致现代工业城市的兴起，延安、绥德、榆林三地将成为工业城市。”[①] 确实，只有“工业化”作为一种“健康”的城市背景，才能得到社会主义文学的推崇和礼赞。这也就像王汶石笔下的黑凤所设想的，将来农村也要实现现代化，无数排列成行的铁塔、电线、拖拉机，拔地而起的是像小城一样布满楼房的新式村庄。《艳阳天》里的萧长春心里则有一幅“全县、全北京郊区、全中国都是一个样儿”的东山坞的未来发展图。同样，《三里湾》中

① 孟广来、牛运清编：《中国当代文学研究资料——柳青专集》，福建人民出版社1982年版，第45页。

的“民间画家”老梁描绘出一幅“社会主义时期的三里湾”的未来美景。这些都无一例外地指向了“工业化”的社会主义新农村远景。

“工业化”的意识形态烛照和城市的社会主义改造，使新的社会主义城市景观在腐朽堕落的“旧城市”之外“浮出历史地表”。在浩然的《金光大道》中，有一段来自芳草地的农民畅游“新北京”的描写，小说也借此呈现出一派新的完全不同的城市叙述。在他们的视野中，城市并没有《我们夫妇之间》中的“我的妻”所感到的陌生与异样，相反，城市却如乡村般安静祥和。小说的主人公高大泉将其归咎为“人们思想的变化”。确实，“三反五反”之后的城市，经历了社会主义改造，开始呈现出一派新的城市景观。当然，这种有关“解放”和“新时代”缔造的堂皇叙事中所包含的意识形态烙印也是清晰可辨的。旧时代的污泥早已一扫而空，这里没有歌舞厅和爵士乐，也没有城市的霓虹灯，看不到目迷五色的都市景观，更没有奇装异服的城市人群，“城市—资本主义—堕落”的逻辑也开始渐次消解。尽管在保守的乡村伦理看来，它依然“不如咱们乡下出来进去方便”，但鲜明的阶级归属感却油然而生，这就像小说中人物所言的：“天下是咱们的了，大城市也是咱们的了。”面对这样的宣告，刘祥也感慨：“过去一提大城市，我就又怕又恶心。这回一迈进城门，就觉着到了家一样。”在此，作者并没有一味“延宕”他们的“城市穿行”经验，而将高大泉他们迅速引入火热的城市工业生产之中。在去往火车站的路上，这群进城的农民们惊奇地打量着周围的一切，现代化的纺织厂和面粉厂令他们惊叹不已，而工人们“动人的劳动场面”更令他们艳羡无比。展现在他们面前的，是一副具有强烈的现代色彩的城市景观：“铁轨象一个壮汉身上的筋骨错综交叉，不知伸展到山南海北什么地方去；信号灯在天空变幻着颜色，列车喷着云彩一样的浓烟，响着悠扬的汽笛声，来来往往、轰轰隆隆，连老远的树枝和墙壁都随着颤动；人和机械发出的声响，汇成最动听的音乐；装卸工人来往奔忙，各种卡车、三轮车、排子车，出出进进，一天到晚喧闹不止。”[①] 正是新的主人翁意识及其阶级归属感的思维烛照，使得这些工业景观的描写并没有展现出浪漫主义作家所声讨的现代工业文明与人的对立与压抑迹象。面对这样的城市，“钻惯了高粱地的庄稼人”显然是既“好奇”又“惊叹”，这里既是没有见过世面者的城市猎奇，也表现出对“光辉灿烂的”现代工业文明由衷赞叹。

实际上像这样的工业景观的描写，在同时期的工业题材小说中并不鲜见。艾芜在《百炼成钢》中，便将“冲天的高炉、庞大的瓦斯库、高耸的水塔、架在空中的煤气管、无数林立的烟囱”所构成的工业场景，称为“一个童话的国度”[②]。而草明的《乘风破浪》更是不断渲染炼钢厂雄伟屹立的高炉和烟囱。这种“未来主义”式的城市工业景观，实际上是主流意识形态对现代化的矛盾心态的投射。在毛泽东那里，只有“生产的城市”才是健康的城市，这一方面来自中国这个一穷二白的农业国在“追英赶美”的意识形态争辩中所承受的“落后的焦虑”；另一方面也来自马克思有关劳动价值理论的叙述，劳动的神圣缔造了生产的纯洁。毫无疑问，浩然所构建的“北京”是按照主流意识形态的理想“想象”出的城市，在他笔下，新的人民政权竭力推行这种具有乌托邦色彩的城市规划，然而这种规划毋宁说是中国这个承受“落后焦虑”的第三世界国家的现代化宿命。

① 浩然：《金光大道》（第一部），人民出版社1972年版，第159页。

② 艾芜：《百炼成钢》，作家出版社1958年版，第3页。

第二章　城市改造的文学表述

中华人民共和国成立之后，伴随着政权的更迭，中国共产党执政党地位的确立，其政策也由此前的“农村包围城市”，转移到“由城市领导乡村”[①] 的城市工作重心上来。其实早在 1949 年 3 月 5 日召开的七届二中全会上，毛泽东便对“进城”之后的党的基本政策作了阐释。他在宣称将党的工作重心由乡村转移到城市的同时，提醒并告诫广大干部要谨防资产阶级“糖衣炮弹”侵蚀，谦虚谨慎、戒骄戒躁，保持优良的革命传统。他的讲话不仅强调工作重心转移的必然性，同时又把这个问题上升到能否巩固政权的政治高度：“必须学会在城市中向帝国主义者、国民党、资产阶级作政治斗争、经济斗争和文化斗争……不学会同这些人作这些斗争，并在斗争中取得胜利，我们就不能维持政权，我们就会站不住脚，我们就会失败。”[②] 这意味着对于进城之后的中国共产党人而言，通过“城市的改造”来奠定其合法性地位，成为势在必行的政治实践。在《剑桥中华人民共

① 胡绳主编：《中国共产党的七十年》，中共党史出版社 1991 年版，第 365 页。

② 毛泽东：《在中国共产党第七届中央委员会第二次全体会议上的报告》（1949 年 3 月 5 日），《毛泽东选集》（第四卷），人民出版社 1991 年版，第 1427 页。

和国史》中，美国历史学家马丁·金·怀特（Martin King Whyte）曾饶有兴味地描述了“人民共和国的城市生活”。在他看来，中华人民共和国成立初期中国共产党人并不满足于旧城市来管理城市。面对旧城市的“烂摊子”，“中国共产党决心从根本上改变中国城市的特征，而不单纯是从资本主义向社会主义的转变的问题。中国新的领导人想摆脱上述种种城市罪恶，重建新型的城市——稳定的、生产性的、平等的、斯巴达式的（艰苦朴素的）、具有高度组织性的、各行各业紧密结合的、经济上可靠的地方；减少犯罪、腐败、失业和其他城市顽疾”[①]。由此，共产党的城市改造便随着进城的步伐而展开。

在本章中，笔者选取三个个案来讨论社会主义过渡时期城市改造的文学表述和阶级解放的叙事关系问题。话剧《龙须沟》通过“龙须沟”及其改造而凸显“旧中国”的形象，由此而引出的是一个新中国成立初城市改造的话题，进而将城市的环境治理与底层的解放叙事联系起来，突出地表现了城市景观和“物质灾难”背后的政治隐喻和意识形态背景。而“50年代的妓女改造”叙事则在城市改造的叙述中更为鲜明地呈现出“城市文明病”的“疗救”与“卫生现代性”的建构所蕴含的辩证关系，并由此凸显出阶级解放与被侮辱者的尊严政治的问题。同样，“工人新村”及其叙述也生动体现了城市的政治变革，以及在此商品和服务型行业占据主导的“消费城市”向以产业工人占重要地位的“生产城市”转变过程中，工人阶级在“恢复生产、群众动员、社会主义改造以及城市工业化”等诸多方面发挥的重要作用。这三个个案鲜明地呈现了社会主义城市改造

① ［美］R. 麦克法夸尔、费正清编：《剑桥中华人民共和国史：中国革命内部的革命 1966—1982 年》，中国社会科学出版社 1998 年版，第 713 页。

与无产阶级解放叙事之间的紧密联系。

第一节　治理“龙须沟”与北京城市改造

在中华人民共和国成立之初的城市题材文学中，《龙须沟》是一个颇为奇特的文本。相对于被经典化的《茶馆》，《龙须沟》经常被贬抑为没有价值的宣传品。实际上，就像研究者所说的，“这部话剧在主题和形式方面都有开拓性的成就。它属于第一批描绘新中国城市的文学和电影作品，并奠定了关于城市发展和更新的戏剧对话的基础。”① 具体而言，它不仅具有“虚构文学形象”的意义表征功能，而且还具有“具体城市景观”的现实塑造意义。除此之外，作为一种“社会象征行为的叙事”，“龙须沟”还具有“政治无意识”的潜在内涵。从老舍的话剧剧本，到焦菊隐的话剧“演出本”，最后到电影版本的影像传递，这个文本在文学读者、话剧观众，以及电影观影者多重目光的交错中，逐渐成长为一个颇具轰动效应的公共性话题。在此之中，“龙须沟”及其城市景观成了“都市生活加之于文学形式和文学形式加之于都市生活的持续不断的双重建构”②。在这个互动的文学接受模式中，公众通过阅读《龙须沟》得以了解现实中“龙须沟”旧貌换新颜的伟大历史变迁。而在阅读之后，通过走访真实的“龙须沟”，又可以印证《龙须沟》的文学想象绝非妄言。于是，现实与想象的相互支撑、印证，使得作为公共性话题的“龙须沟”实际已在“同义反复的游戏”中深深扎根于公众。

① 柏右铭：《城市景观与历史记忆——关于龙须沟》，见陈平原、王德威主编《北京：都市想象与文化记忆》，北京大学出版社2005年版，第411页。

② ［美］理查德·利罕：《文学中的城市：知识与文化的历史》，吴子枫译，上海人民出版社2009年版，第3页。

正是在这个意义上，有论者指出，“能将一条沟的治理与一个时代联系起来的，唯有龙须沟”[①]。

作为一种城市景观，“龙须沟”在老舍的话剧剧本、焦菊隐的话剧演出版，以及冼群编导的电影中呈现的都是一派“旧中国”“旧社会”的残破形象。正如老舍在《龙须沟》的开头以近乎白描的语言叙述的那个令人震惊的场景：

> 龙须沟……沟里全是红红绿绿的稠泥浆，夹杂着垃圾、破布、死老鼠、死猫、死狗和偶尔发现的孩子。附近硝皮作坊、染坊所排出的臭水，和久不清洗的粪便……所以这一带才俗称为“臭沟沿”……每逢下雨，不但街道整个的变成泥塘，而且臭沟的水就漾出槽来，带着粪便和大尾巴蛆，流进居民们比街道还低的院内、屋里，淹湿了一切的东西。遇到六月下连阴雨的时候，臭水甚至带着死猫、死狗、死孩子冲到土炕上面，大蛆在满屋里蠕动着，人就仿佛是其中的一个蛆虫，也凄惨地蠕动着。[②]

随后，这个惊悚、恶心的场景在电影中通过镜头语言得到了更为具体的呈现，也使观众获得了更为直接的“震惊体验”。无疑，这种边缘之地的“灾难性场景”因之与“旧社会”的反动与没落紧密联系，而使得这种“社会象征行为的叙事”具有了显著的政治意义。这不由得使人想起闻一多笔下的《死水》，在他那里，那沟“清风吹不起半点漪沦”的“绝望的死水”，所表征的

① 瞿宛林：《观察新中国的一个视角——试析龙须沟治理与新中国形象》，《当代中国史研究》2007 年第 2 期。

② 老舍：《龙须沟》，见张庚主编《中国新文艺大系（1949—1966）》（戏剧集）上，中国文联出版公司 1991 年版，第 85 页。

正是一个需要被摧毁的世界，一个令人绝望的“老旧中国”形象。最后，诗人的愤怒也直接指向一种明显的“政治怨恨”。从“死水”到“龙须沟”，可以看出同样的寓言结构，即物质景观的背后深藏着某种政治隐喻。

在这个意义上，我们看剧中的几个人物，就不难明白他们为什么会如此刻意地强调自己对“臭沟”的厌恶。其实就整个“感时忧国”的现代文学传统来看，在任何时候，物质的恶劣都远远不及精神的困顿带给人们更多的痛苦。然而，在《龙须沟》第一幕中，老舍却借助几个人物，极为夸张地表现了他们与“臭沟”的“刻骨仇恨”。比如，被“臭沟熏得不爱动”的“疯子”就不停地抱怨：“臭鞋、臭袜、臭沟、臭水、臭人、臭地熏得我七窍冒烟!”“二春”也说：“这儿是这么脏，把人熏也熏疯了!”而因为街上全是泥而无法摆摊子的“娘子”，也在埋怨这种“物质的贫困”：“这个鬼地方，一阴天，我心里就堵上个大疙瘩！赶明儿六月连阴天，就得瞪着眼挨饿!”就连拉车的“丁四”，这个“骆驼祥子”式的人物，在下雨不敢回家的时候，也无奈地感叹：“有这臭沟，谁也甭打算好好的活着”，“蹬上车我可以躲躲这条臭沟!”更别说可怜的“妞子”，在狂风大雨中，被“精湿烂滑”的“臭沟”夺去了生命。在此，每个人悲惨多舛的命运似乎都与“臭沟”息息相关，“小妞子”的死更是使人直接将其与“吃人的旧社会”相联系。甚至作者直接将“臭沟”斥为“顶厉害的恶霸”，“臭沟，就是要命鬼”。显然，这种激愤的夸张之词，其实是为了揭示城市景观和物质灾难背后的政治隐喻和意识形态背景。然而令人惊异的是，“龙须沟”一方面是“臭沟”；另一方面也是让人难以离弃的“宝地”。正如剧中“大妈”对“没事儿就往姐姐那儿跑”的“二春”所批评的：“说什么龙须沟脏，龙须沟臭！她也不想想，这是她生身之地；刚离开这儿几个月，就不肯再回来……真遭罪呀!”① 进而，这位略显保守的人物坦率地说出了不应离开“龙须沟”的真正原因，“这儿是宝地！要不是宝地，怎么人越来越多?”在此，被称为“宝地”的“臭沟”无疑所表征的是让人不离不弃，又爱又恨的国族形象。因其是家园，让人怜爱；唯其肮脏，又惹人怨恨，这就是“龙须沟”与“旧中国”带给人们的心理感受，也是亟待改造的“旧北京”让作家老舍油然滋生着爱与恨。在老舍心目中，北京就是不折不扣的“宝地”。在《宝地》一文中，他这样谈到，“在我们的院后，有一个大坑。附近的人家与铺户，每天都把垃圾与污水倒在那里。冬夏常青，我们的院中总是臭气袭人。那个大坑承收着死猫腐鼠，同时大量地滋生蚊蝇。”影影绰绰，这个污水坑似乎就是当年的“龙须沟”。然而，“这是什么宝地呢?”老舍先生随后发问，一个“肮脏的宝地”意味着什么呢?在老舍的记忆里，直到中华人民共和国成立，“垃圾与污水”才变成了“楼宇与鲜花”。作为一位从“旧社会”走来的知名作家，老舍见证了新生人民政权建立的伟大时刻，分享着这个国家的无上荣光，也不自觉地在内心里将新旧两个时代作出对比。“北京的确是宝地了！在这块宝地上，我记忆中的那些污秽的东西与坏风气永不会再回来。是啊，我不是凭着回忆而热爱北京，我热爱今天的与明天的北京啊!”除旧布新，“只有人民当了家，到处才都会变成宝地。这是一条真理”②。

老舍的这种热爱和愤怒，其实都体现在了《龙须沟》里。在“宝地”和“龙须沟”的城市景观背后，蕴藏着一个亟待摧毁的“旧中国形象”。在这个意义上，我们来看戏剧中老舍借“程疯

① 老舍：《龙须沟》，见张庚主编《中国新文艺大系（1949—1966）》（戏剧集）上，中国文联出版公司1991年版，第88页。

② 老舍：《宝地》，《老舍全集》第15卷，人民文学出版社1999年版，第57页。

子”说出的那句预言，“沟不臭，水又清，国泰民安享太平”，便可明白其中的寓意了。将城市的环境治理与一个国家万世太平的隐喻，以及由此而衍生的人民政权的合法性建构联系起来，《龙须沟》可以说是开了先例。

通过“龙须沟”凸显“旧中国”的形象，由此引出的是中华人民共和国成立之初城市改造的话题。如前所述，《龙须沟》的意义恰恰在于，将北京的城市环境治理与国家形象的隐喻，及新生人民政权的合法性建构联系起来。于是，“治理龙须沟所产生的巨大的政治和社会影响以及凸显的中共执政理念成了值得关注和深思的问题”①。

1949 年 1 月，人民解放军和平解放北平，古老的北京城获得新生。然而，国民党政权留给中国共产党的不仅是一个民不聊生的烂摊子，而且还是一座残败失修、脏乱不堪的城市。能否恢复和发展生产，能否管理好经济，是中国共产党进城后，尤其是治理首都北京成败的关键。为此，1949 年 4 月 16 日，中共北平市委在《关于北平市目前中心工作的决定》中明确指出：“恢复改造与发展生产乃是北平党政军目前的中心任务，其他一切工作都应该围绕这一中心任务来进行，并服从于这一任务。”②全国解放后，在新中国百废待兴之时，新成立的北京市人民政府就把市政建设提上了议事日程。当时根据市委书记彭真的指示，确定了“人民政府为人民”的市政建设方针，关注的重点之一就是尽快解决贫苦老百姓聚居区的环境卫生问题。1950 年 2 月，北京市第二届各界人民代表会议第二次会议决议指出，首先整治外

---

① 瞿宛林：《观察新中国的一个视角——试析龙须沟治理与新中国形象》，《当代中国史研究》2007 年第 2 期。

② 中共北京市委党史研究室：《见证北京：1919—2004》，北京燕山出版社 2004 年版，第 130 页。

城最大的污水沟——“龙须沟”①。

“龙须沟”是位于北京天桥东边的一条有名的臭沟。这种“由于老朽、过密以及上下水道尤其是排水设施不完善，在物质上不卫生、不健康的城市环境”，恰恰是日本学者芦原义信在《街道的美学》中所定义的“物质性贫民窟”②，这种边缘之地的城市景观既是一种贫困和不洁的表征，又包含着无产阶级、底层民众被压迫，被欺凌的政治现实。因此，对“物质性贫民窟”的治理和改造，对以“龙须沟”为代表的垃圾、粪便、脏水和臭水沟的处理，就不仅仅是城市卫生问题，更是一个政治议题。实践证明，在北京解放后一年内，市政府本着为人民服务的宗旨，克服财政紧张的困难，花大力气来整治城市的卫生环境，取得显著的成效。③ 通过清洁卫生运动，人民群众切实感受到人民政权为人民服务的宗旨，与旧政权形成了鲜明的对比。

具体到老舍的《龙须沟》，我们也可以看出围绕治理“臭沟”，话剧所展开的不仅是一个城市建设的话题，也是人民群众的意识形态教育问题。起初，作品中的“大妈”和“丁四”这两

① 在治理龙须沟决议发布前不久，时任市委书记的彭真在一次党的会议上指出：“我们的政权是人民的勤务，首长、各局局长、各区区长都是人民的勤务，要使人民进到我们的办公室来感到亲切，做到这个地步的政权人员才够格。”他要求各级领导干部要以“人民的勤务”五个字来要求和检验我们新生的政权。彭真还很形象地指出人民政府和历史上其他政府的区别，他说：“在像龙须沟那样恶劣的卫生环境下，历史上的统治者是用一块手绢把口鼻一捂的办法来解决问题，而人民政府不是靠小小的手绢和口罩，人民政府要普遍改善人民的卫生环境。”这些话并不是说说而已，很快就落实为具体的行动——龙须沟治理彰显了新中国成立初期党的执政取向。参见刘光生《龙须沟的变迁》，《中国作家》2009 年第 12 期。

② ［日］芦原义信：《街道的美学》，尹培桐译，百花文艺出版社 2006 年版，第 40 页。

③ 据统计，这一年内全市共清除垃圾 33.9 万吨；取缔城内的粪坑、粪箱、粪厂 890 个，把所积存的大粪 61 万吨清运到城外；掏挖各式明沟、暗沟及干路主要雨水口的淤泥 13770 立方，新建缸管沟 2577 米、水泥管沟 95.5 米、探井 123 座、雨水口 115 座。另外，新建颐和园至香山、三里河至东柳树井、广安门大街、宣外大街及朝阳大街等干线高级路面 108123 平方米，而国民党在抗战后统治北平的 3 年多时间里才修建了 90620 平方米。参见王蕾、李自华《迎接新中国成立的北平城市卫生治理运动》，《北京档案》2009 年第 9 期。

个“中间人物”，对于人民政府的修沟传闻并不相信，甚至在政府已经开工时，依然持怀疑态度，认为没有那么便宜的事。有些“无赖劲儿”的“丁四”将人民政府的修沟行动与自己“起劲儿干活儿”联系起来。当然，话剧最后以“怀疑者”的“臣服”，“大妈”“丁四”等积极参与修沟而告终。由此，新生的人民政权通过城市建设达成了意识形态的教育。清洁卫生运动，使中国共产党和新政权迅速赢得了民心，人民群众由衷地拥护中国共产党，拥护新生的人民政权。

如前所述，从“龙须沟”工程到《龙须沟》剧本，其意识形态意义是极为明显的。具体到老舍这里，作为一位以“讽刺”式的悲剧著称的现代作家，从“暴露”转向“歌颂”就更显其难能可贵了。正如老舍在《我热爱新北京》一文中所说的，“最使我感动的是：这个为人民服务的政府并不只为通衢大道修沟。而是也首先顾到一向被反动政府所忽视的偏僻地方。在以前，反动政府是吸去人民的血，而把污水和垃圾倒在穷人的门外，教他们‘享受’猪狗的生活。现在，政府是看哪里最脏，疾病最多，便先从那里动手修整；新政府的眼是看贫穷人民的”[①]。在多年以后的《生活，学习，工作》中，老舍再次表达了这种对新政权的由衷“臣服”，并感叹“没法不自动地热爱这个新社会”[②]。新的社会给了作家“应得的尊重”，使这位带着旧社会“原罪”的著名作家，甘愿为了新生的人民政权做出一番“艺术的冒险”[③]，恰如周扬所指出的，在

---

① 老舍：《我热爱新北京》，《老舍全集》第14卷，人民文学出版社1999年版，第314页。

② 老舍：《生活，学习，工作》，《福星集》，北京出版社1958年版，第251页。

③ 老舍深知“剧本不容易写”，“一个有修养的剧作家也许要用一年、二年，或者三年的时间，方能写成一部完整的剧作”。《龙须沟》从立意到脱稿前后不到两个月，几乎与实际整修同步展开，沟还未全面竣工，剧就已写了出来，所反映的又是整个变迁，老舍因患腿疾只实地到过现场一次，未能“满膛满馅”地了解龙须沟。所有这些都（转下页）

这种“冒险”的背后，“老舍先生是以高度的政治热情来拥护人民政府的，正是这种热情，给了他一种不可克制的创作冲动”①。尽管老舍之女舒济也一再声称，“我父亲听说此事后确实很感动。他亲自去龙须沟，看望了这条臭沟两边住的穷苦百姓……”②，其意在言明“治理龙须沟”这一事件对老舍的创作动力，有着重要的激发作用。但也很难否认，一种新旧时代变迁的政治表态在其间所起的微妙作用。毫无疑问，这是为自己的历史而深感不安的老舍先生在1951年写下的“政治宣言”，而话剧《龙须沟》则是这个“宣言”的一部分。

尽管多数经历过新旧两个时代的作家，在面对新社会时，内心总会包含一种“落后的焦虑”，进而迫不及待地以“歌颂”这样一种“冒险”（对艺术的冒犯）的形式表达对新政权的政治认同。但对于老舍来说，他以《龙须沟》来疗救自己的“落后的焦虑”，却不单单是一种政治表态，或是一种由衷的政治认同，更是一以贯之地表达自己对北京的挚爱。从《骆驼祥子》到《四世同堂》，再到《龙须沟》，从讽刺到歌颂，他都一如既往地书写北京，书写寻常的百姓生活。对于这位以写作城市题材文学见长的重要作家来说，老舍在《龙须沟》中的“艺术冒险”在表达自己“对政府的感激与钦佩”之余，也延续了自己一贯的艺术主张，即对北京的热爱。正是这种“由衷的臣服”以及对北京市民文化

（接上页）为它的创作带来了莫大的难度，让一向温厚、沉稳的老舍确实“冒了一次前所未有的大险”。当时就有一些同行表示反对，断定《龙须沟》是不会有出息的。但他却不但做到了写得新、写得快，而且写得好，归根结底还是老舍自己所说：“冒险有时候是由热忱激发出来的行动，不顾成败而勇往直前。我的冒险写《龙须沟》就是如此。”参见朱安平《〈龙须沟〉——从生活到艺术》，《文史精华》2009年第1期。

① 周扬：《从〈龙须沟〉学习什么》，《周扬文集》第2卷，人民文学出版社1985年版，第31页。

② 中共北京市委党史研究室编：《彭真在北京》，中央文献出版社2002年版，第106页。

的挚爱，使老舍毫不犹豫地选择了“龙须沟改造”这一颇具现实意义的城市文学话题。然而在此，一个意味深长的细节在于，老舍的《龙须沟》其实在“龙须沟”工程完工之前就创作完毕，因此剧中人物对“龙须沟”改造的想象必然包含着一种乌托邦色彩，这其实也表现出老舍对中华人民共和国成立后社会主义城市建设的一种浪漫想象。在这个意义上，我们反观整部《龙须沟》，它与“龙须沟工程”之间的关系就显得更为复杂了，或许话剧本身“就是纪录和宣传龙须沟工程重要性的一个主要手段”[①]。由此，我们就不难理解时任北京人民艺术剧院院长的李伯钊所说的：“对于少有机会去了解和熟悉北京顶贫穷的一群劳动人民的人，老舍先生的戏是一本好课本。”[②] 这个意味深长的“好课本”，其实借助话剧和电影的“可观的”形式，不仅为“龙须沟”工程改造事件提供了一份难得的历史档案，甚至其本身比单纯的事实辑录要生动得多，更易为人所接受和铭记。就这样，通过一个虚构的文本，《龙须沟》表现了历史事件，并且成为这一事件得以铭记的几乎唯一的方式，时至今日，“关于共和国城市规划的著作总是把50年代早期的下水道工程与这出虚构的戏剧相提并论”[③]。

坦率而言，《龙须沟》不仅具有“虚构”的历史档案的重要意义，更是“一则抽象的寓言”。话剧本身把“龙须沟工程”提升到了“现代化北京蓝图与城市改建的高度”，由此“树立起了社会主义北京的形象”[④]。这种新形象的树立并不仅仅是由话剧本

① 陈平原、王德威主编：《北京：都市想象与文化记忆》，北京大学出版社2005年版，第422页。

② 李伯钊：《看〈龙须沟〉》，《人民日报》1951年2月4日第5版。

③ 陈平原、王德威主编：《北京：都市想象与文化记忆》，北京大学出版社2005年版，第422—423页。

④ 陈平原、王德威主编：《北京：都市想象与文化记忆》，北京大学出版社2005年版，第428—429页。

身围绕“龙须沟”展开的“解放前”/“解放后”这一二元对立模式所概括的，这种“廉价”的光明其实也包含着复杂的历史内涵。作为一部“解放”的文本，伴随着“龙须沟”的改造，旧城的底层社区，其实开始进入了现代化的城市区域。就拿话剧中的关键人物“程疯子”来说，“解放”对于他来说，不仅意味着“臭沟”的消失，身体的变化（从“疯”到“不疯”），更意味着表演空间的变化，即从市井的天桥到游艺场和工地。这种由“工地”“工厂”“工人合作社”为表征的新城市空间，其实就是社会主义现代城市的“公共”区域。因此，《龙须沟》之于社会主义“新北京”的重要意义可见一斑。

第二节　改造“妓院”与“城市文明病”的疗救

如果说作为一部城市改造的“寓言”，“龙须沟”的故事将城市环境治理与一个国家万世太平的隐喻联系在了一起，那么“50年代的妓女改造”运动则更为鲜明地呈现出“城市文明病”的“疗救”与“卫生现代性”的建构所蕴含的辩证关系。

关于娼妓问题与现代性的关系，美国学者贺萧（Gail B. Hershatter）曾指出：“娼妓业不仅是妇女在其中讨生活的、不断变迁的场所，它也是一个隐喻，是表达思想感情的媒介。”① 作为人类社会最古老的职业，妓女是“将与己性交的权利出售给男人们以便为这种行动本身获取金钱报偿的妇女”②。如研究者所言：“任何为收费或其他任何钱财方面的原因而习惯地或偶然发

① ［美］贺萧：《危险的愉悦：20世纪上海的娼妓问题和现代性》，韩敏中、盛宁译，江苏人民出版社2003年版，第4页。

② ［美］杰克·D. 道格拉斯等：《越轨社会学概论》，张宁、朱欣民译，河北人民出版社1987年版，第205页。

生视若平常的性关系者，都是妓女。”[①] 无论在什么文化中，“妓女”都算不上一个光彩的行业。这些“通过性去交换物质的生存条件”[②] 的女性，或是蛰伏在灯红酒绿的青楼与旅馆，或是游走在城市的街头，在夜色的掩护下，从事着肮脏和不道德的交易。按照在家/国秩序中的位置，她们无疑是一群“边缘人”，属于葛兰西（Antonio Gramsci）所定义的“属下”（subaltern）。因此，围绕其中所展开的话语及其叙述，势必具有极其复杂的文化意味。

在追问妓女及其文化的起源时，相当多的研究者将原因归结为“城市经济的崛起与发展”，“城市娱乐业、休闲业的繁荣”，由此形成的“巨大的消费市场”，以及城市化进程所加速的“人口迁移”等。[③] 概而言之，这或可视为不折不扣的资本主义发展的后果，也是地地道道的城市文明的病症。作为旧城市繁华与罪恶的一部分，妓女及其文化在中国近代以来的文学中多有表现，然而无论是通过新感觉派小说家之笔所凸显的城市浮华与颓靡，或是在老舍、曹禺等新文学作家那里呈现出的城市底层的悲剧境况，妓女的故事都指向了现代城市资本主义的畸形面貌。

作为中华人民共和国成立、北京城市改造的标志性成果，旧京城的烟花青楼之所，随着城市畸形繁华的涤荡而被进城之际的人民政府列为取缔目标。对此，一篇回顾北京妓女改造的纪实文章曾记录了这段轰轰烈烈的历史过程：“1949 年 11 月 21 日晚 6 时，来自北京市公安、民政、妇联、卫生等部门的 2400 多名干部分头同时行动，执行刚刚通过的北京市人民代表大会关于封闭妓院的决定。一夜之间，全市 224 家妓院全部封闭，经过清理审查

① ［法］劳尔·阿德勒：《巴黎青楼》，施康强译，文化艺术出版社 2003 年版，第 7 页。

② 荒林、王光明：《两性对话》，中国文联出版社 2001 年版，第 9 页。

③ 邵雍：《中国近代妓女史》，上海人民出版社 2005 年版，第 1 页。

总共收容了在册妓女 1286 名，被分成 8 个教养所集中进行教养改造。”① 由于准备工作非常充分，执行也比较得当，整个工作进展得比较顺利。根据北京市民政局公布的档案材料《北京市处理妓女工作总结》披露，一夜之间就封闭了妓院 224 家，收容妓女 1289 名，集中老板和领家共 424 名。这次行动之中，共有一千多名妓女被送到了“妇女生产教养院”接受学习改造。就此，北京天桥下举世闻名的“八大胡同”② 在一夜之间消失殆尽。关于妓女改造题材故事，最著名的当属唐漠的《烟花女儿翻身记》和陈西禾的《姊姊妹妹站起来》；除了这两部电影之外，还有马少波、辛大明的话剧作品《千年冰河开了冻》，以及陆文夫的小说《小巷深处》。

尽管妓女所连接的“身体”体验，不可避免地包含着诱惑、愉悦，以及欲望的放纵等诸多元素，但在特定年代妓女解放的叙述中，“屈辱”的身体已然取代了“诱惑”的身体而作为故事讲述的新起点。这无疑是对传统文学中青楼妓女与文人恩客的风情故事的改写，也是对近代文学中“上海妓女”③ 的都市现代性特征的“重述”。概而言之，这些解放和城市改造背景中的妓女形象都成了不折不扣的“被侮辱和被损害者”。

正如《关于封闭妓院的决议》中所指出的，“妓院乃旧统治者和剥削者摧残妇女精神与肉体，侮辱妇女人格的兽性的野蛮制

---

① 梁可：《1949：北京改造妓女纪实》，《中国社会导刊》1999 年第 10 期。

② “八大胡同”，即王广福斜街、陕西巷、韩家潭、朱家胡同、石头胡同、胭脂胡同、百顺胡同、纱帽胡同的总称，分布在北京前门外一带，中华人民共和国成立前因妓院均集中于此而享有“盛名”。

③ 参见叶凯蒂《妓女与城市文学》，《中国现代文学研究丛刊》2001 年第 2 期。在她看来，“上海妓女小说的诞生，可以说是城市小说的开始，围绕着城市娱乐生活或经济人文生活，出现了一批专门与城市有关系的小说，这些小说中第一次出现了现代大都市的城市人物，即上海妓女形象，这是中国近代文学中的第一批现代都市的人物形象”。

度的残余，传染梅毒淋病，危害国民健康极大”[①]。这无疑是对妇女的摧残和压迫。因此，妓女、卖淫不再被视为一种欲望化的产物，即“把它看成是人类本性的产物——尤其是男人性欲的产物。他们的分歧大多只是在控制人性的可能性和可行性上”，而是将其视为旧社会的压迫和剥削的产物。中华人民共和国成立前“政治和社会势力体系是一个毒瘤，中国人民要想有一条活路，就必须将它切除。娼妓制度是这个毒瘤上一个小小的、却又是不可分割的一部分；对它的取缔，是纯洁中国的社会制度必须做的一件事”[②]。也正是在这个意义上，那部反映妓女翻身解放的话剧《千年冰河开了冻》在其开头便庄严写道：“万恶的娼妓制度在中华人民共和国的首都首先废除，这是中国妇女解放运动中的一件大事，这是文明与野蛮的分野，只有在毛主席和人民政府领导下才可能有这样的成就。这是一个革命行动，也是一个正义的号召！而且，毫无疑问，这是全国各地在娼妓制度压迫下过着非人生活的姐妹们彻底解放的开端！为了纪念这一历史性的创举，也为了推动将来条件具备时在全国各地根据实际情况，以适当方式争取这一罪恶制度在全国范围逐渐消除，那么把这件事通过戏剧形式记录下来，有其重要意义。”[③] 因此，以文学的形式来叙述妓女改造这一“革命之后”的城市变迁，既具有历史记录的重要作用，又具有意识形态的统合意义。

如果说作为纪录片的《烟花女儿翻身记》，以历史实录的手法记录了学员从取缔妓院的时刻到离开教养院走向社会的完整时空，那么作为一部故事片的《姊姊妹妹站起来》则用“情节剧”

---

① 张洁珣：《1949：北京向妓院开刀》，《纵横》1998 年第 10 期。

② ［美］贺萧：《危险的愉悦：20 世纪上海的娼妓问题与现代性》，韩敏中、盛宁译，江苏人民出版社 2003 年版，第 335 页。

③ 马少波、辛大明：《千年冰河开了冻》，新华书店华东总分店 1950 年版，第 1 页。

的形式展现了妓女的悲惨生活、妓院的罪恶和新的社会“解放”带给她们的新生活。话剧《千年冰河开了冻》以类似“活报剧”的风格，再现了妓女解放的历史现实；而《小巷深处》则叙述了一个改造后的妓女重获尊严、重获爱情的故事。

正如国民政府也曾尝试治理“龙须沟”一样，在中华人民共和国成立之前的民国时代，官方也曾试图治理日益严重的“娼妓问题”。据研究者考察，20 世纪上半叶中国曾开展了至少三次大规模的禁娼运动，“禁娼”的动机都是基于民族国家的“健康肌体”考虑，而对“性病”等“疾病”的警惕。正如罗芙芸（Ruth Rogaski）所指出的，“疾病”在后发现代性的被殖民国家语境中往往并不仅仅如其本来面目所示，“卫生和疾病在帝国主义的情境之下，既呈现为中国积弱积贫的集中体现，又成为通过特定的任务‘唤醒’中华民族、种族以及身体，实现身体的现代性的中心议题”①。置身于后发现代性的被殖民国家语境中，妓女的“病体”难免与国家的“病体”相关，逃脱不了意识形态化的命运，因此也不可避免地要与“改造”“禁绝”等国家行为联系在一起。安克强（Christian Henriot）在总结国民政府禁娼原因时指出：“中国号称‘东亚病夫’，但‘病’并不是指身体之‘病’，而是指思想精神之‘病’。基于这样的观点，他们认为娼妓是影响中国尊严的一个污点。这个污点不仅有损于中国在世界上的形象，更有损于他们正在努力建设中的一个现代化的、稳固的政权形象。”②

然而这些改造毕竟只是出于宗主国对殖民地世界的健康要

① ［美］罗芙芸：《卫生的现代性——中国通商口岸卫生与疾病的含义》，向磊译，江苏人民出版社 2007 年版，第 3 页。

② ［法］安克强：《上海妓女——19—20 世纪中国的卖淫与性》，袁燮铭、夏俊霞译，上海古籍出版社 2004 年版，第 363 页。

求，根本上还是将妓女理解为“一个常态社会的令人难堪却又有利可图的痼疾”，因此并没有如中华人民共和国那样引入“劳动教养院”等从根本上转变的措施。作为一种城市文明的病症，娼妓制度与现代资本主义的关系昭然若揭，中华人民共和国成立伊始，如何对待因历次禁娼失败而导致的数量空前庞大、性病蔓延严重的妓女群落，事实上也成为当务之急。在将妓女视为一种病症特别是社会病症上，新政府与国民政府有着相似之处，只是双方的差异在于，新中国将妓女“全部改造成了自食其力的新人”，而成为“全世界没有先例”的“值得大书特书的历史事件”①。

在回答“50年代妓女改造”取得前所未有成功的原因时，贺萧认为，首先在于中华人民共和国是一个“稳定的实体”，可以“成功地把它的国家管辖能力伸向以往市政当局失败的领域”，这些领域包括“劳动力市场、法律、警察、报刊、妓院甚至婚姻家庭”等。② 正如陈毅在改造上海妓女时指出的：“对她们这些人，我们有几条，一是治病，二是治好了给职业，三是参加工作以后各单位要照顾她们的婚姻问题。”③ 因此，这并不仅仅是一个城市文明病的治理问题，还包括解放及劳动权利的赋予和尊严的维护。当时上海娼妓数量之多令人惊讶，围绕“娱乐产业”的从业人口达到30万。因此，上海改造娼妓的成功，也引起了全世界的瞩目，这其实正是新中国治理妓女问题的意义所在。

妓院裹挟的旧社会的污秽，在很大程度上是通过有关性的“疾病”体现出来的。在这个意义上，新的人民政府对妓院的取缔，对“性病”的治疗背后，无疑体现着“干净的隐喻”的道德

---

① 曹漫之：《上海妓女改造史话·序》，见杨洁曾、贺宛男编著《上海娼妓改造史话》，上海三联书店1988年版，第1页。

② ［美］贺萧：《危险的愉悦：20世纪上海的娼妓问题与现代性》，韩敏中、盛宁译，江苏人民出版社2003年版，第271、304—305页。

③ 吴跃农：《陈毅改造上海妓女》，《党史纵览》2003年第2期。

含义。据材料所载，“生产教养院”的妓女大多都有性病，这显然是一种极具道德色彩的疾病。苏珊·桑塔格（Susan Sontag）说：“最令人恐惧的疾病就是那些被认为不仅有性命之虞，而且有失人格的疾病。”“在疾病被赋予的某些道德判断之下，潜藏着有关美与丑、洁与不洁、熟悉与陌生或怪异的审美判断。比这些形变更重要的是，它们反映了一种潜在的、持续不断的变化，即患者身体的分解溃烂。”[①] 作为一种可传染的流行性疾病，这会危及整个国家国民的健康，而在隐喻的世界里，性病是社会腐败、道德堕落的表征，也是城市文明的病症。因此，在新的社会中，“进城”的共产党在缔造一个“社会主义城市”时，势必将妓院归为旧社会的遗留物而予以封闭，而对于性病的极大恐惧，也使得对性病的治疗成为必然之举。

性病是被作为旧社会腐败、堕落、丑恶的一个表征物而设置的。正如电影《烟花女儿翻身记》中的画外音所说：“大夫，向你们致谢，你们不仅是向疾病宣战，也是向罪恶的制度宣战，旧社会给她们疾病，新社会要给他们健康”。而在现实的改造过程中，妓女的“臣服”随处可见，感叹自己成了一个干净人。旧社会被认为是一个有病的肌体，而新社会则指向一个健康的肌体。在旧社会的妓院里，妓女得了性病，老鸨会用剪刀剪、烙铁烫。这是一种诉诸暴力和肉体惩罚的身体管治技术，这种不文明的治疗手段成为残忍压迫的确凿证据。《千年冰河开了冻》《姊姊妹妹站起来》等作品就体现了这种残忍性和非人道性。前者中的“二姐玉英”由于病重不能接客，便遭到鸨母“黑牡丹”的毒打，最后在“毒病得毒治”的折腾中送了命。同样，在后者中也有类似

---

① ［美］苏珊·桑塔格：《疾病的隐喻》，程巍译，上海译文出版社 2003 年版，第 113、115—116 页。

的段落：领家“胭脂虎”对待得了性病的“红唱手”月仙，也是以“毒病得毒治”的原则，还未断气就将她钉进了棺材中。与之相反，在新社会的“教养院”里，疾病的治疗则是通过打针、吃药等科学的医治方法进行的，并不诉诸肉体的暴力，这无疑是从身体管理的角度划分出的一道鲜明鸿沟。

在20世纪50年代妓女改造题材的文学表述中，妓女是被当作旧时代政治压迫的标志予以表现的。《上海娼妓改造史话》一书曾记述了妓女们悲惨的“血泪史”，堕胎、梅毒、殴打、跪碎玻璃、吸白粉提神等，这是鸨母、领班惯用的摧残手段。这本书记载，有一个叫小梅的妓女，得了肺结核，重病缠身，老板戴去卿说：“不能赚钱，没有用了。”决定把她处置掉。她还没有气绝，就被装进了薄皮棺材，盖上棺材盖还听得见她微弱的呻吟声。灭绝人性的戴去卿，竟叫人把长长的棺材钉，对着她胸部所在位置，狠狠地敲下去。[①] 正是在这种悲惨的叙述中，取缔妓院便具有了十足的“解放”意义，它意味着一种旧世界的埋葬和“新生活”的开启。自从妓院被封闭，这些城市的烟花之地便断了往日的热闹，“北京市妇女生产教养院”取代了原来的风月之所，令首都群众不禁感慨，世道真是变了。北京市采取的这一行动，得到了广大市民的理解和支持。

妓院取缔、妓女改造不仅意味着一种“解放的叙事”，其对“城市文明病”的“疗救”所包含的对“干净隐喻”的追求，也是新的人民政权合法性建构的重要手段。除此之外，妓女作为一个被压迫的人群，其“尊严政治”的赢取，则更意味着被压迫阶级和性别的解放。《小巷深处》里的徐文霞，这位曾经的雏妓“阿四妹”，在取缔妓院的“解放叙事”之后，成为一名“纱厂工

① 参见杨洁曾、贺宛男《上海娼妓改造史话》，上海三联书店1988年版，第68—69页。

人”，一名自食其力的劳动者。在新社会中，劳动作为生产性社会必不可少的再生产手段，成了社会主义的“超级意识形态”，它表征着“美”、“健康”与“光荣”，其对身体“疾病”的“疗救”之后，也意味着“尊严政治”的获得。

坦率而言，《小巷深处》中张俊与徐文霞的爱情故事，不仅是一个“妓女从良”的“故事”，而是更为内在地包含着对屈辱、创伤的克服和对梦魇般的回忆的穿越，最终赢得“尊严政治”的“叙事”。解放固然给她带来了做人的尊严，但历史的污点却使她背上了屈辱的包袱。这种刻骨的自卑感，几乎使她丧失了享受爱情的权利，烦恼也随之而来。而在妇女生产教养院里度过的终身难忘的一年，终究使她获得了“最大的幸福”，让她可以“在阳光下抬着头做个正直的人”。毕竟，“生活在徐文霞面前放出绮丽的光彩。尊敬、荣誉、爱抚的眼光，一齐向她投过来。她什么时候体验过做人的尊严呢!”[①] 在徐文霞这里，“‘抬着头’这一姿态明显是将改造后的妓女与传统的从良妓女区分了开来，是‘中国人民从此站起来了’的经典新中国表述的一种具体体现，从中我们可以看到一个有尊严的‘人’的形象”[②]。在此，曾经“敷满白粉”的“鬼魅”一样的妓女“阿四妹”，终于翻身成了纱厂工人徐文霞，她顺理成章地获得了自己的爱情。这表达了新社会对特殊人群的接纳态度，也不啻于是“旧社会把人变成鬼，新社会把鬼变成人”的政治隐喻。与此相似，在《千年冰河开了冻》的结局之处，迎接改造之后的妓女们的，也是“今后真正抬起头来做人，愉快的毫无顾虑的劳动和进步”。正所谓，“千年的冰河开了冻，万年的枯树发了青，姐妹们今天站起来，挺起了胸膛向前

① 陆文夫：《小巷深处》，《萌芽》1956 年第 10 期。

② 董丽敏：《身体、历史与想象的政治——作为文学事件的“50 年代妓女改造”》，《文学评论》2010 年第 1 期。

进!”这与《姊姊妹妹站起来》最后，唱着劳动之歌，走向苏北为人民服务的“新社会的新妇女”有着同样的精神面貌。

第三节 工人新村与社会主义城市的建构

在“十七年”文学中，“解放”所带来的全景式的社会主义城市改造往往成为必涉之笔。在此，无论是“龙须沟”等城市贫民窟的重建所包含的历史叙事本质，还是“妓女改造”的故事中所表征的意识形态内涵，都生动地体现了社会主义城市及其文化建构的政治诉求。除此之外，作为一个面向社会主义建设的新的人民的国家，城市的新主人——工人阶级的日常生活也势必被纳入叙事的层面，工人阶级的荣光要连同这新的“人民的城市”一道焕发光彩。在20世纪50年代的文学表述中，“工人新村”是一个极为普遍的重要意象。作为产业工人日常生活叙事的重要表征，“工人新村”及其叙述生动体现了城市的政治变革，以及在由商品和服务型行业占据主导的“消费城市”向以产业工人占重要地位的“生产城市”转变过程中，工人阶级在“恢复生产、群众动员、社会主义改造以及城市工业化”等诸多方面发挥的重要作用。

在小说《百炼成钢》中，艾芜借工人张福全之眼展现了一段对建设中的“工人新村”壮观景象的描写：

> 张福全早已知道了，哪些地方修的是学校，哪些地方修的是宿舍。而且也晓得哪一座大楼，修成之后，是分配给炼钢厂工人的。他曾打听过，里面的屋子，全要安上暖气管，冬天用不着烧煤炉。厨房里有煤气，烧饭时，只消扭开管子，点上火就成，这种设备，算是最新式的，就是现在住着

> 人的家属宿舍，也还是冬天烧火墙取暖，烧煤球煮饭哩。他每次听见人家讲到行将修成的新宿舍，或是走过这庞大复杂的足手架侧边，都不禁生起欢喜的感觉："好极了！"他走到这里一定要望望，到底修的怎么样了？今天更加看得仔细。砖墙业已砌好了，并已盖上了瓦，就是窗子还是空空的，还没有按上玻璃，他吃惊地想："真是快哪，几天不见，又变了样子。"①

小说在此，借助落后的"问题工人"张福全之所见来呈现这一切，就显得有些意味深长了。对于这位有着明显"落后特征"的工人阶级一员来说，他对"工人新村"审视的目光之中，能够非常自然地加入艳羡的成分，甚至不惮于一种物质主义的沉迷，这些成分反而能恰如其分地表达出"工人新村"光彩照人的面貌。"建设中"的"工人新村"，加之对未来可能的模样的想象，显然能够共同激发人们对社会主义城市的合理"幻想"。这种"现实的"样貌结合"乌托邦的"想象，形成了某种关于未来的辩证思考。这种辩证思想与斯大林有关"脚手架后面的真实"如此相似。在斯大林那里，"社会主义现实主义"所强调的是："艺术描写的真实性和历史具体性必须与社会主义精神从思想上改造和教育劳动人民的任务结合起来。"② 无论如何，"脚手架"后面的"工人新村"所包含的希冀，都出人意料地呈现了社会主义"真实"所包含的意识形态力量。然而，这种"革命浪漫主义"的"想象"又绝非虚无缥缈的幻想。因为很快，"脚手架"后面的"工人新村"便落实为真正的现实。

---

① 艾芜：《百炼成钢》，作家出版社1958年版，第170—171页。

② 《苏联文学艺术问题》，曹葆华等译，人民文学出版社1953年版，第13页。

在胡万春的《钢铁世家》中，“工人新村的环境非常美丽，到处是碧绿苍翠的树木，以及鲜艳的花草，住宅周围，有小河、木桥，以及修剪得很好的花园，无数幢两层、三层、四层的楼房，都是红瓦黄墙，玻璃帘子闪闪发光……”[①]，这无疑是一处诗意盎然的境地。而在周而复的《上海的早晨》中，“工人新村”光彩照人的面目同样清晰可辨。小说中穿插了一段巧珠奶奶在张学海和汤阿英的搀扶下，参观漕杨新村小学的场景。作为工人新村建设的重要配套内容，以五星红旗为标志的“社会主义学校”，承担着培养社会主义新人的重任，其“崭新”的面貌显然具有重要的意识形态内涵。紧接着，小说从空中的“落日”开始，到“房屋后边的一排柳树”“一排排两层楼的新房”，再到“一条宽阔的走道”依次展开，人物的“城市行走”逐渐显现出温情的氛围：“这个新村，只有合作社那里的电灯光亮最强，也只有那里的人声最高。从那里，播送出丁是娥唱的沪剧，愉快的音乐飘荡在天空，激动人们的心扉。一眨眼的工夫，新村的路灯亮了。外边开进来一辆又一辆的公共汽车，把劳动了一天的工人们从工厂送到他们的新居来。”[②]

毫无疑问，在“十七年”的文学叙事中，“工人新村”一方面被视为社会主义城市改造的突出成就；另一方面也被作为无产阶级解放的外在标志。在20世纪的中国文化中，“工人新村”从理想变为现实，无疑是一个意义非凡的“事件”，这不仅表征着“楼上楼下，电灯电话”的市民社会“生活梦想”的最终实现，更是无产阶级革命理想的顺利落实。众所周知，在中华人民共和国成立之前的上海，城市底层产业工人的居住条件十分恶劣，大

① 胡万春：《钢铁世家》，上海文艺出版社1959年版，第34页。

② 周而复：《上海的早晨》（第三部），见《周而复文集》6，文化艺术出版社2004年版，第150页。

部分人都住在用竹竿、苇席搭建而成的被称为“滚地龙”的“棚户区”中。这些“棚户区”的恶劣生存条件象征着无产阶级在“旧社会”所遭受的压迫与苦难。这一点在夏衍的《包身工》等“左翼”文学作品中体现得极为明显。如同老舍的《龙须沟》一样，“解放”带来的变化是空前的。在《上海的早晨》中，中华人民共和国成立后翻身做主的汤阿英一家人在搬入“漕杨新村”时，其激动之情溢于言表：“不是共产党毛主席，我们还不是住一辈子草棚棚，谁会给我们盖这样的好房子?”小说由此将入住“工人新村”和工人阶级的当家做主联系起来。

确实如文学作品所表述的，城市住宅的改造作为社会主义建设的重要组成部分，在“革命之后”的新中国得到了极大的重视。以上海为例，这种“社会主义实践的城市更新”，在上海的城市改造中有着鲜明体现。据研究者考察，1949 年后的上海，人民政府一直面临着改善下层居民居住状况的巨大压力。据统计，1949 年 5 月上海刚刚解放时，全市 200 户以上的棚户区有 322 处，棚户区占地面积 1109 万平方米，棚户简屋 197500 间，建筑面积 322. 8 平方米，共居住着 115 万人。为此，上海市政府确定了一个以建造工人宿舍为重点的改善劳动人民居住条件的方案。从 1951 年 8 月到 1952 年 5 月，共建成楼房 48 幢，计 167 个单元，建筑面积达 32560 平方米。因这个建房基地靠近曹杨路，故定名为“曹杨新村”，首期完工的住宅，称为“曹杨一村”。又根据当时的住宅分配标准，新建住宅总共可安排 1002 户居民，所以也称“1002 户工程”①。这便是小说《上海的早晨》中“漕杨新村”的原型。

① 罗岗：《空间的生产与空间的转移——上海工人新村与社会主义城市经验》，《华东师范大学学报》2007 年第 6 期。

曹杨新村是新中国第一个"工人新村"。这里"水电设施齐全，每户有独立的卫生间，3 家合用一间厨房，小区有小学、诊所、合作社等配套设施"。"新村"建成以后，"毛泽东得知后发出号召：今后数年内，要解决大城市工人住宅问题"[①]。事实证明，从曹杨新村开始，"新村"作为一种代表新的社会体制和居住形式在全国各大城市相继出现，并一度成为中国人"向世界展示社会主义国家人民的样板生活"[②]。作为新时代社会理想的模型，"新村"的出现象征了昔日社会底层的无产阶级对未来美好生活的憧憬。正如一位棚户子弟所回忆的，"有一天，我们搬进一个巨大的新村。我看见无数高楼林立，崭新的学校，崭新的商店，我们在崭新的马路上发疯似的追逐。在那一刻，在我的少年时代，我们真诚地唱着：社会主义好"[③]。

从苏联引入的"工人新村"理念，构筑了社会主义国家的建筑蓝图，不仅解决了大量产业工人的住房困难，更是成为无产阶级翻身当家做主的伟大标志。相当多的研究者在追溯"工人新村"的由来时，都提到了五四时期红极一时的"新村主义"理论。日本学者小路实笃曾力倡"新村主义"，他在 1918 年创办《新村》杂志，倡导建设互助互爱、共同劳动的模范新村。青年时代的毛泽东受此影响，草拟过一份新村计划书，畅想未来的公共主义的城市。尽管后来的"新村主义"被认为是"将克鲁泡特金的互助主义、托尔斯泰的泛劳动主义、北美的工读主义烩于一锅的小资产阶级空想社会主义"，但其所畅想的社会主义乌托邦城市在半个世纪之后逐渐浮出水面，确实是极具革命内

① 范希春主编：《解放：新中国城市经济社会生活的变迁》，岳麓书社 2009 年版，第 236—237 页。

② 付晨：《上海工人新村文化人类学思考》，《山西建筑》2005 年第 14 期。

③ 范希春主编：《解放：新中国城市经济社会生活的变迁》，岳麓书社 2009 年版，第 237 页。

涵的事件。埃比尼泽·霍华德（Ebenezer Howard）在《明日的田园城市》（*Garden Cities of Tomorrow*）中描述了一个没有贫民窟、没有烟尘的城市，而"工人新村"则吹响了建设"人民城市"的号角。

就像研究者所指出的，"工人新村的建造过程，首先有助于我们透过历史来理解社会主义城市的空间生产逻辑：新村不仅是一种居住模式，在广义上更是一种制度，一种根植于中国近现代社会发展史，与意识形态、经济政策、政治运动和技术发展等诸多因素相互作用的一种居住制度"①。这种"居住制度"无疑在中华人民共和国成立之初的社会主义城市具有非凡的政治内涵。在《论住宅问题》一文中，恩格斯曾讨论了"大工业化"进程与"住宅"问题的联系。在他看来，工业化的发展，城市产业工人的急剧增加，势必造成"住宅短缺"的问题。"一方面，大批农村工人突然被吸引到发展为工业中心的大城市里来；另一方面，这些旧城市的布局已经不适合新的大工业的条件和与此相应的交通。"在许多城市，"住宅缺乏现象曾经具有急性病的形式，而且大部分像慢性病那样继续存在着"②。针对这种由高速工业化带来的住宅问题，恩格斯提出了"革命性"的解决方案，即"消灭资产阶级，建立无产阶级专政，由社会主义国家把房产分配到工人的手中"。但他没有预料到随着20世纪城市人口剧增，即使革命成功，把原有的住房平均分配也不足以解决"单个家庭的独立住宅"问题。因此，20世纪建筑业在工业化的高度压力下，一个核心的问题就是如何设计出标准化、低成本、预制构件的"平民住

① 杨辰：《日常生活空间的制度化——20世纪50年代上海工人新村的空间分析框架》，《同济大学学报》2009年第6期。

② ［德］恩格斯：《〈论住宅问题〉第二版序言》，《马克思恩格斯选集》（第二卷），人民出版社1972年版，第459—460页。

宅”，从而在有限的空间之内，合理地容纳更多的人口，并使他们过上有尊严的生活。而“工人新村”恰恰实现了这种“平民住宅”理想，从而解决了无产阶级的“尊严政治”问题。

彼得·罗（Peter Rowe）在分析我国1949—1978年住宅建筑时认为：“从1949年中华人民共和国成立到1978年，一种旨在完成向共产主义过渡的革命性的社会意识形态占主导地位。大多数的——如果不是全部的——旧的社会政治以及经济构架，不是全部中断，就是被完全废除；这种寻求更宽容的，同时对许多人来说也更理想的生活方式的努力，往往会带来非常重大的后果。”①这个“重大的后果”便是，“随着共产党领导权威和各级人民政府的建立，自上而下的制度和宏伟叙事的阶级话语逐渐统领了工人阶级从公共领域到个人生活的全部内容，影响着他们的共同体文化的自我建构”②。在此之中，“工人新村”作为一个时代的理想图景，当仁不让地成为“那个时代‘幸福生活’的代名词，是工人阶级的‘幸福生活’的历史见证”。在这个“新村主义”的“社会主义天国”里，人人劳动，“国家变成一个大新村”，“不但没有阶级的界限，连政治的界限也渐渐的化除了”③。

正如亨利·列斐伏尔（Henri Lefebvre）所言，“一场革命，如果没有产生新的空间，那么，它就没有释放其全部的潜能；如果只是改变意识形态结构和政治体制，而没有改变生活的话，它也是失败的。真正的社会变革，必定会在日常生活、语言和空间

① 吕俊华、彼得·罗等编著：《中国现代城市住宅：1840—2000》，清华大学出版社2003年版，第227页。

② 杨辰：《日常生活空间的制度化——20世纪50年代上海工人新村的空间分析框架》，《同济大学学报》2009年第6期。

③ 丁桂节：《工人新村：“永远的幸福生活”——解读上海20世纪50、60年代的工人新村》，博士学位论文，同济大学，2007年，第14、23—24页。

中体现出它具有创造力的影响"[①]。而"工人新村"的意义不仅在于实际的居住功用，更重要的是表征了一种工人阶级空间性的登临，制造了新的社会想象的空间，"体现着新政权的政治抱负"[②]。它通过空间的"导向作用"询唤出一种阶级的"主体性"，进而被制作为"工人阶级翻身做主人"的意识形态标志而得到推广。新的领导阶级将"自己的形象"投射在这座"新的人民城市"之上，从而焕发出强烈的象征意味。在这个意义上，工人新村"与其说是一种公共建设，倒不如说是一种文化的自我投射"[③]。通过城市住宅空间的重新构建，工人阶级对他们能够成功改变自身地位并拥有相应的权利而感到由衷自豪。

在《上海的早晨》中，漕杨新村工人住宅造好之后，沪江纱厂也摊到四户，当时全厂到处张贴的标语为"一人住新村，全厂都光荣"。这是因为"工人新村"既是当时社会的政治经济制度的一个组成部分，也是一个包容着基层政治组织、经济政策和阶级文化习得等多方面的制度建构。其中最关键的，是这种制度塑造了一群"住新村的工人"，他们的身份认同和日常行为规范的"独特性"，明显导向了一种社会主义的城市规划，以及与资本主义的文化断裂。在这种社会主义的城市想象和实践中，城市空间成了一种物质性力量和意识形态生产的场所。而正如论者所言，在此过程中，上海这座半殖民城市奇迹般地完成了自己"城市更新"的使命："抹去旧上海'冒险家乐园'的形象，通过对大批资本家的改造，迅速转型成为社会主义国家的重要工业阵地，使

---

① Lefebvre, Henri, *The Production of Space*, Oxford: Blackwell, 1991, p. 54.

② 杨辰：《日常生活空间的制度化——20世纪50年代上海工人新村的空间分析框架》，《同济大学学报》2009年第6期。

③ ［美］卡尔·休克斯：《世纪末的维也纳》，李锋译，江苏人民出版社2007年版，第79页。

之从金融和消费中心转型成为红色中国的生产车间"①。在"生产"与"生活"高度同构的20世纪50年代，"工人新村"及城市改造具有社会主义城市意识形态建构的重要作用。②

① 罗岗：《十七年文艺中的上海"工人新村"》，《艺术评论》2010年第6期。

② 然而时过境迁，"后革命氛围"笼罩下的20世纪90年代，"工人新村"的意识形态胜利已经成为城市的遥远绝响，旧有的"市民城市"的地标"石库门"开始在全球资本主义的掩护下重新复活。就像一位评论家颇为得意地论述的，"石库门对工人新村的胜利，意味着传统意义上的工人阶级经过1950年到1976年的'主宰期'，已经从城市的意识形态中心退出，成为上海的边缘阶层，取而代之的是更为庞杂而有活力的市民阶层。人们惊异地发现，'新天地'叙事修复了业已崩溃的市民记忆，令后者在石库门的还原影像中找回了昔日的梦想。没有任何人能够阻止这场建筑文化学的政变"。在此意识形态的更迭之中，既有的社会主义成就已然烟消云散。参见朱大可《石库门VS工人新村》，《南风窗》2003年第12期。

第三章 “消费城市”的空间变革

中国的社会主义革命，不仅意味着政权的更迭和阶级的解放，更意味着一种空间的争夺与生产。对新的“人民城市”来说，这种“空间的争夺与生产”不仅包含着如改造“龙须沟”、取缔“妓院”等既有城市面貌和场域的更新，更意味着在不折不扣的政治实践中创造新的权力场所，以满足新社会在除旧布新的城市转换中获得意识形态支撑。因此，“空间”的转换不同于纯粹地点变化的意义在于，它包含着政治性和意识形态色彩。也正是在这个意义上，法国理论家福柯一针见血地指出，“空间是任何权力运作的基础”[①]。亨利·列斐伏尔进一步指出：“空间里弥散着社会关系；它不仅被社会关系支持；也生产社会关系和被社会关系所生产。”换言之，“空间在其本身也许是原始赐予的，但空间的组织和意义却是社会变化、社会转型和社会经验的产物”，即“空间从来就不是空洞的；它往往蕴涵着某种意义”[②]。

① ［美］爱德华·W. 苏贾：《后现代地理学——重申批判社会理论中的空间》，王文斌译，商务印书馆2004年版，第350页。

② Lefebvre, Henri, *The Production of Space*, Oxford: Blackwell, 1991, p. 154.

空间的概念一直为西方理论家们所津津乐道。海德格尔的空间就是人与周围世界相互关联的结果，福柯的空间则侧重于权力、知识的结合，而在列斐伏尔那里，空间作为社会关系的再生产以及社会秩序建构过程的产物。[①] 在《空间的生产》（*The Production of Space*）的作者看来，空间从来都不是纯粹而空洞的，而是包含着某种深切的政治和社会意味。他说："空间并不是某种与意识形态和政治保持着遥远距离的科学对象。相反，它永远是政治性的和策略性的……空间一向是被各种历史的自然的元素模塑铸造，但这个过程是一个政治过程。空间是政治的、意识形态的……空间，看起来好似均质的，看起来其纯粹形式好像全是客观的，然而一旦我们探知它，它其实是一个社会产物。"[②] 在此，列斐伏尔成功地将"空间"的概念推到了思想文化的前沿领域，并"使它成为富有理论构建性以及思想活力的术语"，这极大地改变了以往"空间"的内涵和使用状况。

对于列斐伏尔来说，生活的改变必将意味着空间的改变。"社会关系的转型，必须打破旧的空间，使新的社会关系有可能生产出一个全新的、自由的空间。一个社会革命，如果无法建立一个新的空间，这个革命将是一个失败的革命。苏联的社会革命，就是一个先例。十月革命后，新的空间无法建立，新的经济政策难以推行，资本主义的生产方式因此也无法铲除，革命最后以失败而告终。"因此，"一个革命如果没有产生新的空间，它的潜力就无法展示和发挥出来。革命失败的原因，往往在于只是想改变社会的意识形态，即社会的上层建筑或政治机器，而不是人的日常生活。一个社会的转型，必须具有真正革命的性质，对于

---

① 参见童强《空间哲学》，北京大学出版社 2011 年版，第 33 页。

② 转引自包亚明《现代性与空间的生产》，上海教育出版社 2003 年版，第 62 页。

日常生活、语言、空间都必须给予创新的力量。”[①] 如其所言，“一个正在将自己转向社会主义的社会（即使是在转换期中），不能接受资本主义所生产的空间。若这样做，便形同接受既有的政治与社会结构；这只会引向死路”[②]。因此，对于社会主义的城市来说，必须生产出一种“对抗着的空间”，并尝试去感知和理解一种新型的空间，才可能为社会主义“生产出未来的空间”。每一种社会，每一种生产模式，每一种特定的生产关系都会生产出自身独特的空间。或按福柯的话来说，“当新的权力登临于城市之上，必然会以一种全新的空间形式向城市渗透”。因此，“城市始终是（社会的）空间、知识和权力的交汇之地，是社会调控方式的中心”[③]。而这便是社会主义城市空间生产的意义所在。因此，如果说治理“龙须沟”、改造“妓院”，以及建设“工人新村”，体现的是社会主义城市改造的伟大胜利，那么，从“营业舞厅”到“机关舞会”，从“无轨电车”到“火车”，以及“街道”的美学变迁，则似乎在此意识形态胜利的叙述中暗含着某种不可抗拒的挫折。这种出人意料的“遭遇”恰恰呈现出社会主义文化自我建构的困境所在。

第一节 从“营业舞厅”到“机关舞会”

法国理论家罗兰·巴尔特（Roland Barthes）在回顾访问中国的印象时曾这样说道：“在中国，我绝对没有发现任何爱欲的、感官的、色情的旨趣和投资的可能。这可能是因为特殊的

① 黄凤祝：《城市与社会》，同济大学出版社 2009 年版，第 197 页。

② ［法］亨利·列斐伏尔：《空间：社会产物与使用价值》，王志弘译，夏铸九、王志弘编《空间的文化形式与社会理论读本》，台北：明文书局 1994 年版，第 27 页。

③ ［美］爱德华·W. 苏贾：《后现代地理学——重申批判社会理论中的空间》，王文斌译，商务印书馆 2004 年版，第 350 页。

原因，也可能是因为结构上的原因：我特指的是那儿的体制道德主义。"[①] 令人颇感意外的是，这种"清教徒"式的禁欲主义并非社会主义城市的题中之义。作为一个暧昧的城市文学意象，在中华人民共和国成立后50年代的社会主义文学/文化中，"舞厅"这个消费空间并没有因"体制上的道德主义"而被完全禁绝。相反，它所具有的个性自由、身体解放等现代元素，被人民政权小心翼翼地吸纳，被体制化为健康的"机关舞会"。在这个意义上，如果说对于"左翼"文化而言，20世纪30年代"上海的狐步舞"理所当然地裹挟着城市资本主义的颓靡与腐朽，那么50年代的"机关舞会"则延续了三四十年代之交延安窑洞门前的"礼堂舞会"所焕发的身体解放意味。对于社会主义文化而言，即便是这种健康的文化形式也会被习惯性地想象为"颓靡的消费"，并因此被打上负面烙印。这也足见城市消费空间的转化过程中，社会主义意识形态包含的紧张关系。

对于近现代中国而言，"舞厅"文化的历史并不久远。据研究者考察，交际舞随着19世纪西方人的到来，首先传入上海等商埠城市。1897年11月4日，上海道台蔡钧为庆祝慈禧太后寿辰，曾在静安寺路洋务局行辕举行盛大的舞会，"以西例敬礼西人"，招待各国在沪显要，结果获得赞誉。这次"万寿庆典"被认为是"中国官方的第一次舞会"[②]。中华民国时期，交际舞成为城市的流行娱乐和社交方式，尤其是在租界中，跳交际舞极受追求时髦生活的市民阶层的欢迎。由此，到20世纪20年代之后，交际舞开始在上海和天津等大型城市风靡一时。这里一个标志性的事件

① 《罗兰·巴尔特谈中国之行》，汪民安译，转引自李杨《50—70年代中国文学经典再解读》，山东教育出版社2006年版，第125页。

② 刘海岩、郝克路：《城市娱乐：歌舞厅、卡拉OK与电影院》，《城市》2007年第7期。

是1927年上海永安公司的大东舞厅的开设，作为营业性活动的交际舞开始成为一种新式的城市娱乐活动而迅速流行。一时间，年轻的男女“非学会跳舞不能算出风头”。交际舞和舞厅在中国各大都市的突然蔓延，对一般国人的心理、文化和生活秩序造成巨大冲击。这种现代性的“震惊”，也产生了对待“舞厅”（或“跳舞”）这种物质/欲望空间的两种态度。

这两种截然不同的态度在于，一方面，跳舞包含着一种身体解放的意义，这在当时有着巨大的反封建和个性自由的意味，对打击封建保守道学具有重要的现实意义。另一方面，作为一种新式的城市娱乐活动，跳舞突破了男女社交的传统界限，暗示着一种男女平等的新理念，这与五四时期的新思潮是一致的。因此，它与当时流行的“开女学”“废缠足”等其他活动一道，被视为妇女解放、个性自由的重要标志。简而言之，“它为现代中国的市民提供了一个想象现代性的窗口”①。也是在这个意义上，作为一种平民娱乐形式，跳舞逐渐从租界向华界扩展，并日益成为都市民众广泛接受的一种社交方式。然而另一方面，舞厅的负面性也显而易见，作为一种与消费资本主义密切关联的娱乐空间，那种突破男女大防的情欲性尤其引人注意。与此同时，作为西洋文化的跳舞对都市民众诱惑和吸引的背后，体现的固然是上海从一个通商口岸城市向现代消费社会转变的历史过程，但也同时意味着被卷入全球资本主义之中，或者沦为“半殖民地化”的历史过程。因此，舞厅文化分明透露出的是殖民地色彩的糜烂、颓废气息，而人们津津乐道的“摩登性”，又势必从民族义愤的角度激起人们的道德谴责和焦虑。正是在这个意义上，安克强

① 唐小兵：《象牙塔与百乐门——民国上海大学生“禁舞”事件考述》，《开放时代》2007年第3期。

在著作中分析了“舞厅”与“性”的密切关系。在他看来，“舞厅是一种中间场所，介于交谊性娱乐和卖淫之间。它们与社会生活的转变相对应，尤其是与中产阶级的出现有关，并以休闲活动的日益商业化为标志。舞厅提供了一个中介的空间，在那里，人们可以表达一种以肉欲为主而并非纯粹性欲的情感，并从中得到满足”①。

这种复杂的双重想象，以及保守势力的介入，令舞厅成为现代中国一个极其暧昧的城市空间。为此，曾出现过多次耐人寻味的“禁舞风波”。20 世纪 20 年代，天津发生过一场有关跳舞的重要争论。在短短的两个多月中，《大公报》先后发表数十篇讨论文章，反对者批评跳舞重女轻男，男女偎抱，毁坏名节，伤风败俗；赞成者则认为交际舞是一种具有艺术情调的娱乐。② 1928 年 7 月，上海市政府也曾颁布禁舞令，开了官府禁舞之先河。如果说 1927 年天津“禁舞”是保守主义势力逆潮流而动的历史闹剧，那么 1928 年国民政府的“禁舞”则包含着更加复杂的历史内涵，用研究者的话说，禁舞“是为了树立政府廉洁开明而奋进的姿态”③。另外在 20 世纪 30 年代，蒋介石曾提倡“新生活运动”，其间也曾发起过声势浩大的“大学生禁舞”运动，认定大学生跳舞绝对不是一个可以听之任之的生活小节，而是关系到“国家前途命脉”的大问题。因此，“禁舞就从一个民国上海的社会事件，蜕变为一个拯救国家的宏大叙事和历史神话”④。1947 年，南京国民政府以“妨害风化，提倡节约”为名，下令限期关闭舞厅，由

① ［法］安克强：《上海妓女——19—20 世纪中国的卖淫与性》，袁燮铭、夏俊霞译，上海古籍出版社 2004 年版，第 123 页。

② 左玉河：《跳舞与礼教：1927 年天津禁舞风波》，《河北学刊》2005 年第 5 期。

③ 左玉河：《跳舞与礼教：1927 年天津禁舞风波》，《河北学刊》2005 年第 5 期。

④ 唐小兵：《象牙塔与百乐门——民国上海大学生“禁舞”事件考述》，《开放时代》2007 年第 3 期。

此引发上海舞女的集体抗议，就是此“神话”的延伸。[①] 用研究者的话说，这次“上海舞潮案”，意味着“种的存亡被与西方交际舞联系起来”，“不仅折射了近代以来国人对身体的期许与忧心，且透露了现实的统治危机”[②]。由此可见，在对舞场的迷恋和恐惧的背后，深藏的不仅是中国传统文化中“玩物丧志”的道德焦虑，更包含着近现代以来中国“半殖民地化”的民族主义危机，这种第三世界国家的“落后焦虑”，注定生发出对待物质主义的复杂情感和对待身体的政治化想象。[③] 现代性的震惊、对物质主义的艳羡及对身体的恐惧，这多重的欲望和创伤交织在一起，沉迷中的怨恨与批判便呼之欲出。

由此背景重回20世纪三四十年代城市文化的想象之中，“跳舞”及“舞厅”的双重形象便清晰可见：一方面，它是最时髦的城市娱乐，是城市夜生活的主要内容，具有重要的文化塑形功能；另一方面，它又是堕落与奢靡的象征，裹挟着城市的不洁和物质主义的污秽。就前者而言，李欧梵在其“摩登上海”的相关研究中，敏锐注意到舞厅在表述上海文化方面的重要功能：“当咖啡馆主要还是上等华人、外国人和作家艺术家光顾的场所时，舞厅却已经进入各个阶层，成了流行的固定想象，这可以在无数的报道、文章、卡通画、日报的照片和流行杂志上看出来。事实上，上海的艺术名家，像叶浅予、张乐平都曾用舞厅和舞女来作他们的卡通题材。”[④] 而对后者来说，在30年代新感觉派小说家

---

① 相关讨论参见马军《1948年：上海舞潮案——对一起民国女性集体暴力抗议事件的研究》（上海古籍出版社2005年版）。

② 陈惠芬：《都市芭蕾、“社会学的想象力”及身体政治》，《读书》2007年第7期。

③ 黄金麟的著作《历史、身体、国家：近代中国的身体形成（1895—1937）》（新星出版社2006年版）系统考察了近代以来的中国身体所经历的政治化的过程。

④ ［美］李欧梵：《上海摩登——一种新都市文化在中国（1930—1945）》，毛尖译，北京大学出版社2001年版，第32页。

那里体现得较为明显。刘呐鸥在《都市风景线》中曾这样描写舞厅的情景："一切都在一种旋律的动摇中——男女的肢体，五彩的灯光和光亮的酒杯，红绿的液体以及纤细的指头，石榴色的嘴唇，发焰的眼光。中央一片光滑的地板反映着四周的桌椅和人们错杂的光景，使人觉得，好像入了魔宫一样，心神都在一种魔力的势力下。"[①] 舞厅的"魔力"让人沉迷，更让人惊恐万分。同样是面对舞厅，穆时英的《上海的狐步舞》（一个断片）开头便是那句决断性的"咒语"："上海。造在地狱上面的天堂!"这无疑让那些"光滑的地板""飘动的裙子""飘动的袍角""精致的鞋跟"都失去了光彩，也给那些"男子的衬衫的白领和女子的笑脸"打上了颓废的印记。而施蛰存的《薄暮的舞女》更是以精神分析的方式剖析了艳俗的舞女与激情燃烧的舞客之中洋溢着的"尖叫的情欲"。也是在这个意义上，毕克伟（Paul Pickowicz）描述了30年代中国的文化想象中舞厅的重要性："这些藏污纳垢之所，有腐朽社会的一切特征；无耻放荡的女人，抽着香烟，穿着优雅而暴露的衣服；纵欲的男子，喝醉了酒四处乱撞。总有杂乱的舞步，怪模怪样的舞会帽子，诱惑人的音乐，异国风格的发型，闪闪发光的汽车，长久的道德担当是不可能的，谁也不能信任。"[②] 新感觉派作家廉价的城市批判实则是情欲的张扬，其中，"舞厅"无疑具有重要的叙事功能。

然而，即便是这样一种具有资产阶级腐朽性质的负面形象，"舞场"的文化形式也被奇迹般地"移植"到了革命根据地延安。根据朱鸿召的考察，1937—1942年，延安每逢周末和节假日晚会

① 刘呐鸥：《都市风景线》，百花文艺出版社2006年版，第132页。

② 毕克伟：《三十年代中国电影中的心灵污染主题》，转引自张英进《中国现代文学与电影中的城市：空间、时间与性别构形》，秦立彦译，江苏人民出版社2007年版，第201页。

上，“革命队伍里时兴交际舞”[①]，延安的交际舞风潮持续到1942年前后。此后，交际舞被群众性大秧歌舞取代。偶尔的中央机关交际舞会，只是被用来招待驻延安的美军观察组成员。中华人民共和国成立之后，20世纪30年代的“营业性舞厅”逐渐为革命之后的“机关舞会”所取代。人民政府作为“左翼”政权体制化的产物，在中华人民共和国成立初期对待“舞厅”这个城市空间时，并未采取断然拒绝的态度，而是审慎并有节制地征调这一娱乐资源的积极因素为政权所用。因此，中华人民共和国成立以后，舞女和营业性舞厅作为城市腐朽文化的象征被清除殆尽，但交际舞仍然是城市的一种娱乐活动，只是被赋予更为卫生和健康的形式——“交谊舞”。尤其是新中国成立之初，苏联文化的引入，以及社会活动的“单位化”，交谊舞在城市干部和知识阶层中广为流行，只是这些活动大都由工作单位、工会或共青团加以组织。于是，“机关舞会”开始取代“营业性舞厅”，成为社会主义文化形式的合法表达方式。然而，“机关舞会”略显节制的欲望达成与过往“营业性舞场”极为顽强的消费记忆之间，也存在着复杂的缠绕与纠结。

这种消费主义的“幽灵”在长篇小说《上海的早晨》中表现

---

① 朱鸿召：《延安日常生活中的历史（1937—1947）》，广西师范大学出版社2007年版，第259页。根据研究，延安早期的交际舞，主要是在高级干部聚会的娱乐性晚会上作表演性节目。范围不大，半掩蔽半公开。但这种带有异域色彩，具有强烈心理刺激作用的表演节目却非常具有示范性。慢慢地，交际舞逐渐出现在公开举行的晚会上。延安交际舞时兴不久，很快就引起了革命队伍里女将们的强烈反对。就此，毛泽东曾经风趣地回忆说，“在延安我们也经常举办舞会，我也算是舞场中的常客了。那时候，不仅我喜欢跳舞，恩来、弼时也都喜欢跳呀，连朱老总也去下几盘操（形容朱德的舞步像出操的步伐一样）。但是我那贵夫人贺子珍就对跳舞不喜欢，她尤其对我跳舞这件事很讨厌……”。（参见尹纬斌、左招祥《贺子珍和她的兄妹》，中国广播电视出版社1998年版，第178页）一时间，延安因为交际舞而闹得沸沸扬扬。最大的一次风波便是“吴光伟事件”。事件的结果是，吴光伟1937年7月悄然离开延安后，贺子珍于8月间离开延安，在毛泽东的断然命令下，史沫特莱与斯诺夫人也一道，“素然寡味地告别了延安”。

得极为明显。在这部作品里，周而复写到制贩假药的奸商朱延年诱骗和腐蚀国家干部的场景。小说饶有兴味地描写了解放区老干部、苏北行署卫生处的张科长初到上海，遭遇他从未得见的消费空间，并落入朱延年的“干部思想改造所”的故事。在这个有关腐蚀和堕落的故事中，舞厅扮演了重要的角色。当小说写到张科长不由自主地跟随夏世富到达“七重天”之时，“张科长感到自己到了天空似的，有点飘飘欲仙”。而舞厅的场景也让张科长深陷迷乱和焦虑：“音乐台上正奏着圆舞曲，一对对舞伴像旋风似地朝着左边转去。灯光很暗，随着音乐旋律的快慢，灯光一会是红色的，一会是蓝色的，一会又是紫色的。在各色的灯光下，张科长留神地望着第一个舞女，有的穿着乔其丝绒的花旗袍，有的穿着紫丝绒的旗袍，有的穿着黑缎子的旗袍，脚上是银色的高跟鞋，跳起舞来，闪闪发着亮光。他拘谨而又贪婪地看了一阵，又想看，又怕人发现自己在看，不安地坐了一阵子，想走开又不想走开，半吞半吐地对夏世富说：‘我们走……走吧?’”① 其间，最富意味的是张科长在“焦虑”和“诱惑”之间的摇摆过程：“他望见舞池里挤满了人，在暗幽幽的蓝色的灯光下，一对对舞伴跳着轻盈的慢狐步舞。舞池附近的台子全空空的，只有他和徐爱卿坐在那里没跳。他是会跳舞的，并且也是很喜欢跳舞的，一进了七重天，他的脚就有点痒了，但觉得在舞池里和舞女不好。如果这儿是机关内部，他早跳得浑身大汗了。”②

在张科长心中，“机关舞会”才是可以放肆沉迷的娱乐场所，是社会主义时代合法的纵欲形式，而与此相近的“营业性舞厅”

① 周而复:《上海的早晨》(第一部)，见《周而复文集》4，文化艺术出版社 2004 年版，第 187 页。

② 周而复:《上海的早晨》(第一部)，见《周而复文集》4，文化艺术出版社 2004 年版，第 190 页。

却是滋生物质主义焦虑的所在，也是通向“诱惑”和“堕落”的通道。小说也证明了，张科长终究没能逃脱城市消费空间的“捕获”，这位“打了多年游击的老干部”和“国家功臣”，在“全国解放”“革命成功”之际，终究落入了“营业性舞厅”编织的“享乐主义陷阱”。尽管在此，“堕落”的罪魁祸首是“七重天”这个“营业性舞厅”，但小说依然从侧面透露出“机关舞会”的可疑面貌。因为，正是后者的合法形式召唤出个人心中业已尘封的消费主义欲望。

尽管是社会主义文化积极吸收的健康形式，但“机关舞会”在“十七年”文学中并没有被完全赋予正面形象，这毋宁说透露出社会主义文化的焦虑所在。在萧也牧的《我们夫妇之间》中，“我”作为一位来自城市的知识分子，在中华人民共和国成立后回到了阔别已久的城市，“那些从跳舞厅里传出来的爵士乐……对我是那样的熟悉”。对于小说而言，“我”在革命之后的“蜕变”恰恰体现在对那些阔别已久的“消费社会”的向往之上。其间，小说写到一处细节：“周六晚上，机关内部组织了一个音乐晚会，会跳舞的同志就自动的跳起舞来，这正好解闷，我就去参加了。”[①] “我”对“跳舞”的沉醉无疑联结着旧时代的情感记忆。直到“我的妻”抱着孩子“气冲冲”跑来，“我”依然留恋不舍，“跳完这一场就回去!”这种“致命的吸引”，成为改造城市过程中残余消费空间的“征兆”，从而引出一个与“我的妻”争论的“改造城市，还是被城市改造”的核心问题。小说对于“舞厅”的情感基调通过另一处细节得到了更为鲜明地显现，那便是长安街上的“七星舞厅”。在此，“舞厅”这个城市娱乐空间几乎再现了民国时代“风月场所”的特征。“西服笔挺，像个绅

① 萧也牧：《我们夫妇之间》，《人民文学》1950 年第 1 期。

士的胖子”守门人对那个向客人要钱的“十三四岁的小孩”的“压迫”,引起了“我的妻”的愤慨。尽管他一再辩解:“我这个舞厅,是在人民政府里登记了的,是正当的营业,是高尚的娱乐!拿捐,拿税……”,但小说将“舞厅”与“乞讨”“压迫”等旧社会遗迹相联系的想象方式,却也暴露了作者的情感基调。

同样,作为另一部被批评家指责为“小资产阶级趣味”而受到批判的作品,邓友梅的《在悬崖上》也写到了“星期六的机关舞会”。这里的“机关舞会”也已成为极为暧昧的情欲空间。在此之中,我那“丢人现眼”的“爱人”,与追求自由、摩登的小资产阶级女性加丽亚之间形成了鲜明的对比。“我”以貌似忏悔的回忆口吻极为“放肆”地表达了“堕落”时“我”的跳舞感受,“音乐一响,我俩就旋风似的转过了整个大厅,人们那赞赏的眼光紧追着我俩闪来闪去”。新时代的“舞女”加丽亚得意忘形的“愉悦”,“我好久没这么高兴过了,跳舞本身是愉快的,被人欣赏也是愉快的”[①]。这种“跳舞”中所生成的“个人性”对“集体的城市”的消弭由此可见一斑。

由以上小说的分析,我们可以逐渐看清“跳舞”这种消费形式依然残存的“个人性”,对于“机关舞会”这种声称健康的社会主义娱乐形式所构成的“腐蚀”意味。对于社会主义城市而言,尽管集体主义的意识形态抑制着个人的欲望,但消费主义的形式却又在时时生产着这种欲望。机关舞会的暧昧性,恰在于它既是生产的,也是消费的,既生产出集体,又生产出个人,正如蔡翔所言,“我们不能因为中国的社会主义强调集体而认为个人在这一时代已经消失,情况可能相反,社会主义在生产集体的时

① 邓友梅:《在悬崖上》,《文学月刊》1956年第9期。

候，同时也在生产个人”①。因此，对于“舞厅”及其城市空间的改造而言，也许正是在社会主义对消费城市空间的抑制中，生产出了新的消费空间。原本以为社会主义时代能够借助既有的资产阶级文化形式发展自己的文化，创造新的城市空间，然而既有的形式总会裹挟并召唤那些依然没有消逝的“幽灵”，又处处威胁着新的文化的生成。从延安时期就曾争议不断、风波不止的“礼堂舞会”，到中华人民共和国成立之后仍然不能让人放心的“机关舞会”，新的文化形式的建构过程并不如预想中的那般顺利。

如果说在《我们夫妇之间》《在悬崖上》等小说作品中，原本洁净的“机关舞会”，也出人意料地生出“肮脏的后果”，那么在《英雄虎胆》《寂静的山林》等反特题材电影中，以具象的方式呈现出来的“舞厅”及“跳舞女郎”，则以其散发出的颓靡气息而被打上不折不扣的负面形象。《英雄虎胆》里与曾泰共舞伦巴的王晓棠（阿兰的扮演者）处处体现出风情万种、艳压群芳的“年轻美人”形象，而在《寂静的山林》中，电影镜头更是跟随“反特人员”的脚步抵达当时的香港、日本等地，让观众一睹内地难得一见的“艳舞”表演，这也几乎成了“禁欲时代的情色”。

罗兰·巴尔特曾说：“革命在它想要摧毁的东西之内获得它想具有的东西的形象。”② 但中国的社会主义革命并未从既有的资产阶级文化形式中获得新的形式。作为城市资产阶级与市民生活的重要娱乐项目，舞厅及其跳舞者尽管在中华人民共和国成立后的社会主义城市被迅速剥离其所携带的情欲元素，但从“营业舞厅”到“机关舞会”的意识形态转轨依然没能救赎社会主义城市的娱乐形

① 蔡翔：《革命/叙述：中国社会主义文学—文化想象（1949—1966）》，北京大学出版社 2010 年版，第 13 页。

② ［法］罗兰·巴尔特：《写作的零度》，李幼蒸译，中国人民大学出版社 2008 年版，第 55 页。

式。20世纪60年代之后，激进政治的来临，使得跳交际舞不可避免地被指斥为资产阶级腐朽的生活方式而逐渐在城市生活中销声匿迹，“机关舞会”的破产也就不足为奇。然而无产阶级的先进性如何表明，即无产阶级文化如何塑造，却是一个巨大的问题。如果说“京剧”还是一种民间的艺术形式，那么样板戏里的“芭蕾舞”则是十足的西方之物。“机关舞会”之后，“集体舞”的勃兴使得十年“文化大革命”期间，发源于西方贵族宫廷的“芭蕾舞”这种艺术形式，以前所未有的速度在中华大地上传播和普及。① 尽管它也承受着诸如“大腿满台跑，工农兵受不了”的道德主义指责，但在《白毛女》《红色娘子军》等经典剧目中，来源于欧洲古典艺术的“芭蕾”，终究成了“社会主义现实主义”象征话语的重要艺术形式。② 紧随其后的“造反舞”“忠字舞”③

---

① 根据研究者的考察，“早在1957年北京舞蹈学院就开设了芭蕾舞专业，中国的芭蕾舞教育从开始就接受了俄罗斯学派的影响，不少苏联专家曾多次来华传授芭蕾舞艺术。在他们的帮助下排演了世界古典名剧《天鹅湖》《关不住的女儿》《吉赛尔》等，从而奠定了芭蕾舞在中国的基础。随着时代的发展，人们对芭蕾舞艺术有了新的要求，芭蕾舞要有中国自己的剧目的呼声日益强烈。1964—1965年间，两部表现中国人民革命斗争的芭蕾舞剧《红色娘子军》《白毛女》诞生了。这是中国舞蹈史上第一次用西方芭蕾艺术形式来讲述中国军民斗争生活故事的艺术作品。《红》《白》两剧使中国解决了芭蕾舞民族化的问题，使芭蕾舞这一西方艺术具有了‘中国特色’”。参见马盛德《二十世纪中国舞蹈的回顾》，《文艺理论与批评》2001年第3期。

② 参见李扬《抗争宿命之路——“社会主义现实主义”（1942—1976）研究》，时代文艺出版社1993年版，第296页。

③ 忠字舞是“文化大革命”特有的舞蹈形式。根据研究者的考察，它“在一定程度上可视作表演唱的极端形式”。“舞蹈动作粗放、简单、稚拙，其机械式的身体移动，近乎健身体操。大多采取象形表意、图解化的表现手法。基本动作有：挺胸架拳提筋式、托塔顶天立地式、扬臂挥手前进式、弓步前跨冲锋式、跺脚踢腿蹬踹式。这八个基本动作，后来被称之为‘八大件’。跳舞时手里通常以《毛主席语录》（红宝书）或红绸巾作为道具。舞蹈者全身心充溢着朝圣的庄严感，情绪激荡。游行时的忠字舞方针动辄成百上千人，前后相连可达上万人，队伍逶迤数里，同时载歌载舞前进，有时竟持续十多里路、好几个小时，其场面之庞大，气势之磅礴，史无前例。主要曲目有《大海航行靠舵手》《造反有理》《革命造反歌》《敬爱的毛主席，我们心中的红太阳》《贫下中农热爱毛主席》等。忠字舞动作简单、规范、整齐划一，无需特别舞蹈基本功和专门训练，易学易会，男女老少都可以完成，而且必须参加（牛鬼蛇神、黑五类除外）。”参见张闳《乌托邦文学狂欢（1966—1976）》，张炯主编《共和国文学60年·第2卷》，广东教育出版社2009年版，第41页。

等大众舞蹈的革命标志，更是将此象征的形式推向了无以复加的地步，但无一例外地成为饱受诟病的文化形式。

第二节 “街道”的美学与政治学

相较于中华人民共和国成立以后繁荣无比的农村小说，1949年以后的都市生活几乎成为文学的边缘题材。萧也牧的《我们夫妇之间》和王蒙的《组织部来了个年轻人》等作品虽依稀可见城市生活的影子，但却早已成为批判的对象，《上海的早晨》更是完整地呈现了城市生活被改造的过程。在此之中，“城市成为工业题材中含混不清的一个场景，‘车间’成为城市小说中经常出现的正面意象”。[①] 无论是工业城市的出现，还是“车间文学”的勃兴，社会主义文学固然创造了新的叙事空间，但正如罗兰·巴尔特所说的，革命终究要“在它想要摧毁的东西内获得它想具有的东西的形象”，这就不可避免地要与既有的文学空间劈面相迎，以求在对其改造中获得非同寻常的意识形态内涵，尽管在这种划时代的意识形态“决裂”背后，或多或少彰显了空间延续的暧昧意味。这不仅是新旧政权间的政治争夺，更是两个文化集团之间的“领导权”（或曰“文化霸权”）之争，其中，“街道”的美学及其政治学的转向便是实例之一。

在既有的文化格局中，街道的重要性不言而喻，它一直被认为是城市里最喧嚣的部分，街道的景观是文化的重要窗口。同时，街道的流动性又使得它是消遣、展示和买卖的综合场所，蕴含着复杂的文化意味。关于街道，丹尼尔·贝尔在《资本主义文

---

① 焦雨虹：《消费文化与都市表达——当代都市小说研究》，学林出版社2010年版，第23—24页。

化矛盾》中这样谈到,“一个城市不仅仅是一块地方,而且是一种心理状态,一种主要属性为多样化和兴奋的独特生活方式的象征……要认识一个城市,人们必须在它的街道上行走”[①]。在贝尔看来,只有在“街道上行走”,才能触摸到一个城市的脉搏,进而去体会资本主义社会及其文化的矛盾性。同样,“街道上的行走”也激起了法国理论家米歇尔·德·塞托(Michel De Certeau)的兴趣,德·塞托认为,“城市平凡生活的实践者生活在‘下面’,生活在被条条门槛挡住了视野的‘下面’。这种生活的基本形式在于,他们是步行者,他们的身体依循着城市‘文章’的粗细笔画而行走,他们写下了这篇文章,自己却不能阅读”[②]。在他看来,“行走”作为体验城市生活的基本方式,就是要超越那种身处高层的权力幻想——杜绝对城市的芸芸众生的俯瞰姿态,每一个人都必须以自己朴素的方式亲身经历城市,走在城市的街道上。城市中的“行走”太过平常,所以并不为人所重视,但是恰恰是借助这种“行走”,人们得以在城市中交叉移动,将城市里静止不动的各种场所串联成一个网络,并借由这些网络透露出城市生活的轨迹。这样的方式也许过于零碎化、断片化,但却很好地保持了城市的实践本色,实现了它的“日常性和不确定性”[③]。

在德·塞托那里,街道、城市与日常生活极为紧密地联系在了一起。而对于资本主义城市而言,正是这种日常生活本身恰如其分地展示了城市消费主义和商品的历史。“一部街道的发生史也是一部商品的变迁史、展示史。街道的历史是被商品逐渐包裹

① [美]丹尼尔·贝尔:《资本主义文化矛盾》,赵一凡等译,生活·读书·新知三联书店1989年版,第154页。

② [法]米歇尔·德·塞托:《日常生活实践·1:实践的艺术》,方琳琳、黄春柳译,南京大学出版社2009年版,第169页。

③ 参见练玉春《城市实践:俯瞰还是行走》,载孙逊、杨剑龙主编《都市空间与文化想象》,上海三联书店2008年版,第77—78页。

和粉饰的历史。”[①] 就此而言，街道既是人群集合的场所，也是商品集合的场所。因此，街道成为“人与物之间的中介——街道是交换、商品买卖的主要场所，价值的变迁也产生于这里。在街道上，主体和客体，观看橱窗者和娼妓、精神空虚者和匆匆过路人、梦想与需求、自我克制与自我标榜在不断交替”[②]。遍布街道的人群，以艳羡的目光打量着城市橱窗中琳琅满目的商品，而街道两旁的风景亦成为城市的重要景观。除此之外，华美的橱窗、大大小小的商铺以及商铺周边炫目的广告牌，都散发着商品的魅惑气息。法国自然主义小说家左拉在《妇女乐园》中曾对巴黎街道上百货公司的橱窗有过细致的描写，其作品堪称资本主义物欲时代的生动写照。其间，“街道”的风景所蕴含的物质主义震撼令人心醉。而在本雅明笔下，巴黎的浪荡子和“拾荒者”游走的“街道”本身，更是发达资本主义时代的诗意所在。由此可见，街道的面孔其实蕴含着资本主义的秘密：商品展示和物质主义的欲望。在此消费社会的文化格局中，“街道”本身无疑蕴含着商品的美感、诗意的格调，又裹挟着几分资本主义的罪恶。然而，对于“十七年”文学而言，它究竟如何与社会主义政权及其文化格局相适应，这成了一个饶有兴味的问题。

创作于20世纪60年代的话剧《霓虹灯下的哨兵》[③]，亦是一

---

① 汪民安：《街道的面孔》，见孙逊主编《都市文化史：回顾与展望》，上海三联书店2005年版，第89页。

② ［英］奈杰尔·科茨：《街道的形象》，见罗岗主编《视觉文化读本》，广西师范大学出版社2003年版，第191—192页。

③ 《霓虹灯下的哨兵》这部作品始创于1959年，取材于生活在南京路上的一支部队的真实生活。1959年7月23日的《解放日报》刊登了《南京路上好八连》一文，从拾金不昧、精打细算、克己奉公、精神世界和思想工作五部分入手展示八连官兵继承革命传统，永葆革命本色的精神风采。当年，沈西蒙受命创作以此为基础的话剧剧本，剧本写成后曾取名《南京路进行曲》《霓虹灯下的遭遇战》《霓虹灯下的奇兵》，1962年公演之时才定下了现在的名称。参见沈西蒙《〈霓虹灯下的哨兵〉创作回顾》，《戏剧艺术》1979年第2期。

幕讲述“街道行走”的城市故事，只不过从中体味的是社会主义的文化矛盾和危机。作为一部反映“南京路上好八连”的作品，《霓虹灯下的哨兵》描写了城市的进入者在城市面对的吸引与诱惑，并着力呈现了新的城市主人——解放军，在面对昔日资本主义的繁华所在——南京路时，所展开的意识形态斗争与摇摆的完整过程。正如彼时其他城市题材作品一样，《霓虹灯》中的城市生活也以妖魔化的方式，在批判性话语之中展现出来。如作品中所展现的，刚进入上海的城市接管者就被警告：“我们解放军除西藏之外，全国都到过，可是说不定到上海就被人打倒在地上……在上海你随便进入人家，就可能会被人弄死。所以，我们进城后越小心越好……在城市我们可能要上当，要谨慎才好。”正是面对城市资产阶级“糖衣炮弹”的警惕和焦虑，使得八连战士们在南京路上的“行走”具有了非凡的象征意义。

在这部话剧（后改编成电影）中，新中国成立初期作为旧上海城市消费主义象征的南京路，明显体现出“资产阶级”对社会主义的“对抗”。这种“对抗”并不是以直接的“暴力”“冲突”来实现的，而是以与身体感官密切联系的气味、声音等媒介来体现的。剧中，鲁大成、路华与陈喜有这样一段关于“香风”的对话，在陈喜看来，太平无事的南京路“连风都是香的”，这令鲁大成恼怒不已，“这种思想要不整一整，南京路这地方——不能待!”毕竟，“南京路上老开固然可恨，但是，更可恼的倒是这股熏人的香风!”[①]“爵士乐声荡漾，霓虹灯耀眼欲花”，这便是南京路及其资产阶级“香风”的意义所在。在此，“香风”无疑是资产阶级文化的代名词，所以面对“香风”的侵袭，洪满堂、鲁大成的气闷有目共睹，他们斥责陈喜：“一阵香风差一点

① 沈西蒙、漠雁等：《霓虹灯下的哨兵》，中国戏剧出版社1964年版，第34页。

把你脑袋瓜吹歪了。”作为一种资产阶级文化“侵入”的方式，“香风”对社会主义文化的腐蚀性极为明显。剧中，路华的一段话其实就点明了这一点：“帝国主义的阴魂还不散，他们乘着香风，驾着烟雾，时刻出现在我们周围，形形色色，从各个方面向我们攻来。”对于这种不可控制的资产阶级“香风”“烟雾”，研究者曾有论述，在20世纪中叶，“城市……作为气味仍然继续侵犯资产阶级的私有身体和家庭。主要是嗅觉激怒了社会改革家们，因为嗅觉同触觉一样，代表厌恶，它弥漫四处，无形地存在，很难被管制”①。而对于“站马路”，“争夺上海阵地”的中国共产党而言，城市街道上弥漫四处的资产阶级“香风”更是侵扰无产阶级革命意志的罪魁祸首。

《霓虹灯下的哨兵》里的“香风”作为纸醉金迷的资产阶级生活方式的指代，它与爵士乐一样，随风流转，让人无法防备地“侵入”无产阶级的营地，与“左翼”的革命政治发生冲突。事实证明，行走在南京路上的解放军果然陷入了资产阶级“香风”和“毒雾”的纠缠。在反动派“红的进来，不出三个月趴在南京路上完蛋”的叫嚣中，排长陈喜开始迷恋城市的“物质主义”。在他眼中，上海繁华的城市空间，使得鲜明的无产阶级特征恰恰成为城市的嘲讽对象。至关重要的是，妻子春妮儿连同她那“破旧”的“支前扁担”和“红布包袱”，都激起了陈喜“致命”的自卑感。尽管文本之中“老布袜子”的象征意义在于，“结实、耐穿，穿着它，脚底板硬，站得稳，过去穿着它能推翻三座大山，今天穿着它照样能改造南京路！”但陈喜对春妮儿的“无意识”的“摒弃”，连同上海这一花花世界的背景，便具有

① ［美］约翰·厄里：《城市生活与感官》，苏韾译，汪民安等主编：《城市文化读本》，北京大学出版社2008年版，第160页。

了意味深长的内涵。故事最后，尽管排长陈喜最后在指导员的教育下幡然悔悟，从而凸显出“拒腐蚀”的时代主题，但他对“春妮儿”的坚守，毋宁说只是对解放区人民的道德承诺，而社会主义文化在很大程度上就是依赖这种道德承诺的结构而得以维系的。

导演黄佐临在谈到电影《霓虹灯下的哨兵》的主题时曾这样说道，“经过十多次瞄准和射击”，最后选定了“冲锋压倒香风”作为全剧的主题思想：“我们感到象‘保卫大上海’、‘保卫游园会’、‘站马路’、‘争夺上海阵地’等等，都太小，太实，太具体，太片面，但是这是很必然的过程，因为我们初读剧本，必定经过一个感性的认识阶段，只看到剧本中的情节、事件。”[①] 因此，作品本身也极为贴切地契合了抵御资产阶级的“糖衣炮弹”，拒绝腐蚀，防止和平演变的时代主题。为了成功表达革命的意识形态主题，《霓虹灯下的哨兵》竭力营造了旧上海的消费城市景观，“全剧用一个衬景，全部是高楼大厦，好像在外滩，又像在日升楼一带”[②]。电影版对城市场景有丰富的表现。据悉，影片在实地拍摄中刻意复原了当年南京路的街景：“行人的穿着是西装、旗袍，报童叫卖的是美国 Life 画报，连长背后的橱窗里摆着‘MaxFactor’（蜜斯佛陀）的化妆品，剧院放映的是好莱坞电影，军营窗外是嘁喳作响的爵士乐，临街房间里飘出来的是忧郁的钢琴奏鸣曲，头顶的霓虹灯是‘派克’金笔广告，小商店摆着花花绿绿的糖果，就连街头的公共汽车上也画着‘无敌牙膏’和‘美丽牌’香烟的招贴，闪烁的霓虹灯在电影中更是被反复给以特写

① 黄佐临：《谈谈我的导演经验》，《导演的话》，上海文艺出版社 1979 年版，第 202—203 页。

② 白文：《谈话剧〈霓虹灯下的哨兵〉》，《谈〈霓虹灯下的哨兵〉》，上海文化出版社 1964 年版，第 56 页。

的处理。”① 这些消费符号和电影场景中出现的《出水芙蓉》、爵士乐一起，共同构成了旧上海的城市氛围。而且就电影和话剧而言，街道中所呈现的城市物质消费符号的高度发达，也直观地象征着资本主义腐朽的生活方式，影片对这些物质描述得越丰富越生动，就越能深化“拒腐防变”的城市改造主题。

正是在这样的背景下，作品中“革命剧《白毛女》”与“好莱坞电影《出水芙蓉》”之间的争斗，无疑具有极其重要的意义。面对资产阶级消费城市的诱惑，处于文化匮乏状态的无产阶级终究难以抵挡。这种致命的吸引构成了“革命之后”社会主义城市的焦虑。这也从另一方面体现出“进城”的无产阶级不断面临的文化抗争的命运。然而“游园会”与爵士乐，《白毛女》与《出水芙蓉》之间的争斗，背后蕴含着无产阶级与资产阶级争夺文化领导权的宏大主题。面对敌特分子的叫嚣，无产阶级战士必须“站马路，站岗放哨，守卫大上海”。在此，除了自觉抵制资产阶级的诱惑之外，还必须创造出自己的文化空间和产品。在这个意义上，灯红酒绿的南京路便成了这场没有硝烟的战争的最前线，而这场战争的残酷性较之刚刚过去的那场战争来说更为严峻。就这样，“街道的行走”连同街道的美学与政治学一道，具有了生死攸关的意义。

在此，南京路这个颇具旧上海消费社会特色的资产阶级美学空间，成为社会主义意识形态争夺的对象。在此争夺之中，城市街道便颇有几分列斐伏尔意义上“空间的生产”的意义。列斐伏尔认为，空间既是资本主义生产方式的产物，同时又会对这种生产关系进行再生产，空间是社会行动的内在要素，而围绕空间展

---

① 聂伟：《〈霓虹灯下的哨兵〉：战争意识形态笼罩下的城市感性》，《当代电影》2005 年第 6 期。

开的政治斗争是社会问题的核心。正是由于空间与生产关系的密切联系，使得空间的变化有赖于打破旧有的生产关系。对于新兴的无产阶级来说，要打破既有的资产阶级消费主义对城市空间的垄断，不仅要拒斥旧的空间生产方式对人的控制，更要创造出新的属于自己的文化形式。反映到《霓虹灯下的哨兵》中，不仅要突出“拒腐蚀”，抵制资产阶级“香风”的思想主题，还要创造出诸如“群众秧歌”和“游园会”等街道文化活动，来对抗好莱坞电影和爵士乐。

于是，在歌剧《白毛女》对抗美国电影《出水芙蓉》的背后，街道的美学和政治学意味被突出地表现了出来。同样是面对街道橱窗，在电影的开始，排长陈喜为陈列于其中的一双“花袜子”所诱惑，然而通过教育，他最后不仅抵御了诱惑，还成功地重拾警惕性，这在影片结尾“智捉特务”一节中体现得极为明显。这时的南京路，那象征着堕落的物质标志的霓虹灯又重新亮了起来，只不过此时的霓虹灯适时地闪烁起“毛主席万岁”的口号，以此证明南京路的成功改造。尽管在这种“虚张的正义”背后，有关“洗脑筋”和政治宣传的指责不绝于耳，但它毕竟是无产阶级对城市文化领导权艰难争夺的开始。

第三节　从“无轨电车”到“火车”

作为城市陌生人群会聚的场所，“火车”为人与人之间的相遇提供了空间，叙事也由此而生。然而在“十七年”文学中，“火车”却是一个极富意味的文学空间。不同于张爱玲笔下“无轨电车”式的情欲写作，当代文学中的“火车”显得干净而节制。无论是丰村的《美丽》中玉洁与姑母相遇的火车，还是艾芜的《雨》中奔驰在城乡之间的“环市火车”，抑或是20

世纪80年代王蒙《春之声》中的“闷罐车”，“火车”都在竭力营造人群相遇中的正面情愫，这毋宁说是社会主义文学的本质所在。但令人颇感意外的是，在此之中，城市消费空间依然阴魂不散，既成为前者贬抑的对象，又是其得以借重的写作资源。在此意义上重新解读艾芜的小说《雨》，便会有更多的理论发现。

关于现代作家艾芜，他的那些描写流浪生活和边地风光的小说曾为人们所津津乐道。然而1949年之后，在“以革命事业为主”[①]的指导下，艾芜选择北上鞍钢去“熟悉”新的生活。比起现代文学经典《南行记》来说，他在1958年相继出版的长篇小说《百炼成钢》与短篇集《夜归》《新的家》等“题材趋时求新的收获”，尽管也是“富有生活气息、富有表现力的细节”的作品，但似乎并不太为人所看重。新的历史时代，使得艾芜为“可以在作品中称心如意地为劳动人民讲话”而感到“空前未有的幸福”[②]。他煞费苦心地“体验生活”，却在历史转折的新时期时常被认为是对艺术的干扰。这便正如文学史家所指出的，“长篇小说《百炼成钢》和短篇集《夜归》”等，“于细微之处来表现新生活中的情绪，显示了作者的灵动敏感的匠心”。但整体来看，“连同长篇《百炼成钢》，都表明了在题材、艺术观念和方法‘转向’后的挫折。对于艾芜，读者记忆最深的恐怕不是《山野》和《故乡》，而是30年代的《南行记》”[③]。《南行记》的经典地位，让艾芜在1949年之后的作品相形见绌，那些“煞费苦心地捕捉新生活的脉动但徒剩支离破碎的‘细节的真实’，却失落了那流

① 艾芜：《略谈学习、锻炼和创作——重庆文艺工作者学习锻炼和创作情形》，《文艺报》1951年第4卷第11、12期。

② 艾芜：《夜归》“后记”，作家出版社1958年版。

③ 洪子诚：《中国当代文学史》，北京大学出版社1999年版，第80页。

贯全书、生气淋漓的创作主体”[①] 的作品，并没有得到文学界的应有重视。像其他步入中华人民共和国时期的现代作家一样，艾芜也不可避免地落入了因“趋时”而“沉寂”，因“进步”而“落后”的困境之中。然而，在当代工业题材和城市文学的脉络之中，重新阅读他的短篇小说《雨》，便可发现社会主义工业城市及其文学所隐藏的欲望与焦虑。

《雨》以女主人公的视角，讲述了一位火车售票员对男性乘客的朦胧爱恋的故事。故事的情节非常简单，但它包含的心理活动却意味深长。而且，就小说的时代背景而言，故事本身也极具征候。它以女性的视角，在“城市的性本质”之外，极为罕见地呈现了社会主义工业城市的欲望与焦虑。

小说开头便惊人地呈现出女主人公的“病症”：雷雨中淋湿的徐桂青回到家时，“只是呆呆地站着，一直望着窗外，仿佛外面有什么东西，非常吸引她一样。”这种“自我本身的消沉与空虚”，某种程度上类似于弗洛伊德意义上“忧郁症”气质。小说接下来的情节展开，也契合弗洛伊德有关“因不完美之爱的摇摆不定而引起”的“忧郁症”的判断，而《雨》所呈现的恰恰是徐桂青“为情所困”的故事。令人颇感奇怪的是，让这位环市火车上的售票员“魂不守舍”的居然是一位素不相识的陌生男子，而这位在柳村站下车的年轻工人，已然隐隐约约地在徐桂青心中“生长了一丝烦恼”。这种朦胧的爱恋关系在“无爱少欲”的“十七年”文学中，绝对算是一个“异类”。

如小说中写到的：“有一位年轻工人，一上车就靠近车窗，专心地看书，有时又摸出一本小册子，拿铅笔算算术。夏天的夕

① 张直心：《“原乡小说”的裂变与重续——〈南行记续篇〉的意义》，《文学评论》2009 年第 1 期。

阳，掠过种着高粱的田野，斜斜地射进车来，照在她的脸上，他也不从书上移动他的眼睛。冬天的时候，天黑的快，他一上车，就赶快找着挨近电灯的座位，有时要是灯光暗淡一点，他就会站了起来，靠着座椅，设法挨近灯光。"[①] 这就是小说通过徐桂青视角所展示的男性形象，尽管这段外貌描写中包含着对知识学习者的敬佩，但作为女性目光的呈现，它丝毫不能削弱其间隐藏的"凝视快感"。这种潜意识的流露，连同《雨》中淅沥的雨水和轰隆的雷声，大抵表征了女主人公内心激荡不安的欲望潜流。

一位是端庄美丽的售票员，一位是爱好学习的年轻工人，他们在封闭的车厢中上演了一场朦胧的爱恋故事。尽管作者竭力通过一种学习空间的营造，来冲淡小说弥漫的情欲色彩，并借此诉说城市女青年的"成长故事"，表现她对城市的期盼与敬畏，对知识男性的由衷折服，但也依然顽强地表达了人群中擦身而过的陌生男子带给她莫名的心灵悸动，而后者无疑是不折不扣的现代城市体验。

从中西方现代文学的历史脉络来看，城市体验或城市情感的题中之义在于，知识分子气质的男性主人公渴望一次艳遇，这大抵代表了城市市民阶层的情感趣味。本雅明在《发达资本主义时代的抒情诗人》中，曾完整引用波德莱尔的十四行诗《致一位交臂而过的妇女》，以此表达裹挟在人群之中的"陌生女子"，在"电光一闪"的"黑夜"中带给人的"一见钟情"的"震惊"。在本雅明看来，"城市居民的快感不在于一见钟情，而在于最后一见而钟情"，"这是在着迷的一瞬间契合于诗中的永远的告别，因而十四行诗提供了一种真正悲剧性的震惊的形象"。接着，他借波德莱尔之口说，"使他的身体在颤抖中缩紧的，并不是那种

① 艾芜：《雨》，《人民文学》1957 年第 4 期。

每一根神经都涨满了爱的神魂颠倒；相反，它像那种能侵袭缠绕一个孤独者的性的震惊。如蒂博代指出，‘这些东西只能在大城市里写出来。’这一事实并不很富有意味。他们揭示了大都市的生活使爱蒙受的耻辱”[①]。本雅明的理论大抵揭示了某种“城市体验的性本质”。在他那里，正是19世纪巴黎街头的“游荡者”，在川流不息的人群中洞悉了现代城市的秘密。这种城市的秘密，及其揭示的擦肩而过的陌生人所深藏的欲望表情，成为此后城市理论的重要主题。

正如夏朴（William Chapman Sharpe）所言，“路过者，不论男女，都是情感和象征的核心，在这一意象中浓缩了产生城市文本的性力量、语言力量。路过的陌生人，成了城市诗歌关心的其他问题汇聚在一起的地方，这些问题包括：非现实的感觉，欲望的流动性，城市体验的性本质与城市的文本性之间的互动”[②]。就此，流动的城市人群与流动的欲望一道，构成了城市丰富驳杂的表情。

在中国现代文学中，这种富有现代意味的都市特征也表现得极为明显。戴望舒的《雨巷》中呈现了一位“像丁香一样结着愁怨的姑娘”，这与波德莱尔笔下那位“身穿重孝、显出严峻的哀怨瘦长苗条的妇女”，有着异曲同工之妙。在此，女性与城市一道，成了“想象之中情感与语言的中心”，围绕着她，“男诗人在流动的城市/乡村意象与性/文本之间游走”。就城市体验的呈现而言，这首诗极为明显地体现了“性力量”与“文本力量”的结合。“性力量，体现在诗人把自己的性幻想投射到丁香/女人身

① ［德］本雅明：《发达资本主义时代的抒情诗人》（修订译本），张旭东、魏文生译，生活·读书·新知三联书店2007年版，第145页。

② William Chapman Sharpe, *Unreal Cities: Urban Figuration in Wordsworth, Baudelaire, Whitman, Eliot, and Williams*, The Johns Hopkins University Press, 1990, p. XIII.

上。而文本的力量，则体现在‘丁香’一词在法文以及传统中国典故中的多重含义上”。确如研究者所言，戴望舒的这首诗“可以认为是他的性幻想，更准确地说，又是他关于诗歌的宣言。也就是说，雨巷象征着诗的想像、诗的过程，通过这些想像和过程，诗人创造了一种迷离、梦幻般的美”。简而言之，《雨巷》本身“体现了不可控制的男性欲望，它必须在一个陌生女子身上得到物化”①。与此相似的是，施蛰存的《梅雨之夕》则以更丰富的心理细节，“表现了男子在与一个路过的女子不期而遇时体验的城市欲望”②。

正如美国城市理论家刘易斯·芒福德所言：“城市——诚如人们从历史上所观察到的那样——就是人类社会权力和历史文化所形成的一种最大限度的汇聚体。”③ 然而，他忘了补充一句：在现代的都市体验中，这种城市人口的汇聚似乎与欲望紧密相连。而艾芜的《雨》不仅延续了这种包含强烈“性暗示”的“城市邂逅”的母题，而且，从“雨”的暧昧意象入手，更是直接呈现了“邂逅型男女”及其城市体验的故事。“海派文学”专家吴福辉的研究表明，这种所谓的“邂逅型男女”，实际上是“海派文学提出的新的两性关系模式”，“这象征着现代社会简明、轻便的性爱自由度”。正如他所言，“人们将攀附在男女关系之上的恩怨藤蔓少许剪除，男女主人们对性的罪恶感也略加淡化，都市性爱的空

---

① 尽管在李欧梵看来，将戴望舒的《雨巷》与波德莱尔的《致一位交臂而过的妇女》的相互比较，从而发现“男性诗人的注视有多少色情的成分”，“是有点牵强的”，他并不觉得这首诗歌暴露了“城市经验的性本质”。反之，“在这首诗里，城市病不是邂逅的背景，城市经验也完全被雨巷所引起的田园回忆所替代”［参见［美］李欧梵《上海摩登——一种新都市文化在中国（1930—1945）》，毛尖译，北京大学出版社 2001 年版，第 51 页］。然而，这种古典主义式的情感辩护，在现代主义的城市空间中终究孱弱无力。

② ［美］张英进：《中国现代文学与电影中的城市：空间、时间与性别构形》，秦立彦译，江苏人民出版社 2007 年版，第 180—181 页。

③ ［美］刘易斯·芒福德：《城市文化》，宋俊岭、李翔宁等译，中国建筑工业出版社 2009 年版，第 1 页。

气就变得舒展些了。从这个立场看去，'邂逅'未必不是性觉醒的进一步标志呢"。然而就此类型的文学传统而言，艾芜的这篇小说既不同于叶灵凤小说中以"邂逅"始，以"邂逅"终的"都市临时型的男女交往"，又区别于刘呐鸥的小说中"愉快地相爱，愉快地分别"，"乡间野合，翌日又各奔前程"的"情欲模式"[①]，《雨》中的情感表达含蓄而节制，给人以清新隽永之感。这无疑既包含着作者自《南行记》以来所确立的美学风格，又体现了新时代社会主义城市文学的"卫生现代性"特征。

在小说《雨》中，"环市火车"构成了男女主人公朦胧爱恋的发生空间。火车这个现代性的交通工具，在工业城市的脉搏中具有惊人的能动作用。有论者指出："要想理解火车与现代性的关系，意味着我们无法将铁轨看作是单纯的运输工具：它的高速流动性是现代社会日益加快的生活节拍的符号和助燃剂；它的出现彻底击溃了以往的时间和空间经验，并引导旅行者的感官中枢做出相应的反馈。"[②] 城市的火车不仅是"力"与"美"的象征、现代化的表征，更是奇妙地承担着重要的叙事功能：它游走于钢铁公司和乡野之间，踏着晨曦与斜阳在铁轨上呼啸，并将川流不息的人群会聚一处，也联结着城乡之间的陌生男女和俗世爱情。在此，"环市火车"这个奇异的空间构造，作为社会主义工业景观，却体现出十足的资产阶级美学意味，这不由得让人想起张爱玲的名作《封锁》，这篇小说记述了上海街道的"无轨电车"这一更具诗意笔调的城市空间。在张爱玲的笔下，防空警报打乱了正常的时空秩序，停驶的"无轨电车"在战乱的阴影中酿成了一段时间停顿的生活插曲，而在此之中却出人意料地造就了"邂逅

---

① 吴福辉：《都市漩流中的海派小说》，复旦大学出版社 2009 年版，第 133—135 页。

② 唐凌洁：《火车与现代性：写在 2010 中国实现铁路全国覆盖之前》，《上海文化》2010 年第 5 期。

式”男女主人公的一次调情。于是，“上海的这种最常见的交通工具已被改造成了室内空间中最为私密的部分——一个没有空袭则无所谓浪漫狂想的背景”[①]。只是故事的结局却稍显意外：警报一过，电车又开了，“封锁期间的一切，等于没有发生。整个的上海打了个盹，做了个不近情理的梦”。插曲已逝，生活继续，令人顿感惆怅。从“无轨电车”到“环市火车”，从张爱玲的《封锁》到艾芜的《雨》，“车厢”作为城市空间的相似性恰恰在于通过“邂逅型男女”的情感轨迹，在流动的人群中把握稍纵即逝的异性面孔，从而呈现出城市体验的“性本质”特征。无论是前者“海派文学”浓郁的情欲色彩，还是后者社会主义城市干净的情感节制，两者一脉相承的情感体验依旧清晰可辨。

将熙来攘往的街道及人流汇聚的车厢叙述为邂逅男女的情欲空间，这既是现代主义以来西方文学的母题，亦是“新感觉派”等中国现代文学中“海派传统”常写常新的“俗套”。然而当代文学的转型，似乎在不经意间消弭着这种情欲的张扬和城市性本质的呈现。尽管“百花时代”的轻松氛围给了艾芜相对自由的创作空间，但“社会主义现实主义”的文学规范依旧让这位老作家承受羁绊。像许多步入新中国的现代作家一样，艾芜的创作开始洗去《南行记》的浪漫与狂野，而努力呈现出与新时代氛围相协调的精神面貌。尽管对他而言，书写“新的伟大的时代”并不是一个难以完成的任务，《百炼成钢》中的“历史变革”便是明证。在他笔下，“工人阶级的生活和斗争”，“社会主义空前未有的速度”得到了淋漓尽致的呈现，并受到批评家的好评。[②] 无论如何，“炼钢的故事”在美学表现力上都远逊于他早期小说中的“流浪

① ［美］李欧梵：《上海摩登——一种新都市文化在中国（1930—1945）》，毛尖译，北京大学出版社2001年版，第304页。

② 参见西彦《试论〈百炼成钢〉》，《文学评论》1959年第4期。

生活”和“边地风光”。正如文学史家所指出的,“以写出《南行记》的作家的艺术水准来衡量,《百炼成钢》叙述语言的枯燥、生涩,很难相信是出自同一人之手”[①]。然而,这毕竟是一个作家对自己“罪孽深重”的过去的“忏悔”和对新生活的由衷歌颂。

在此,如果借用弗洛伊德理论中有关“被压抑物的历史回归”的论述,那么我们在《百炼成钢》和《雨》之间,便可看清其间隐藏的有关欲望的“压抑”和“回归”的征兆。换言之,小说《雨》可以看作艾芜在承受意识形态的压抑之外,对“无意识的记忆痕迹中存在着一种对过去的印象”的追忆。尽管这些“追忆”业已改头换面,但它毕竟是那些“与被压抑物极其相似因而能唤起被压抑物”的经验与事件。[②] 就这样,一个清新的工人阶级的故事,唤起了作者(抑或读者)过往的文学记忆,于是,一种不屈服的文学性从程式化的意识形态编排中喷薄而出。这就像马尔库塞进一步指出的,“即使不特别加强依附于被压抑物的本能,在人们日常所见的、其本性是既繁衍统治又产生推翻统治的冲动的机构和意识形态中,人们还是会以社会的规模遇到那些能唤醒被压抑物的事件和经验”。[③] 也就是说,恰恰是社会生活本身唤起了作者过往的文学记忆。无论如何,“十七年”文学都不可能如“海派文学”那样肆无忌惮地展示情欲,因此,欲望的隐晦表达便成了小说的当然选择。

如果说从《雨巷》到《梅雨之夕》,“雨”的呈现延续了中国古代文化传统中“云雨”意象的性爱主题,那么在艾芜这里,“雨”这个经典隐喻便更显出内敛含蓄的风范。同样,《封锁》之

---

① 洪子诚:《中国当代文学史》,北京大学出版社 1999 年版,第 131 页。

② 转引自[美]赫伯特·马尔库塞《爱欲与文明——对弗洛伊德思想的哲学探讨》,黄勇、薛民译,上海译文出版社 1987 年版,第 50 页。

③ [美]赫伯特·马尔库塞:《爱欲与文明——对弗洛伊德思想的哲学探讨》,黄勇、薛民译,上海译文出版社 1987 年版,第 51 页。

中，城市“车厢”和“人群”所包含的情欲特征，也被《雨》竭力改造为一个学习的空间。尽管小说本身的欲望表达依旧明显，但作者刻意的掩饰，以求将欲望赎回的意图也极为清晰。从某种程度上看，《雨》是对经典爱情故事的改写。这集中表现在女主人公徐桂青的爱恋对象——那个年轻工人身上。作者的高明之处在于，小说并没有一味地表现徐桂青对“男性他者”的迷恋，而是将这种欲望“压抑/升华”并投射到这位男青年所读之书上。

正是这个“一上车就靠近窗户，专心地看书”，并且“经常不断地看”，“算算术”的年轻工人，出人意料地激起了徐桂青学习的欲望。在书本/知识与男性形象之间，女性的欲望又发生着奇异的交织，欲望在性与书本之间游走：“晚上在灯下看书的时候，眼皮倦得睁不开了，打一会盹儿，忽然一下惊醒了，就立刻振作自己。同时那个为阳光或灯光照着的，专心、热忱、年轻而又有着光辉的颜面，也蓦地现了出来，这对她的鼓励是很大的。”[①] 尽管在此，作者执意想澄清的是徐桂青由于家庭所迫，没能升入中学学习的境况，并借此表达她对知识和进步的渴求。然而小说颇具症候性的地方在于：一方面，情欲空间中的男女邂逅被“学习”这个极具合法性的活动所掩盖；另一方面，一个女性学习的“励志”故事却又披上了“车厢”中朦胧爱恋的“外衣”，这都使这个“力比多”的文本夹杂着诸多“进步”的信息，而呈现出复杂的面貌。值得一提的是，这位男性工人所读之物也不再是经典爱情故事中知识青年所惯用的诗集、书简之类的“小资”物品，而是极为突兀且枯燥的“算术题”，这无疑象征着新时代的工人阶级与传统酸腐文人的“区隔”所在。

---

① 艾芜：《雨》，《人民文学》1957年第4期。

这种“学习空间”的营造无疑是一个具有生产性的文本策略。它成功地将女性情欲升华为对知识的渴求，从而以社会主义新时代的进步故事来掩盖小说的情欲内核。“她站在车厢门口，望了出去，心里发生一些幻想，觉得能有机会，在那条路上走走，一定是很幸福。”对于故事的女主人公而言，这既是一条通向男性之路，也是一条通往知识之路。[①] 在此之中，女性的自卑感，以及由此而来的感情上的“怯懦”，完全出自知识的匮乏。就像郁达夫的《沉沦》中男主人公将感情上的“忧郁”归咎为国家的落后，《雨》中的女主人公则将此“忧郁”怪罪于知识的匮乏，于是二者同样将故事的结局指向了一个国家富强、追求进步的叙事远景。

由此，小说在情欲的内敛，“力比多”的升华之余，成为一篇不折不扣的歌颂新生活、新社会的小说。就像那个年代他的大多数同行一样，艾芜也借此积极地向这个社会的主流价值靠拢。然而，他所携带的历史记忆和文学遗产却在不经意间显露了出来，极具症候但又无伤大雅。就像王蒙在纪念艾芜的文章中所说的，“其实艾芜老师也是由衷地歌颂新生活的，我读过他的《雨》，写得清新而又精致，是真正的艺术品。他不会写那些咋咋呼呼和锋芒毕露的‘积极表现’的文字，即使歌颂，他也仍然是优雅、抒情而且有一种谦逊的分寸”。[②] 这样的评价当然包含着对一位文学前辈的溢美之词，但问题的关键还是他那部《南行记》带给人们先入之见的情感记忆，以至于人们不断地将其1949年之

---

① “欲望之路”往往经由“知识/生产之路”实现，这种叙事/修辞方式在“十七年”工业题材小说中运用得非常普遍。如果说女性往往通过获得知识以求赢得男性的青睐，那么同时期的工业题材小说中，男性则依靠促进生产最终俘获女性的芳心，比如《乘风破浪》中的李少祥、《百炼成钢》中的秦德贵等都是如此。

② 王蒙：《纯洁的文学魂》，刘怒海主编《艾芜纪念文集》，天地出版社2014年版，第1页。

后的南行系列作品与此相提并论，由此，诸如《百炼成钢》等其他作品被漠视的现实可见一斑。

在《雨》之外，值得一提的或许还有《夜归》这个短篇小说。这里有趣的是，《夜归》将《雨》中男女邂逅的性别角色颠倒了过来，通过一位男性工人的心理活动，写出男女邂逅所引发的“进步”与“情欲”的故事。下班回村子的工人康少明，由于误了火车，而不得不独自行走在城乡小路上，于是便有了夜晚的马车、赶车的年轻姑娘和想搭便车的男主人公的故事。在此，“马车”这个空间同样承载了欲望与知识的文本交织关系。他们谈论着“上夜校”“卖余粮”“炼钢竞赛”“特等劳模”的故事，与此同时，女性的魅力也不断在男主人公那里得到回应。康少明眼中，“赶车的姑娘那个鲜嫩的脸蛋，冻的通红，像一只苹果，发出美丽的光彩。一个少女会有这样的漂亮，他好像从来没有见过，不禁看呆了”[①]。然而，小说最后也同样是一个欲望得到节制的结局：少女的眼中只有“特等劳动模范”，这不禁让略显“落后”的康少明倍感沮丧，于是他立志要将竞赛红旗夺回来，并以此使其欲望得到升华。

这样的叙事模式无疑是一种安全的表意策略，既体现了作者一以贯之的文学记忆和独特的文学风格，即如论者所评价的，“艾芜那些写得最好的短篇的确不乏浪漫色彩、浪漫情调，形成艾芜独特的创作风格”[②]；同时，也表现了作者对主流意识形态的积极认同，正像他所积极实践的“革命现实主义”，就是“把工人阶级中从事革命的人们，概括起来，写成典型，成为作品中主要的人物，要他们去同革命事业中的困难斗争，借此还反映社会

① 艾芜：《夜归》，《人民文学》1954 年第 3 期。

② 涂光群：《五十年文坛亲历记（1949—1999）》（下），辽宁教育出版社 2005 年版，第 344 页。

现实的发展，是朝革命的方向前进，同时也把工人阶级革命的思想表现出来”。尽管艾芜所强调的“革命浪漫主义”指的是，“根据业已在革命事业中，突出地表现出来的具有共产主义思想感情道德品质萌芽的少数人物，加以引用描写使其成为典型”[①]。但对他来说，“革命”的“浪漫主义”让人更多联想到的是他过往小说中一以贯之的“浪漫色彩”和“浪漫情调”。在这个意义上，《雨》和《夜归》这两篇小说中欲望与知识崇拜的交织，又何尝不是革命浪漫主义与革命现实主义的结合呢？这也许可以看作一位现代作家面对当代文学转型的文学适应过程。

① 艾芜：《就作品中的人物来谈革命现实主义与革命浪漫主义相结合的问题》，《人民文学》1959 年第 1 期。

第四章　革命伦理与城市日常生活

随着解放战争的胜利，无产阶级革命从农村来到城市。在此之中，意识形态的烛照固然使昔日城市的资本主义繁华无处遁逃，但作为传统藏污纳垢的所在，解放的城市在社会主义改造之后，并没有一劳永逸地成为无产阶级革命的圣地。相反，在革命话语的缝隙中，旧城市"消费主义"的残余因素依然丰盛，这种"幽灵化"的呈现方式，给新城市的日常生活带来了莫名的焦虑。

在《现代性的后果》一书中，英国社会学家安东尼·吉登斯（Anthony Giddens）谈到了现代社会的政治转型，即从"解放政治"转移到"生活政治"，借此理论研讨中国革命向"革命之后"的转轨似乎有所启悟。在吉登斯那里，"解放的政治"指的是某种"从不平等和奴役状态下解放出来的过程"，业已牢固建立起来的公正与平等是其理念的基本特征。这无疑应和了"无产阶级革命"所提供的"解放"叙事脉络。然而由于紧接而来的革命成功，在秉持"民主社会主义"和"第三条道路"的吉登斯看来，"历史并不服从于奴隶主——奴隶的辩证法，或者说，能够发现只在某些领域和某些情景下才是如此，那么我们就可以承认，解放的政治不可能是事情的唯一的一面”[①]。在他的论述中，以自由和民主为主要特征的“解放政治”是“一个值得反思的对象”。以“乌托邦现实主义”为旨归，他一方面分析了解放政治所必然导致的“现代性危机”；另一方面又试图在综合考虑现代性后果的基础上，探索一种全新的方式以实现解放政治的目的。这种全新的方式就是“生活政治”。

“生活的政治”，或称为“自我实现的政治”，指的是“进一步寻求完备和令人满意的生活可能性的过程”，“个人的伦理”是生活政治的基本特征。在《超越左与右》中，吉登斯对“生活的政治”有一定程度的论述。他认为，“生活政治”涉及的要素包括社会生活的诸多方面，它是认同政治、选择政治。“生活政治以及与之有关的争论和斗争，是关于我们如何在一个一切都曾经是自然的（或传统的），而现在在某种意义上要被选择或决定的世界上生活的问题。”换句话说，“生活政治”是“生活方式的政治”，它牵涉到我们既作为个人又作为集体应如何生活于这样一个世界中的问题：在这一世界中“过去通过自然或传统来加以确定的事情现在则取决于人们将如何作决定”[②]。

在此，借用吉登斯从“解放政治”到“生活政治”的转轨，大体描述出现代中国从“革命”到“革命之后”的政治生活变迁的轮廓。尽管这种“中间偏右”的政治路线，让人想起遥远的列宁、卢卡奇所激烈批判的“第二国际”面貌，但也终究反映了全球资本主义时代“激进政治”的困境所在。坦率而言，“生活的政治”的勃兴在某种程度上意味着“市民社会”或“消费城市”

① ［英］安东尼·吉登斯：《现代性的后果》，田禾译，译林出版社 2000 年版，第 137 页。

② ［英］安东尼·吉登斯：《超越左与右——激进政治的未来》，李惠斌、杨雪冬译，社会科学文献出版社 2003 年版，第 94—95 页。

价值观的重新崛起，同时也意味着对革命政治伦理的忘却。它所指向的“乌托邦现实主义”的远景本无可厚非，但对于当代中国而言，这种“生活政治”的理念却极为危险地意味着某种“僭越”与“反动”。其间包含的焦虑和紧张，以及有关革命伦理所展开的忠诚与背叛，无不指引着惊心动魄的阶级斗争新动向。

本章借助“生活政治”的理论背景，来考察社会主义革命理念遭遇城市日常生活的境况。在此，“消费城市”的遗迹关联着市民日常生活，于是“革命伦理与城市日常生活”便构成了现实与记忆的深刻矛盾。革命年代的“上海姑娘”形象，体现出意识形态表述与城市摩登记忆间的复杂纠葛，从而彰显出摩登与革命的辩证关系。而在《上海的早晨》这部经典文本中，也出人意料地呈现了城市物质主义的叙述，这种无意识的“文本分裂”流露出的情感倾向引人关注。而作为“消费城市”的产物，《年青的一代》《千万不要忘记》等作品中城市市民日常生活的记忆和价值，也严重干扰了社会意识形态的有效达成。这些都在指认“生活政治”之于社会主义意识形态的矛盾或危险之处。

第一节　“上海姑娘”：摩登与革命的辩证法

草明的长篇小说《乘风破浪》中有一段鲜有人提及的叙事细节，谈到了围绕“进城”的炼钢工人李少祥所展开的“三角恋爱”关系。尽管在“十七年”“大炼钢铁”的宏大叙事背景中，这段“儿女情长”的“插曲”最终以李少祥选择“青梅竹马”的乡下姑娘小兰而告终，但“第三方”，即那位“有文化又时髦”的“上海姑娘”小刘的存在，以及她在李少祥心中所造成的心理波动，却在不经意间暴露了社会主义文化想象的“症候”。李少祥的选择无疑是革命伦理本身的选择，但在“这个漂亮姑娘很多而男人们又容易忘记旧情的城市”里，无产阶级的道德承担注定要经受考验，良心上的负债所带来的理智与情感的争斗，以及掺杂其间的无产阶级的自卑感，都将这个“感性”与“革命”的问题推向极致。就这样，《乘风破浪》的隐秘细节以及所提供的想象“症候”，将“十七年”文学中幽灵般游走各处的“上海姑娘”提到了问题的台面。张弦的小说《甲方代表》（改编成电影《上海姑娘》）中的白玫，艾明之《浮沉》（改编成《护士日记》）中的简素华，以及电影《不夜城》里的张文琤，甚至是话剧《霓虹灯下的哨兵》里的林媛媛，这些新时代的“上海姑娘”都服膺于社会主义的伦理法则，却又散发着小资产阶级的迷人气息，她们给无产阶级文化增添光彩，却又为社会主义文学带来了巨大的道德焦虑。她们所连接的过往历史与摩登记忆，连同现实面对的革命诉求与未来期许，出人意料地呈现出社会主义城市中“摩登”与“革命”的辩证纠葛。

一　“摩登上海”、女性与空间转换

“上海或许是现代中国民族国家危机和现代性痴迷奇异交汇的最重要场所，几乎所有关于中国重要生活面向的严肃分析最终都必须面对上海，面对上海在中国的特殊地位。”① 在《想象的城市》中，孙绍谊曾这样概括上海在现代中国历史中的形象。在此，他所谈论的无疑是20世纪30年代的上海，即那个被称为中国资本主义黄金时代的“摩登上海”。从30年代的“摩登上海”到“十七年”的“革命上海”，“梦魇”与“梦想”的双重纠缠

① 孙绍谊：《想象的城市——文学、电影和视觉上海（1927—1937）》，复旦大学出版社2009年版，引言第3—4页。

所带来的“摩登”与“革命”的辩证问题，却也使得“革命之后”的上海城市空间同样成为“国家危机与现代性痴迷”的交汇场所。对于1949年中华人民共和国成立的“社会主义城市”来说，“改造”或城市空间的“重构”固然成为革命宏大叙事的主体部分，但上海的“摩登”历史连同其消费主义的“踪迹”却依然顽强地显现出来，成为“革命城市”的“致命梦魇”。在此城市空间的历史变迁语境之中，“进城”及社会主义实践所缔造的“新的人民的城市”，以及解放巨变所指向的革命乌托邦远景，使社会主义文学中的城市不得不在“摩登”与“革命”双重目光的交错中，承受历史记忆与未来期许的辩证压力。

对于上海这个有着“魔都”之称的现代城市来说，殖民主义的“病症”所开启的畸形繁华，不出所料地为这个资本主义都市平添了些许引以为傲的“世界主义”特征。一时间，“东方的巴黎”“西方的纽约”“世界第六大城市”等众多闪亮的光环都被加诸“摩登上海”的头上。银行、洋行、邮局、港口、大自鸣钟的出现，一点一点地改变着上海的城市空间，再加上黄浦江沿岸迅速发展起来的社会秩序和城市景观，使上海最终成为“万国建筑博览会”，形成了日益西化的“世界主义”的城市面貌。“她又是中国最大的港口和通商口岸，一个国际传奇……一个与传统中国其他地区截然不同的充满现代魅力的世界。”①

众所周知的是，在有关20世纪30年代上海的历史形象中，“摩登”却是一套极为暧昧的话语系统，“摩登上海”不仅暗含着某种顽强的现代性本质，同时也联结着堕落城市的资本主义特征。对此，历史学家熊月之曾这样概括上海城市的“分裂”形

---

① ［美］李欧梵：《上海摩登——一种新都市文化在中国（1930—1945）》，毛尖译，北京大学出版社2001年版，第4页。

象:“世界上没有哪一个城市,像上海这样同时拥有那么多的美名与恶名:繁华都市,东方巴黎,富人的天堂,穷人的地狱,文明的窗口,罪恶的渊薮,经济中心,黑色染缸,冒险家的乐园,帝国主义侵略中国的桥头堡,中国工人阶级的大本营”[①],即上海既是罪恶的源头,也是文明的源泉;既是大染缸,又是学习西方知识的窗口。这也就是张英进所说的,上海既是“光明之城”,因为其“启蒙、知识、自由、民主、科学、技术、民族国家,以及从西方新引进的所有观念”;与此同时,又是“黑暗之城”,因为它是“腐朽与堕落之源,是淫乱、道德沦丧之地”[②]。这种辩证的评价几乎与马克思在《共产党宣言》中对资本主义的论述如出一辙。然而“辩证”之中包含的“复杂”与“暧昧”却带给人们某种情感的分裂,“这,都会的刺激,代替了一切努力于正当事业的热情……这,便是都市刺激所引出的恶果,资本主义社会的文明。”因此,“如其说中国有个巴黎第二,我们不知该庆幸还是悲痛。”[③] 而这便是“消费城市”的“馈赠”。也正是在这个意义上,史书美(Shu-mei Shih)直言不讳地指出:“消费文化的边界清晰地标记出上海特定的文化氛围,突出了上海作为典型的半殖民地城市的性质。上海现代主义中突出的商品崇拜现象反映出:这个半殖民城市是色情和颓废的游乐场,本身只具有消费性而并不具有生产性。”[④] 这大体标定了上海这座半殖民城市的负面形象。

---

① 熊月之:《历史上的上海形象散论》,《史林》1996 年第 3 期。

② [美] 张英进:《中国现代文学与电影中的城市:空间、时间与性别构形》,秦立彦译,江苏人民出版社 2007 年版,第 10—12 页。

③ [美] 李欧梵:《上海摩登——一种新都市文化在中国(1930—1945)》,毛尖译,北京大学出版社 2001 年版,第 13 页。

④ [美] 史书美:《现代的诱惑:书写半殖民地中国的现代主义(1917—1937)》,何恬译,江苏人民出版社 2007 年版,第 304 页。

在罗兰·巴尔特的“现代神话学”中，城市被认为是“一种语言”或“一套话语”。一方面，城市是一种神话，因为它总是“被装饰的，适应于某种形式的消费，充满了文学的自我沉迷、憎厌、意象；简而言之，它是一种在单纯存在之上附加了社会使用的现象”；另一方面，城市又是一种话语，因为“它只存在于言说、书写和表述的语式中，包括文学、哲学、影像、报道、展示以及各种形式的宣传等”①。因此，通过文学或者电影来讲述上海作为“消费城市”的话语，无疑是解开城市秘密的有效途径。令人颇感意外的是，在上海这个殖民主义的颓废空间中，城市的展开往往是通过女性形象的建构而得以显现的。这种“看待现代城市的女性视角”，其起源可以追溯到卡尔维诺（ltalo Calvino）的《看不见的城市》。在这部小说中，“卓贝地城”这个“梦境中的城市”，来自男人们对女性和城市的想象。它表征了现代城市起源的寓言，也揭示了“作为女性的城市”的秘密，即“尽管城市不时被男性化（被建构和驯化的空间），但它不过是男性无法找到（占有）女性的替代品。从这一意义上说，城市即是女人”②。

“城市即是女人”，毋宁说城市通过女人的形象得以显现，这一点对于上海及其“摩登女性”的历史来说尤为明显。如论者所言，文学中的上海、新女性，构成了“文化想象中的一个场所”“一个无限的想象空间”。而新女性“构成了现代中国社会有创造力的，但在很多方面又有很多破坏力的新力量”，她们“总是与为她们提供机会的现代城市联系在一起，她们既是现代知识的新对象，也是可以引发社会变革的新主体”。因此在对“城市性别构形”的研究中，“把城市设想为傲慢、自大、污染、腐蚀、死

---

① Barthes, Roland, *A Barthes Reader*, New York: Hill and Wang, 1982, p. 94.

② 孙绍谊：《想象的城市——文学、电影和视觉上海（1927—1937）》，复旦大学出版社2009年版，第120页。

亡、毁灭，这些总是通过女性形象来表达的，或是刻写在女性形象中。而女人实际上是对现代城市进行表现、文本创造、叙述构造的基础”①。

如果说，20 世纪 30 年代的上海是“将都市与女体联系在一起，或者更正确地说，是将都市想象成一个浪荡性感或邪恶的女人，不仅意味着对上海都市的社会批判，而且暗含了对以摩登女性为表征的女性性向的否定性评判”②，那么中华人民共和国成立以后，城市的“去消费化”则在某种程度上意味着女性形象的“重构”。当 1949 年中国共产党夺取城市政权之时，作为“远东第一大都市”的上海首当其冲地成为社会主义文化改造的对象。在上海由腐朽堕落的殖民消费城市，逐渐向劳动生产型的工业化城市转变的过程中，名噪一时的“摩登女郎”，也开始作为资产阶级文化的典型标志予以清除。尽管一方面中国共产党以工人阶级文化为导向重新构建上海城市空间，从劳动生产的角度赋予妇女新的主体地位，但是残存的“消费城市”印记依然顽强地透露出“摩登上海”的旧有风采，干扰着意识形态叙事效果的达成，由此颇为奇妙地形成“摩登”与“革命”的辩证特征。

二　“上海姑娘”、美学与意识形态

在对“十七年”文学的政治美学的研究中，“革命”与“情爱”的压抑/辩证关系是最引人注目的问题。在《性别表象与民族神话》一文中，孟悦从女性主义的角度提出了“革命文化”中

① ［美］张英进：《中国现代文学与电影中的城市：空间、时间与性别构形》，秦立彦译，江苏人民出版社 2007 年版，第 196—197、241、267 页。

② 孙绍谊：《想象的城市——文学、电影和视觉上海（1927—1937）》，复旦大学出版社 2009 年版，第 122 页。

"政治话语"对"情爱"的压抑模式。在她看来："政府的政治话语通过女人将自身转译成欲望、爱情、婚姻、离婚、家庭关系等的私人语境，它通过限定和压抑性本质、自我以及所有的个人情感，将女人变成了一个政治化的欲望、爱情和家庭关系的代理人。"① 因此，女性作为"党的女儿"，不可避免地成为阶级斗争或社会主义神话的承载者。与此相反，王斑在他有关政治和性的崇高美学的分析中，提出了"革命的爱情"，即"政治化的性本质"所具有的"生产"和"升华"功能，即"真正的问题不是牺牲情欲，而是如何表现出来，在多大程度上表现出来……共产主义文化尽管从表面看来像清教徒似的，但是它以自己的方式与情欲有着千丝万缕的联系。尽管共产主义文化采取抑制政策，但是，它做不到，在事实上也不可能做到将情欲一笔勾销。相反，它与之妥协，迎合它，并将它吸收进自己的框架内。共产主义文化之所以具有吸引力，在某种程度上恰恰是因为它包含了情欲。"② 因此，与孟悦强调支配性权力的压抑不同，王斑强调的是有关个体的性爱和"力比多"暗示在政治化的权力转变方面积极且浪漫的一面。在刘剑梅看来，王斑"忽视了性别更复杂的一面，尤其是当性别承载着权威性的官方话语时所显示的复杂性"，因此主张"应该进一步考虑革命的理想年代中性与性别的暧昧性"，"理解当性别与政治纠缠时产生的复杂隐喻"③。这种有关"革命"与"情爱"研究的"正、反、合"的线索，大抵表征了某种辩证思考的浮现方式，这也为进一步厘清"上海姑娘"的形

① 孟悦：《性别表象与民族神话》，转引自［美］刘剑梅《革命与情爱：二十世纪中国小说史中的女性身体与主题重述》，郭冰茹译，上海三联书店2009年版，第196页。

② ［美］王斑：《历史的崇高形象：二十世纪中国的美学与政治》，孟祥春译，上海三联书店2008年版，第129页。

③ ［美］刘剑梅：《革命与情爱：二十世纪中国小说史中的女性身体与主题重述》，郭冰茹译，上海三联书店2009年版，第197页。

象及其叙事线索提供了逻辑参照。

在一篇分析电影《上海姑娘》（导演成荫，编剧张弦，北京电影制片厂 1958 年版）的文章中，马军骧曾讨论了社会主义电影中"革命话语"的结构问题。在他看来，"影片的片名《上海姑娘》在它被生产出来的那个年代里，无疑具有一种潜在的、微妙的性意味。更重要的是，上海姑娘，尤其是女主人公白玫，由于情节安排，是主要的被'观看'对象，她们构成了主要的视觉形象"。意外的是，他并没有照搬劳拉·穆尔维（Laura Mulvey）有关视觉电影的"观淫"理论，转而认为"新中国电影独特话语特征，其实区别于好莱坞资产阶级文化"，原因在于"建立一种与革命同步的电影文化"。其根据就是"白玫的形象在电影中有着惊人的转变，使得女性的位置颠覆了男性观看者的角色"。因此，"与穆尔维表面上的相似与实质上的巨大对立与差异，表明了 1949 年以后在中国拍摄的革命电影构成了对以好莱坞为代表的资本主义第一世界电影的一种反诘。这一反诘是：在革命电影中，快感只有完成对工具性的意识形态话语的引导才有意义。也就是说，在 1949 年以后的新中国电影中，表面上的快感安排下，是意识形态话语的潜流在引导着观众。而这几乎是革命的、第三世界的新中国电影的最主要的机制或特征"①。由此，在"革命的意识形态目的有效地操作着影片中的影像安排"的前提下，这种依赖"视觉电影"的"快感"所达成的意识形态电影修辞术，有效地达成了"革命电影教育群众，鼓舞群众"的叙事功能。

需要指出的是，马军骧的文章对于"快感"功能的揭示尽管鞭辟入里，但却似乎缺乏必要的辩证维度。在此，理论的启示来

① 马军骧：《〈上海姑娘〉：革命女性及"观看"问题》，唐小兵编《再解读：大众文艺与意识形态》（增订版），北京大学出版社 2007 年版，第 178—190 页。

自特里·伊格尔顿（Terry Eagleton）的《审美意识形态》。在这本书中，伊格尔顿讨论了“审美”（Aesthetics，“感性学”）与理性之间的辩证关系。在他看来，“感性”的力量固然能够加强“理性”的接受程度，“权力被镌刻在主观经验的细节里，因而抽象的责任和快乐的倾向之间的鸿沟也就相应地得以弥合”，即“如果意识形态想要有效地发挥作用，它就必须是快乐的、直觉的、自我认可的。一言以蔽之，它必须是审美的”。如伊格尔顿所言，“理性必须找到直接深入感觉世界的方式，但理性这样做时又必须不危及自身的绝对力量”。这便揭示出资产阶级社会美学极其矛盾的性质：“一方面，由于美学的主体中心性、普遍性，自发的一致性、亲和性、和谐性和目的性，美学极好地应和了社会意识形态的需要；另一方面，它又可能不可控制地膨胀，超越这种功能，其结果是摧毁理性和道德责任的基础。”即一方面“没有什么能比通过日常生活的无意识结构来进行权力的扩散渗透更好地加强权力”；但“另一方面，权力的扩散渗透注定有损害权力的危险，把权力的威严降低到享用苹果的水平上。感性似乎既是最坚实的基础又根本不成其为基础。”正是在这个意义上，伊格尔顿感叹，“我们不尊敬我们热爱的权威，而我们又不热爱我们尊敬的权威，这就是困境所在”。①这无疑在揭示“快感”的伟大力量的同时，也暴露出自身所包含的巨大危险。

对于“上海姑娘”这一极富性意味的暧昧意象，它不可避免地连接着有关“摩登上海”的历史记忆，而如果将其视为某种“感性”的力量，则势必会出现伊格尔顿所担心的问题，即“感性似乎既是最坚实的基础又根本不成其为基础”。尽管如王斑所言，

---

① ［英］特里·伊格尔顿：《审美意识形态》，王杰、傅德根等译，广西师范大学出版社 2001 年版，第 3、9、30、35、46、95 页。

“革命影片并非肆无忌惮、赤裸裸地表达意识形态。它运用间接地、美学的手段让观众在想象的王国里逗留片刻，只是为了将他们提升到象征符号体系中崇高的层次。电影中的意识形态并不仅是国家正统思想的附庸，它本身就有自己的美学任务”。[①] 但是，“美学”或曰“感性”的“膨胀”，又会反过来干扰意识形态的效果，使“革命”本身失去“正统”的意义。因此，如何把握二者之间复杂的辩证关系，成为社会主义革命美学的重要议题。

对于成荫导演的影片《上海姑娘》，评论界的巨大争议在于“美化了资产阶级知识分子”[②]，这无疑是对影片本身“感性”膨胀的指责。其实早在影片的小说版本《甲方代表》中，作家张弦从正面创造出白玫这位支援边区建设的“上海姑娘”形象时，人物本身所残留的“摩登女郎”印记就非常明显。尽管社会主义文化实践主张在艰苦的劳动中实现“上海”与“姑娘”的双重再造，从而在一种“去摩登化”与“去女郎化”的结构中走向纯净的社会主义美学，然而小说却不自觉地延续了既有的“摩登女郎”的写作脉络。小说从一个“洋娃娃”的资产阶级文化标志开始，穿插着“我”（主人公“陆野”）与“白玫”的情感纠葛，并极力渲染了“我”的隐秘欲望：“这时，我才发现，她非常美……白玫的影子，那微微带笑的脸，那从帽沿出来的柔软的头发，那长长的睫毛下闪着星星般光芒的美丽的眼睛。”[③] 这种欲望的外观连接的感性身体，固然能够增添读者的阅读“快感”，况且小说的主题也指向的是集体劳动的崇高远景，从而实现对“上海姑娘”这一“自命为高贵的女神”的能指结构的反驳。然而，小说在意识形

① ［美］王斑：《历史的崇高形象：二十世纪中国的美学与政治》，孟祥春译，上海三联书店2008年版，第151页。

② 参见谢逢松《寄给妹妹的信——谈〈上海姑娘〉》，《北京文艺》1959年第3期。

③ 张弦：《甲方代表》，《人民文学》1956年第11期。

态表达与情感流露之间的裂隙依然无法弥合。尽管小说中，“上海姑娘”白玫的思想进步性很快就超过了“我”，迫使“我”在男性的“阉割焦虑”中反过来“从她身上不断地比照出自己的退步和落后”。但小说不自觉地对“上海姑娘”的容貌和着装流露出夸耀和爱慕的情感。也正是在这个意义上，当时便有评论者颇为极端地指出了电影/小说包含的“毒素”：“惋惜和留恋他们那一副未改造的‘神态’，歌颂他们无需改造就能‘正确’，从而动摇他们‘脱胎换骨’的决心。影片中散布的这种影响，对于今天仍有许多没有改造好的知识青年来说，毒害是非常严重的，这种毒害必须批判和清除。”[①] 由此便可看出，“美学”及其感性的力量尽管重要，但它超出了意识形态的界限，也会毫不留情地招致批评及“规训”的惩罚。

三　“叙事传统”、“摩登”与“革命”的辩证法

同样是有关“摩登”与“革命”的辩证关系，毛尖也从电影《女篮5号》的论争说起，谈到了新中国电影中的“上海传统”和“延安传统”的问题，即“前者亲市民，后者讲革命”的对峙美学形态。她从夏衍对电影《女篮5号》中女主角林洁房间的指责说起，提出了“美化生活”的背后所包含的政治美学问题，“我以为这是我们电影界、戏剧界的一种很不值得提倡的风气，也可以说是一个思想问题”。[②] 这里的“美化生活”显然指的是影片中“感性”的呈现。而这种感性显现要追溯到并不遥远的“上海电影传统”，即在“革命加爱情”的格式与“抒情镜头”所起

① 包放：《影片〈上海姑娘〉宣扬了什么？》，《中国青年报》1959年2月16日第3版。

② 夏衍：《从〈女篮5号〉想起的一些问题》，《论谢晋电影》，中国电影出版社1998年版，第233—234页。

的“非革命”作用中来凸显出“革命”的主题。正如毛尖所分析的，“《女篮5号》受到观众欢迎，首先也是，观众很久没有看到这么艳丽的电影色彩，这么多漂亮的明星；而另一方面，这些女性主人公因为常常处在政治上有待启蒙的位置上，那么，对她们的批评，相对也显得更为安全”。政治的合法性，保证了电影本身可以肆无忌惮地显露出上海电影传统的“狐狸尾巴”。因此，夏衍所提出的“我要指出的缺点只不过是一堂布景”，便可看作“对这个物理空间和情感空间的直接清算”和“对上海电影传统的点名批评”。结合20世纪30年代的“左翼”电影，“上海电影传统”的悖论其实清晰可见，“在左翼需要夺取观众的时候，美丽的身体是一种策略，这已经被电影史所验证，可是这种策略本身是包含危险的。因为，通过阮玲玉所传递的左翼消息，在到达观众那儿时，会出现非常尴尬的状况。首先，观众会看不清踏入革命征途的男性，是因为革命话语还是因为阮玲玉；其次，阮玲玉也让那些没有脸蛋的演员，尤其是那些男性演员因为形貌黯淡而失去表达革命的影像力量”①。这不由得使人想起陈建华对茅盾左翼小说中“乳房”意象的分析，他指出“茅盾小说里的女性身体，既有革命乌托邦的空想成分，也强烈地反映了都市欲望”，这其实体现出包括茅盾在内的左翼作家的文学倾向：“既把城市青年或小资产阶级作为他的读者对象，其目标之一也在于争取当时的文学市场。”②

处于上海这个消费城市空间里，20世纪30年代的“左翼”文学不得不借助“欲望化”的消费逻辑来传播革命理念，这便是

① 毛尖：《性别政治和社会主义美学的危机——从〈女篮5号〉的房间说起》，《中国现代文学研究丛刊》2010年第3期。

② 陈建华：《革命与形式——茅盾早期小说的现代性展开（1927—1930）》，复旦大学出版社2007年版，第246页。

"上海电影传统"的本质所在。中华人民共和国成立之后，"左翼文学"的"体制化"，使得"感性"和"欲望"的成分不可避免地成为革命所亟待清除的对象，但其作为残存的"消费主义景观"在文本间幽灵般的呈现，却又难以完全根除。艾明之的小说《浮沉》同样讲述的是"上海姑娘"的故事。就像《甲方代表》中的白玫一样，《浮沉》的主人公简素华也义无反顾地服从了革命的"超我结构"。作为年轻的护士，为了支援边疆建设，她毅然放弃了留在上海的工作机会，到边区工地卫生站工作。[①] 而与她相对的是真正的"上海姑娘"马菲霞，这个"交际花"式的女性人物继承了"摩登上海"的遗迹："卷头发""带粉盒""爱好请吃饭，跳舞""乳黄色薄呢短大衣，深咖啡色的西裤，格子布的翻领衬衫，围着雪白的丝围巾""香港货的玻璃提包""逛人民广场"等符号标志，清晰地区隔出她的"趣味"所在。在此，马菲霞无疑是简素华的"有益补充"，既突出了意识形态的崇高位置，又是对后者失去的"摩登"风范的"文本补偿"。

《浮沉》其实是对经典的"上海姑娘"形象的颠覆。小说最后在一种社会主义的美学风范中取得了完美的胜利：新时代的"上海姑娘"简素华超越了"摩登、漂亮、有文化"的既有形象，而获得了新的美学风范，她既取得了工人阶级的信任，又克服了卫生站的官僚主义作风，最后还在对"白专"道路的资产阶级男友的放弃中赢得了真正的爱情。从《浮沉》到《护士日记》，从小说文本到电影的视觉呈现，意识形态无往不胜的攻势却出现了

① 同样，在汤晓丹导演，柯灵编剧的影片《不夜城》（江南电影制片厂 1957 年）中，张文琤的意识形态"皈依"，也是通过对资产阶级趣味的放弃，转而"来到了勘探队"，与"陡峭的悬崖"和"奔腾的河水"做伴实现的。如她所言的，"在勘探队工作，作为一个自食其力的劳动者，能够在祖国的社会主义建设中贡献出自己的力量，我感到骄傲和幸福"。在这种革命的乌托邦书写中，"边缘"、"艰苦"和"劳动"成为意识形态的崇拜对象。

出人意料的“干扰”。即如论者所指出的，这种革命中的“身体”呈现所带来的“感性”冲击，与此前有关“上海电影传统”的批判极为相似。就像《女篮5号》中饱受争议的“房间”一样，《护士日记》中的服饰也遭到批评家的质疑。在《谈“浪费美学”》一文中，作者批评了《护士日记》中的女主人公简素华的服装，说“她犹如服装展览会上的模特儿一般，前后换了二十四套服装。”这样的影片所起到的教育作用就是：“‘教育’观众去追求住豪华的房子，追求穿漂亮衣服。一言以蔽之，它教育观众去浪费！”[①] 尽管这只是提出了“勤俭建国、勤俭持家、勤俭办一切事业”的政治语境下衍生出的“反对浪费美学”的政治要求，但终究体现出意识形态“规训”风范“对资产阶级生活方式所产生的巨大焦虑的表征”。

同样作为一种意识形态“规训”，在编剧柯灵笔下，《不夜城》中的张文琤这个“沉湎在资产阶级享乐生活里的娇小姐”，也遭受着“作者任意的‘拔高’”[②] 的命运。这部反映资产阶级社会主义改造的影片，穿插了一个“上海姑娘”的历史变迁的片段，呈现了张伯韩的女儿张文琤由“资产阶级小姐”转变为“社会主义劳动者”的故事。然而，这个被认为“给出身于剥削阶级家庭的子女指出了正确的道路”[③] 的革命教育电影，却也因为服饰及资产阶级生活场景的肆意呈现，而超出了“革命”严肃律令

---

① 天方画：《谈“浪费美学”》，《电影艺术》1958年第3期。陈荒煤也批评电影《不夜城》，“这些影片也大大宣扬了资产阶级、小资产阶级的思想情感和生活方式。对个人主义者的痛苦和矛盾加以渲染，欣赏那种颓废、哀怨、忧郁、悲伤的情调。其中西装花衣服流行，布景则要富丽堂皇，黄色歌曲和黄色镜头也出现了”。参见荒煤《坚决拔掉银幕上的白旗——1957年电影艺术片中错误思想倾向的批判》，见吴迪编《中国电影研究资料（1949—1979）》，文化艺术出版社2006年版，第237页。

② 吕启祥：《把青年引向何处？——剖析〈不夜城〉中的张文琤形象》，《光明日报》1965年7月28日第2版。

③ 沈大金：《文琤的塑造比较成功》，《光明日报》1965年6月7日第2版。

的边界。而在沈西蒙等人的话剧《霓虹灯下的哨兵》中，为了突出“上海姑娘”林媛媛的前后反差而竭力渲染她“诗意”的资产阶级生活，也使得“革命”本身几乎成了一个聊胜于无的点缀。这种“虚妄”的胜利在无产阶级的革命文本中弥漫开来，激起了诸多令人不安的征兆。

这些都体现了“左翼”及“上海电影传统”面对新时代的困境，也直接导向了社会主义文化美学的政治要求与城市语境的“消费主义”遗迹构成的辩证冲突。悖论就在这里：不借助“感性”，“理性”会陷入“公式化”的泥淖；而过于依赖“身体”，又会使“理性”的权威遭受挫折，这便是社会主义政治与美学遭遇城市消费空间的困境所在。于是 20 世纪 60 年代以后，激进的政治变革呼啸而至，批评的“规训”达到无以复加的境地之时，为了避免受到有关感性干扰的指责，或是更为虔诚地匍匐于“革命意识形态”之中，新时代的“上海姑娘”不可避免地出现极端的“去摩登化”，乃至绝对“去性别化”的迹象。“感性”的彻底屏蔽与“消费主义”的绝对剔除，使得“中性化”“英雌化”成为当然的美学选择。《海港》中的方海珍，《沙家浜》中的阿庆嫂，她们无疑是在一种新的美学风范的张扬中，颠覆既有的“上海姑娘”形象序列，而创造出的新的高度理念化的人物典型。这种绝对“革命”理念的伸张，也不可避免地落入“革命没有身体，理论没有群众”的境地。于是当“告别革命”的“新时期”到来之时，历史在报复性的叙事中“反转这种现实主义的阶段”，“回到了最粉色的上海电影传统，只有兰花，没有革命”[①] 便不足为奇了。

---

① 毛尖：《性别政治和社会主义美学的危机——从〈女篮 5 号〉的房间说起》，《中国现代文学研究丛刊》2010 年第 3 期。

第二节　文本分裂与城市物质主义的隐现

如果说“十七年”文学中“上海姑娘”的形象，呈现的是革命意识形态如何既改造又借重摩登的女性身体，那么同样以上海作为城市叙述空间的多卷本长篇小说《上海的早晨》，则同样涉及革命意识形态与日常生活记忆之间的矛盾冲突问题。作为“十七年”文学中为数不多的真正意义上的城市小说之一，《上海的早晨》在上海这个曾经的殖民主义空间上展开民族资产阶级社会主义改造的文学叙述。然而，在意识形态无往不胜的叙事中，城市日常生活的记忆却也“淹没”着意识形态的堤坝。就小说而言，不经意间流露出的艳羡和沉迷，似乎已然暴露出意识形态叙述的虚妄之处，由此不可避免地呈现出城市物质主义的遗迹。概而言之，文本的分裂与城市物质主义的隐现，构成了《上海的早晨》的突出特征。

一　从《子夜》到《上海的早晨》

作为“继茅盾同志的《子夜》以后又一部反映中国民族资产阶级命运的力作”[①]，周而复的多卷本长篇小说《上海的早晨》在其问世之初便吸引了诸多批评家的注意。这部小说很自然地让人联想起茅盾的《子夜》。同样是以“左翼”姿态展开上海城市叙述，同样关乎民族资产阶级的历史命运，两部小说的共同之处引人称道。在王西彦看来，从《子夜》到《上海的早晨》，这部

① 王尔龄：《谈〈上海的早晨〉》，上海师范大学中文系编《中国当代文学研究资料·周而复专集》，内部资料，1979年，第96页。

“反映新的历史时期里的上海民族资产阶级新的命运的作品”，正是“中国革命运动的发展过程”①。

确如批评家所言，《上海的早晨》有着极为浓郁的《子夜》的影子。对于茅盾来说，《子夜》以“社会剖析派”的手法再现彼时的社会现实，其意识形态诉求在于证明中国资本主义走向没落，无产阶级革命必然发生的“历史预言”。诚如作者所言：“我写这部小说，就是想用形象的表现来回答托派和资产阶级学者：中国没有走向资本主义发展的道路，中国在帝国主义，封建势力和官僚买办阶级的压迫下，是更加半封建半殖民地化了。”② 文本意图和书写效果的“悖谬”，似乎是所有文学文本无法规避的命运。就《子夜》而言，敏锐的批评家已然发现了文本之间隐藏的裂隙。在孙绍谊看来，《子夜》那段著名的开头就“揭示了茅盾对都市的含混复杂心理”。即一方面，“诸如‘巨大的怪兽’这样的语词暗示了邪恶外国势力对伤害的掌控……不仅突显了都市上海的‘外国性’，而且也提醒人们控制这座都市的真正力量是国际资本主义”。另一方面，“叙述者似乎也被大都市的视觉奇观所魅惑”，“同时又流露了渴望和读者分享其感受的急迫”。紧接着，孙绍谊用巴赫金的“对话”理论分析了这种双重的叙述声音所造成的“文本分裂”现象：“如果说叙述者嗓音的第一层面是加强话语的一致性和连贯性的‘向心力’的话，那么叙述者嗓音的第二层面则扮演了解构一致性和连贯性的‘离心力’角色。这一双重嗓音现象为该段落平添了巴赫金所称的‘隐藏对话性’。换言之，尽管这段文字是以单个第三人称叙述者形式呈现，但它可以

① 王西彦：《读〈上海的早晨〉》，《文艺报》1959 年第 13 期（1959 年 7 月 11 日）。

② 茅盾：《〈子夜〉写作的前前后后——回忆录（十三）》，《新文学史料》1981 年第 4 期。在《子夜》问世之前，曾爆发过一场有关中国社会性质的论战。茅盾是有意识地把《子夜》的创作与这场论战联系起来考虑，用理性分析的方法解剖社会、指导创作，在《子夜》的成书过程中，表现得十分明显。

被读解成两人之间的对话。”而对于城市来说，这种“诅咒”和“颂赞”就是“贯穿茅盾城市叙述中的两种对立的力量”的“双重对话”，即“一方面，他的1930年代中国社会宏观图绘当然基于左翼关于民族国家危机的话语逻辑。意欲在意识形态层面重绘上海都市景观，就必须掀起一场重建非殖民化上海的普罗革命。但另一方面，小说叙述的微妙性也无意泄露了茅盾对城市的执迷”①。其中，第一个说话者清晰可感，第二个说话者虽并不可见、不在场，却对第一个说话者的可见言语有着决定性的影响。

紧紧抓住这种“无法被单一意识形态所全部涵盖的情感或异质噪音”，孙绍谊的研究顺理成章地达成了以下结论，即《子夜》“叙述的模糊性”，“显示了茅盾个人对都市的依恋”，他“并未坚定地站在谴责都市上海的立场，进而图绘某一乌托邦的未来，而是游走在颂赞与诅咒的边际”。“正是由于这一含混性，《子夜》读来更像一首都市的挽歌，而非对都市的道德审判”。在其游离于“赞颂”和“诅咒”之间的叙述噪音中，“茅盾目睹这座城市不可避免的颓落，在终极审判日到来之前为它唱了一首挽歌”②。从某种程度上看，孙绍谊的研究旨在消解“现代中国划一的革命民族主义话语”，其对《子夜》的“过度阐释”体现了李欧梵、王德威等一脉相承的海外学者对“左翼文学”的“微词”。尽管其意识形态的立场呈现出某种本质化的态势，但其文本分析的方法却值得琢磨。这种“症候式阅读”的方法对于《上海的早晨》的解读具有借鉴意义。

---

① 孙绍谊:《想象的城市——文学、电影和视觉上海（1927—1937)》，复旦大学出版社2009年版，第58—59页。

② 孙绍谊:《想象的城市——文学、电影和视觉上海（1927—1937)》，复旦大学出版社2009年版，第58—63页。

二 分裂的文本与叙事张力

应该指出的是，作为一部“重点在于描写中华人民共和国成立初期的城市生活”[①] 的小说，《上海的早晨》在中华人民共和国成立之初“匮乏”的城市文学生态中有着重要意义。随着新的人民政权的建立，“摩登上海”这个半殖民地城市的消费主义“残余”，连同其“资产阶级的城市形态”一起被扫入历史的暗角，而蓬勃的“社会主义城市”则在“早晨”的微曦中冉冉升起。这无疑是一个新的历史时代的开启。从资本家徐义德、朱延年等在中华人民共和国成立初期的破坏活动，“星二聚餐会”的“猖狂进攻”；到余静、汤阿英等为代表的工人阶级和资产阶级大规模斗争的“五反”运动；再到资本主义工商业的社会主义改造的伟大胜利，其间，“上海的变化”成为“中国的缩影”。然而，就在这种社会主义城市改造的“昂扬胜利”之中，消费城市的“魅影”却如“幽灵般”浮现，使其严整的意识形态宏大叙事令人不安地混入某种“叙事杂音”。这种不期然的“诱惑”和“干扰”，横亘在庄重的历史祈愿和政治诉求之中，使其文本呈现出《子夜》般多重声音的“分裂”状态。

确如所言，《上海的早晨》也承受着诸如《子夜》中不同叙事声音的干扰。或者至少就其城市物质性的隐现而言，其意识形态诉求显然不及同时期的农村题材小说那般明确。小说中，巴赫金式的“隐藏对话性”极为明显。毫无疑问，对于《上海的早晨》而言，其第一层叙述声音包含着鲜明的意识形态“宣谕”色彩，这也是那个年代作品的共同特征。有资料显示，《上海的早晨》是周而复根据中共中央的意识形态诉求，并结合自己中华人

① 丹晨：《〈上海的早晨〉的艺术结构琐谈》，《文艺理论研究》1983 年第 1 期。

民共和国成立初期的社会生活和亲身实践而写成的。作为一位担任重要职务的官员作家，他可以十分娴熟地将当时的“官方知识”运用到社会主义改造的文学叙述之中，恰如其分地表达彼时无产阶级和资产阶级这对“革命之后”的国内基本矛盾。正像周而复所坦言的，“1952 年春，我开始构思反映这一基本矛盾的长篇小说，即《上海的早晨》。统战工作中所接触到的人和事，纷至沓来，大有应接不暇之势，我把这些素材一一记了下来，写了比较详细的写作提纲，不断修改”。在此，作者无疑是在意识形态合法性的要求之下，“试图反映对民族资产阶级进行社会主义改造和工人阶级不断壮大的这具有历史意义的深刻变化”。为此，他在实际创作之前便对小说内容作了明确的“预设”：“第一部写民族资产阶级的猖狂进攻；第二部写打退民族资产阶级的进攻，开展五反运动；第三部写民主改革；第四部写公私合营，对私营工商业进行社会主义改造。”① 而小说皇皇四卷，也如其所愿地“揭露了民族资产阶级的两面性，揭示了对民族资产阶级实现社会主义改造的必要性和可能性。形象地令人信服地说明了，中国民族资产阶级只有在共产党领导下，接受社会主义改造，弃旧图新，为人民服务，走社会主义道路，才有光明的前途，其他的道路是走不通的”②。正源于此，当《上海的早晨》第一部在《收获》上发表时，引起了极大轰动。这也充分说明，小说本身即是当时意识形态建构及人民政权合法性证明的重要组成部分。

就资产阶级改造的历史叙述而言，《上海的早晨》无疑包含着“意识形态胜利”的叙事指向，即围绕这场社会主义改造与反

① 周而复：《上海的早晨》（第一部），《周而复文集》4，文化艺术出版社 2004 年版，序言第 5 页。

② 二十二院校编写组：《中国当代文学史》（二），福建人民出版社 1981 年版，第 175 页。

改造的严峻斗争，新生的红色政权依靠工人阶级，分化瓦解资本家的攻守同盟，并走向了最终的胜利。这种叙事的声音无疑是明快和坚决的，它不仅昭示着无产阶级牢不可破的领导权，也显示了他们坚不可摧的精神优势。就小说的叙事主线而言，它展示了民族资产阶级的代表徐义德在历经抵抗、怀疑和反复之后，最终“臣服”于改造者逻辑的历史过程。特别是作品第四部的最后，在全市公私合营的庆祝大会上，包括徐义德在内的上海工商界巨头们争先恐后上台发言，表示在中国共产党的领导下，决不动摇地走社会主义道路。在此，作者满怀激情地写道：“在上海发展的历史上，这是一个闪耀着光辉的伟大的日子，人们会永远记住这一天。这一天，资本主义工商企业，走完了最后的行程，全部接受社会主义改造，跨进了新的历史的门槛。”

在这种叙事中，民族工业获得了新生，得到了蓬勃发展。民族资产阶级也接受社会主义改造，有着美好的前景，社会主义则成为全国人民的共同愿望和光明前途。从作者的意识形态角度来看，小说的叙述无疑是“成功”的，这既是意识形态的胜利，也是社会主义城市的胜利，即城市改造的危机在胜利的呼告中化险为夷。然而，《上海的早晨》在物质文化和消费空间残迹的呈现中，却极为明显地显示出意识形态的干扰迹象。这就回到了巴赫金所提到的“隐藏对话性”中的潜在叙事声音，以及由此而产生的小说改造主题的自我矛盾之处。研究者将之称为叙事中的“二律背反”，或曰“叙事张力”。这也恰恰昭示了小说中隐含的“叙事声音”的问题，及其与显在声音的对话和纠结关系。在阐释这种叙事张力产生的原因时，相当多的研究者将其归结为中国革命的“妥协性”，即相对于苏俄“消灭资产阶级”的激进社会主义革命，中国对待民族资产阶级有着更“温和”和“暧昧”的态度。按照毛泽东的阶级划分，民族资产阶级属于广义的人民的范畴，而中国共产党对民族资产阶级又并非采取简单的批判或打倒，而是纳入社会主义文化想象的体制中进行和平赎买和改造。如果将《子夜》中的吴荪甫和赵伯韬，以及《上海的早晨》中的徐义德和朱延年作一比较，便可清晰地发现，尽管在中国革命的历史进程中，吴荪甫和徐义德并不具有太过光彩的事迹，但相对于后者“买办资产阶级”和“不法商人”的形象而言，前者被赋予的感情褒扬无疑要略胜一筹。《子夜》与《上海的早晨》的叙述其实也在力图表明民族资产阶级所具有的双重特征，即革命性和妥协性。周而复也恰恰善于将毛泽东关于民族资产阶级两面性的理论运用于创作实践，即“在革命胜利以后一个相当长的时期内，还需要尽可能地利用城乡私人资本主义的积极性，以利于国民经济的向前发展”；另一方面，也“要从各方面，按照各地、各业和各个时期的具体情况，对于资本主义采取恰如其分的有伸缩性的限制政策”①。这种暧昧不明的叙事态度贯穿《上海的早晨》的创作始终，从而使作品在达到一定“思想主题高度”的同时，也呈现出“分裂”的状况。在这个意义上，我们就不难理解其改造的叙事本身所蕴含的“二律背反因素”。当然，要做更深入的阐释，则还需在民族资产阶级的双重性之外，从知识分子与城市的复杂关系入手。

三　城市物质主义的隐现

如前所言，周而复对城市的态度并非如“左翼”文学那般恐惧或排拒，即使在城市空间被政治意识形态紧紧裹挟的情况下，他依然顽强地呈现着富有诱惑力的城市欲望形态。在《上海的早

① 毛泽东：《在中国共产党第七届中央委员会第二次全体会议上的报告》（1949 年 3 月 5 日），《毛泽东选集》（第四卷），人民出版社 1991 年版，第 1431 页。

晨》第一卷中，周而复曾写到制贩假药的奸商朱延年诱骗和腐蚀国家干部的场景。小说饶有意味地描写了解放区老干部、苏北行署卫生处的张科长初到上海，遭遇他从未得见的消费空间，并落入朱延年的“干部思想改造所”的故事。在这个有关腐蚀和堕落的故事中，上海的城市消费空间扮演了重要角色。

在此值得一提的是，在张科长跟随夏世富光顾永安公司的“七重天”舞厅之前，小说穿插了一段他们从“游乐场”到“大世界”的“城市穿行”描写。从而将上海目迷五色的消费空间展现在读者眼前，其中最意味深长的是他们遭遇“哈哈镜”的场景，“张科长在各种镜子面前，变成各式各样的畸形的人物”①。这里极为明显地包含着一种基于马克思主义立场对“商品拜物教”的批判，其中的“镜中之像”所透露的历史信息无疑是在物质主义的挤压下人的“异化”的寓言。这种历史唯物主义的“宏大叙事”之外，又似乎暗藏着对乡下人进城的淡淡嘲讽。小说借对一位即将被腐蚀的党内同志的深刻批判，顺理成章地表达了对不明就里的“乡下土人”的无情鄙夷，也在无意识间流露出城市写作者所暗含的物质主义优越感。

作为革命队伍的一员，张科长被城市欲望俘获的场景确实令人震惊，这里的警示意义也是触目惊心的。小说在具体叙述中所透露的“隐藏快感”，对消费空间的执迷，以及与人分享城市体验的急迫，也都仿佛历历在目。这也似乎再次表明，“上海昔日的繁华象征着某种真正的神秘，它不能被历史和革命的官方大叙事所阐释”。② 这里的问题在于，当作者以“批判的眼光”进入城

---

① 周而复：《上海的早晨》（第一部），《周而复文集》4，文化艺术出版社2004年版，第184—186页。

② ［美］李欧梵：《上海，作为“香港”的“她者”——双城记之二》，《读书》1999年第1期。

市物质空间的书写时，被批判之物对批判本身所具有的巨大干扰作用。这种联结着隐秘海派传统的巨大“干扰”，甚至是作者无意识中流露出来的。

在有关《上海的早晨》的诸多评论中，相当多的研究者认为，小说中资产阶级的人物塑造较之工人阶级的形象更为成功。其中原因通常被归结为作者对此的“熟知”，即周而复丰富的生活经验（既包括他的官员经验，又包括他的上海生活经验）和难以根除的“小资产阶级情调”。但从深层意义上看，乃是因为“作者将人物塑造与上海城市所遗留的资产阶级城市形态取得了关联，从而与‘十七年’文学漠视城市形态有着极大的不同”。也就是说，《上海的早晨》对城市形态的表现主要“就是围绕着大量的物质性描写展开”①。这种物质性和日常生活空间的呈现，突出地表现在工人和资本家书写中的两幅笔墨，或曰两种“叙事声音”。在周而复这里，对于余静与汤阿英等无产阶级阵营的物质生活，小说书写语言和叙述方式显得较为刻板和呆滞，小说曾借人物之口这样说道：“干部不论大小，一律穿着布衣服，有的穿蓝色卡其布的军装，有的穿灰色的人民装。猛一下见到，叫你分不出哪一个是高级干部，哪一个是下级干部。”就具体的日常生活而言，也是从“生产车间”到“工人俱乐部”，至多还有团日的“中山公园”和修葺一新的“工人新村”，物质空间的“公共性”中透露出作者的“警惕”和“审慎”，不敢越消费主义的“雷池”一步。与此相反，涉及资产阶级生活的描写则大多具有实写的特性和丰富的细节。在此，上海实际的消费场所大量呈现，如永安公司、美琪大戏院、大世界、华懋大厦、国际饭店、新雅餐厅、水上饭店、沧州书场，还有沙利文点心店、弟弟斯咖

① 张鸿声：《论〈上海的早晨〉》，《文艺争鸣》2009 年第 4 期。

啡馆、南京路永兴珠宝店等。所有场景都是自然主义式的如实描写，这几乎构成了上海城市空间的消费导游图。在这些声色犬马的消费空间之外，颇值得玩味的是作者对“物质性”场面的细节描写，其间甚至流露出作者对此的“炫耀”之情。关于这一点，小说开头一段梅佐贤等待会见徐义德的场景便是明证。也就是说，对作者而言，小说外在的意识形态批判似乎内在地“赦免”了文本呈现的“禁忌”。从奥斯汀汽车到狮峰龙井茶，从三五牌香烟再到朗生打火机，城市“物质性”的呈现几乎成了作者的某种癖好。也是在这个意义上，有论者谈到了小说中意识形态眼光与“生活化眼光”之间的“分裂”，“叙述人讲述工人的生活和斗争基本上采用的是意识形态的眼光。由于意识形态眼光处处要对情节和人物进行符合政治训诫的宣传、引导和提升。因而，经过意识形态眼光过滤后的工人生活是由阶级、压迫、斗争、反抗这些关键词组成的。日常生活的琐碎、人物情感的波动等等与政治训诫无关的因素均被排斥在文本之外。于是，在关于工人阶级的故事中出现了众多我们在十七年其他作品中早已熟知的场景和情节”。而对于资产阶级的表现，“叙述人讲述资本家的生产经营和日常生活基本上采用的是生活化的眼光。生活化的眼光不承担意识形态功能，不必从普通的情节、平凡的人物中提炼出符合主流意识形态的宏大意义。因而其所观照的对象有日常生活中的衣食住行、人物内心喜怒哀乐的细腻情绪，琐碎而繁杂，有着浓重的生活气息”①。这种“意识形态化”与“生活化”的二元对立，显而易见地规定了二者之间艺术形象上的等级序列。因此关于小说，不得不衍生出一个“资本家的形象较之无产阶级工人更为

① 郭冰茹：《十七年（1949—1966）小说的叙事张力》，岳麓书社2007年版，第92—93页。

‘形象’的问题”[1]。这不由得使人想起严家炎先生对《创业史》中梁生宝“三多三不足”的指责。[2]

在米歇尔·德·塞托的城市理论中，日常生活有着不同寻常的意义。在其看来，“‘消费’的‘计谋’是四处分散的，但是它深入到任何地方，悄悄地、几乎是不为人所察觉地渗入进来，因为它通过对占主导地位的经济秩序强加的产品进行使用的方式来凸显自己，而不是通过产品本身来显示自己”。因此在权力结构格局中，被动的使用者往往“借助于占统治地位的文化结构并位于该结构之中，对其法律‘实现了’不计其数且微乎其微的变化，使之符合自己的利益和规则”。在其“策略性”的日常生活“实践”中，德·塞托几乎改写了福柯的“权力/规训”理论，即“权力”的整一性必然受到日常生活分散性的消解，使得原本实力悬殊的秩序等级会出现异乎寻常的“颠覆”[3]。这一理论无疑极为形象地揭示了日常文化中“秩序被艺术玩弄”，即“被艺术挫败和欺骗”的历史过程。在这个意义上，我们考察周而复小说中两种叙事声音的“对话”，则显得意

① 当时的评论者阎纲认为小说刻画了“徐义德的鲜明形象，真实生动，富于生活气息”，“但是作者对于政府工作人员和工人群众的描写，却显得单薄无力”（阎纲：《一场未熄灭的阶级斗争——读〈上海的早晨〉第二部》，《中国青年报》1963年2月9日）。洁泯也认为小说对于资产阶级复杂的精神世界“写得很精细”，而工人阶级则“不够鲜明”，“单薄了些”［洁泯：《读〈上海的早晨〉（第二部）》，《大公报》1963年6月12日］。

② 严家炎：《关于梁生宝形象》，《文学评论》1963年第3期。

③ 参见［法］米歇尔·德·塞托《日常生活实践·1：实践的艺术》，方琳琳、黄春柳译，南京大学出版社2009年版，第33—34页。为了清楚地说明自己的理论，他举了一个西班牙人对印第安人“成功”殖民的例子，“例如，很久以来，我们就已经通过研究发现，西班牙殖民者‘成功’地将他们的文化强加给印第安人，然而某种含混性却从内部分裂了他们的‘成功’：这些印第安人顺从于甚至接受了西班牙人的征服，但对于强加给他们的礼仪、表现或法律往往做出不同于殖民者所期望从中获得的结果；他们并非通过摒弃或改变殖民者的文化来实现对其的颠覆，而是通过他们自己使用这些文化的方式，出于某些目的，并依据不同于他们无法逃避的体系的参照，实现对殖民者文化的颠覆。在这个表面是将他们‘同化’的殖民体系内部，他们是他者；对统治秩序的运用使他们感受到了权力，但是，他们无力抵抗；他们不需要离开就逃避了这个秩序”。

味深长。在德·塞托城市理论的启发下，对于上海消费空间的考察，一方面，固然要在充分考量普通人日常生活和非经典文化形式的情形下才有可能；另一方面，对于小说作者周而复而言，其体制之内的写作姿态实际上并不是“单向度”和铁板一块的。《上海的早晨》中两种叙事声音的“对话”，让人分明得以洞见“权力”的整一性在日常生活分散性中的渐次消解。在城市物质性的弥漫之中，意识形态的主导话语或被拒绝或经由协谈而变异，这都使得原本实力悬殊的秩序等级出现异乎寻常的“颠覆”。

这种“变异”突出地表现在小说中对于“物质性”书写毫无顾忌的“沉迷”和“延宕”之上。譬如，在小说的第一部中，作者对马丽琳的家居布置进行了详尽的介绍，从“东海日出图”到“杭州织锦”，从“红木家具”到“八仙桌”，从景德镇瓷器再到小香炉，对资产阶级家庭物质环境的烦琐介绍，构成了《上海的早晨》的一个重要特点。小说对徐义德的书房也有一段显得“冗余”的描写：从《四部丛刊》和《万有文库》，到康熙年间的大瓷盘；从汉玉做的如来佛像和唐朝的铜佛像到宋朝的大瓷花瓶；从吴昌硕的四个条幅，再到唐代的《纨扇仕女图》，在这详尽的“描写”中，小说对资产阶级的附庸风雅虽有极强的讽刺笔墨，但却也借此呈现了“十七年”小说中难得一见的“生活化”叙述和日常生活细节。在《妇女与中国现代性》中，周蕾曾探讨了“细节”这一“阴性特质”在中国叙事中所包含的“矛盾的情感结构”，在她看来，“细节被界定成感官的、琐细的与浮面的文本呈现，与一些改革、革命等等较为宏大的‘眼界’（vision）存在着矛盾关系，这些宏大的眼界企图将这些细节纳入其臣属，但却出其不意地为这些细节的反馈所取代”。作为衰败“中国”传统和“过往历史”的“符号”，细节“大大地阻碍了国族建构的严肃计划”①。因为，在“讽刺”的合法外衣下，物质主义“生活化”的细节场景得到了“放肆”的展示。这种“放肆”中体现出来的“挽歌”情调，与茅盾《子夜》中对上海都市的复杂态度如出一辙。

尽管有论者认为这种“生活化眼光”依然蕴涵的是意识形态的准则，而非单纯的日常生活。但不得不承认，其意识形态展开的方式依然是以日常生活的呈现为“中介”的，这个“中介”本身虽然弥足珍贵，但其实质却极具“腐蚀性”和“颠覆性”，因而也是极度危险的。在中国现代性的历史语境中，无产阶级的“自卑感”，使其并不具备太多的“物质免疫力”，然而资产阶级的政治特性往往与“物质性”相关，甚至，阶级性就是通过资产阶级人物的“物质性”体现出来的。因此，体现在文化形态上，作为一种理想主义的文学类型，社会主义文学中的无产阶级书写往往容易陷入“理念大于形象”的陷阱。与此相反，资产阶级却因历史的实在性而获得了更丰富的细节，也具有更加栩栩如生的文化形象。这种“分裂”的状态和文化困境几乎贯穿了整个社会主义时代的文学书写。在此意义上，即便是资产阶级的“否定性”中所裹挟的“物质性”和“日常生活”也已成为一个敏感的对象。很长一段时间，“可不可以写小资产阶级”便是一个莫大的问题。在此，问题的关键在于，“形象化”的“日常生活”恰恰不是对“理念化”的“意识形态”的补充，而是构成了一种“颠覆”和“变异”的力量。形象化的资产阶级生活的在场，不仅使得抽象化的无产阶级生活相形见绌，也让它们呈现出某种“虚假”的面貌。这种严重的“冒犯”常常使得小说偏离预设的

① ［美］周蕾：《妇女与中国现代性：西方与东方之间的阅读政治》，蔡青松译，上海三联书店2008年版，第132—135页。

意识形态航向，招致可能的政治批判也就不足为奇了。

第三节　革命城市与日常生活的焦虑

在一篇分析话剧《千万不要忘记》的文章中，唐小兵曾尖锐指出，"和《年青的一代》一样，《千万不要忘记》的'新'，正在于剧本隐约地透露出一种深刻的焦虑，关于后革命阶段的日常生活的焦虑"[①]。借用吉登斯的理论，这种"后革命阶段的日常生活的焦虑"，在某种程度上便可以视作革命成功之际，由"解放政治"到"生活政治"的转型所带来的意识形态焦虑。作为一部城市题材的话剧作品，《千万不要忘记》（又名《祝你健康》）延续了城市作为"可疑的，与庸俗、腐败相联系的生存处所"的传统。在这个作品中，电机厂青年工人丁少纯，新婚后受到曾是鲜果店老板的岳母的影响，开始讲究吃穿，沉迷消费主义，甚至借钱买毛料衣服；为了赚钱，他开始热衷于下班后打野鸭子，以致劳动时注意力不集中，险些酿成事故。这部"体现了时代的精神，传达了时代的脉搏"的剧作，凸显出"革命之后""日常生活"的严峻意义。

在《〈千万不要忘记〉主题的形成》一文中，作者丛深曾满怀深情地谈到了自己的创作缘由："记得建国初期，我有一种很天真的想法，以为建国以后的孩子，将在红色的环境里长大……他们都会长成为全新的人，他们再不会有什么个人主义、自由主义、个人英雄主义等等的旧思想了……他们长大了再不会经历我们这种思想改造的过程了，他们可以成为'从心所欲不逾

① 唐小兵：《〈千万不要忘记〉的历史意义——关于日常生活的焦虑及其现代性》，《再解读：大众文艺与意识形态》（增订版），北京大学出版社2007年版，第225页。

矩’的人了。可是，这些年来生活里有些现象证明我当初的想法太简单了。”[1] 在此，他已然在“日常生活”中发现了社会主义的“症候”所在，即无产阶级工人们，那些“年青的一代”，在“公共领域”中接受着社会主义教育，却在“私人领域”承受着资产阶级的“思想侵袭”：“每天工人在工厂里只有八个小时，遇上开会也顶多有十个小时，可是一天有二十四小时呢，其余的时间他们是在家里或者亲戚朋友那里过的，家里对青工进行什么教育，亲戚朋友都是一些什么人，那就很难说了。啥人都有，啥思想都有。我们在进行社会主义教育，也有人在散布资产阶级思想影响。”[2] 这便是“日常生活八小时”的意义所在，它赋予了“没有枪声，没有炮声”的生存环境以严峻的阶级斗争性质。

关于“日常生活”的暧昧含义，莫里斯·布朗肖（Maurice Blanchot）曾这样说道：“无论它的其他方面是什么样子的，日常都有这样一个本质的特征：它不容许任何约束力的存在。它四处逃逸。”[3] 在其看来，似乎“逃逸”的姿态就是“日常生活”之于政治意识形态的面貌。同样，迈克·费瑟斯通（Mike Featherstone）在其著作《消解文化——全球化、后现代主义与认同》（*Undoing Culture*）中也探讨了“日常生活”这个词。他指出，“日常生活又似乎只是一个多余的范畴，所有不符合正统思想、令人反感的鸡零狗碎都可以扔到里面去。”在他看来，“冒险进入到这个领域，那就是要去发掘以明显缺乏条理性、特别排斥理性概念化为根本特征的生活的某一个层次”。[4] 这就说明，“理性主义思想不可能

① 丛深：《〈千万不要忘记〉主题的形成》，《戏剧报》1964 年第 4 期。

② 丛深：《〈千万不要忘记〉主题的形成》，《戏剧报》1964 年第 4 期。

③ ［英］本·海默尔：《日常生活与文化理论导论》，王志宏译，商务印书馆 2008 年版，第 4 页。

④ ［英］迈克·费瑟斯通：《消解文化——全球化、后现代主义与认同》，杨渝东译，北京大学出版社 2009 年版，第 77 页。

适当地为日常提供空间，日常恰恰就是在理性主义千方百计地试图穷尽世界的意义之后残留下来的那些东西”。[①] 这也就是特里·伊格尔顿在《审美意识形态》中所描述的“理性殖民化”所无法抵达的“感性”空间。正是面对着无法抵达的“感性”空间，“革命之后”的社会主义中国陷入了深深的“日常生活的焦虑”。

在某种意义上说，“十七年”时期的中国，或可被称为列斐伏尔意义上的“消费受到调控的官僚统治的社会”。在这个社会主义的时代，“消费主义”、市民主体及其所连接的城市“日常生活”，不可避免地被打上了意识形态的紧张烙印。就《千万不要忘记》而言，诸如“皮夹克”、“塑料卡子”以及“三鲜馅锅烙”等随处可见的“日常生活”场景之所以成为一种意识形态的威胁，其根本原因在于，意识形态的凌空蹈虚并不能提供物质欲望及其快感的满足形式。在“生产的城市”里，“消费”被限定在基本的物质需要之内。社会主义中国极度匮乏的物质状况，使得消费不得不被推迟到遥远的未来。对于物质享受的问题，丁海宽这样说：“毛料子是好东西，从前的劳动人民连想都不敢想它，现在你们不但敢想它，还有很多人能够穿上它，这是革命和建设带来的成果，是好事情！我们总有一天，能让全中国和全世界的劳动人民，都穿上最好的衣裳！可是现在，孩子！世界上还有成千上万的人连最坏的衣裳都穿不上！要是你们光想着自己的料子服，光惦着多打几只野鸭子，光追求个人的物质享受，那你们就会忘记开电门，忘记上班，忘记我们正在奋发图强的国家，忘记世界革命！”因此，社会主义并不是清教徒式的绝对禁欲主义，而是秉承着“艰苦创业”的生产经济学，在此之中，任何对物质

① ［英］本·海默尔：《日常生活与文化理论导论》，王志宏译，商务印书馆2008年版，第36页。

享受的迷恋都是极度危险的。因为，对消费和日常生活的“迷恋”，将会消磨人们的革命意志，不利于整个社会生产的发展，而无力改变中国落后的社会面貌。也是在这个意义上，剧本借人物邵永斌之口指出，“如果一个人在吃喝穿戴上用的心思过多，就容易影响革命的事业心，容易变得眼光短浅”。其根本原因恰恰在于对“感性”消解作用的恐惧。

与《千万不要忘记》相似，几乎同一时期的另一部重要话剧《年青的一代》，也以城市青年的堕落故事为线索，表现“革命之后”无产阶级的价值选择的问题。这部话剧表现的是“中学毕业生高中、大学，大学毕业生即将走向生活的时候”。正如作者所论述的，“这是一个充满希望、烦恼、激情和不安的时候”，这种“希望”与“不安”则正体现在“年青的一代”的价值选择上。因此，剧本在体现某种人生抉择的时候，其间的价值观及其意识形态冲突的彰显，包含着意味深长的含义。毫无疑问，剧本中的林育生是一个被城市物质主义“俘获”的“堕落”青年，他的出场连带着一系列“消费城市”的印记：罐头、点心、连衣裙，以及奢侈的生日晚会，这些几乎构成了他的身份标志。与秉承“坚决服从祖国需要，争取到最艰苦的地方去”的“社会主义新人”萧继业相比，林育生的人生理想是“白天我们一起去上班，晚上回来就听听音乐，看看小说，读读诗，看看电影，星期天上公园，或者找几个朋友聊聊天……”，这种“庸俗”的价值观的显现，惊心动魄地呈现了“革命之后”社会主义城市日常生活的意识形态紧张关系。[①] 恰如唐小兵所言，对“庸俗”的日常生活的拒绝，

---

① 在某种程度上，“庸俗”指代着资产阶级的趣味，至关重要的是，它期盼着在一种“个人主义”的物质欲望中体现出对于革命和政治的弃绝，因此，它体现出对无产阶级理想的侵蚀。对“庸俗”的抵制折射出对资产阶级意识形态的警惕。这与《千万不要忘记》中丁海宽对“空虚”的警惕极为相似。当他发现少纯结婚以前的情书中写道：“每当和你分手以后，我心里总是感到无限的空虚和怅惘”时，既费解又愤怒，因为（转下页）

正是“后革命阶段缺乏文化规范性的突出症状之一”[①]。

值得一提的是，无论是《千万不要忘记》还是《年青的一代》，故事的主角——城市青年丁少纯和林育生——并非资产阶级出身，而是地地道道的工人阶级和干部子弟，于是他们的“堕落故事”便更显得惊心动魄。就像文本清楚指出的，“少纯是在红色环境里长大的，解放的时候他才七岁，吃的是新社会的饭，念的是新社会的书，看的是新社会的电影，听的是新社会的广播……我以为像他这样的年青人，对旧东西是绝缘的，就像这云母带隔电一样……事情不是那么简单哪！在孩子们的脖子上系着红领巾的时候，就有人总想偷偷摸摸地给他们系上一条‘黑领巾’！我们对他们讲劳动模范怎样光荣，可是也有人对他们说：‘模范也不顶饭吃！’我们教育他们不要计较劳动报酬，可是有人一见了他们的面不出三句话就问：‘你挣多少钱?’”因此，故事本身的重大意义恰在于，“旧思想就像一些破抹布，三下两下就能被你擦的模模糊糊……真是不能小瞧那些破抹布哇，它还有势力！”同样，在《年青的一代》中，当萧继业指责林育生的“堕落”时，后者的辩解依然铿锵有力：“我可不是出生在资产阶级的家庭里，请记住，我的家庭是个革命的家庭”。这些“堕落者”不再是走“白专”路线的资产阶级后代，而是革命的“子一辈”，即从“血统论”的角度来看理应更加“革命”的人群。然而，问

（接上页）这种“无聊”的情感违背了社会主义的美学和经济原则。对此，正面人物的“崇高感”才是疗救这种资产阶级趣味的“良药”，“我们的困难的确很多，但我们却永远是快乐和幸福的，因为我们没有辜负党和人民对我们的期望，在建设社会主义的战斗里，我们没有吝啬过自己的力量。昆仑山上的风雪知道我们是懦夫还是好汉，戈壁滩上的烈日了解我们是土还是金。对生活中的那些懒汉和逃兵，我们可以豪迈地说：当我们将来在向后代们讲述，我们怎么样冒着零下四十度的严寒，为了寻找矿藏而走遍昆仑山的时候，你们这些人有什么好讲的呢?”

① 唐小兵：《〈千万不要忘记〉的历史意义——关于日常生活的焦虑及其现代性》，《再解读：大众文艺与意识形态》（增订版），北京大学出版社 2007 年版，第 229 页。

题正是出在他们身上，这不得不引人思考。就像评论者指出的，在这两部反映当代生活的戏剧中，故事本身“提出了一系列最敏感，同时也是最具范式意义的问题，并且给予了一组富于想像的回答”，因为剧本“引发了一个新的话题，把一种社会文化的焦虑提到了话语层面”①。毫无疑问，这是一个“发人深思的问题”，即怎样把年轻人的教育看成是正在进行的国内和国际的阶级斗争的关键部分。《年青的一代》不仅提出了青年教育繁荣问题，更通过一个革命家庭的两代，尖锐地表明了：“要是自己不长进，再好的家庭出身也不能保险你不走错路。命运得由自己来安排!”这就使主题的意义发掘更深了一层。“由于当前国际国内尖锐复杂的阶级斗争形势，争夺青年一代的斗争，相当激烈地进行着，并鲜明地表现出其作为阶级斗争一个十分重要的方面。教育青年的严重意义，不仅在于这是一个长远的战略任务，而且也是当前一个迫切的战斗任务。”②

日常生活的意义之所以如此令人紧张，恰恰在于“日常生活”本身对无产阶级革命构成了严重威胁。这里还涉及争夺“文化领导权”（或“文化霸权”）的问题。在一篇评论《年青的一代》的文章中，姚文元曾指出，林育生对“合法的个人主义”观点的辩护，是受到资产阶级思想侵蚀的典型表现，“不能不看到，林育生用以为‘个人幸福’观辩护的种种理由，都是当前思想战线上的尖锐问题，是青年人中受到资产阶级思想侵蚀的典型表现……这里剧本的出色构思，是不仅揭开了林育生所追求的那种‘幸福生活’的庸俗性，而且也揭开了林育生为‘个

① 唐小兵：《抒情时代及其焦虑：试论〈年青的一代〉所展现的社会主义新中国》，张清芳译，《海南师范大学学报》2008 年第 1 期。

② 文萍：《发人深思的主题——读话剧〈年青的一代〉》，《戏剧报》1963 年第 8 期。同样的主题，另见谭霈生《发人深省的课题——看话剧〈年青的一代〉杂感》，《前线》1963 年第 20 期。

人幸福’辩护的那些似是而非的理由的庸俗性”①。在此，姚文元所提及的这种“庸俗性”，其实涉及列宁关于社会主义国家与市民社会之间冲突的相关理论。据此，许多批评者都依据列宁的理论对《千万不要忘记》和《年青的一代》展开了评论。如侯金镜所说的，“《千万不要忘记》的作者所思索和处理的主题，正是党的八届十中全会所指出的后一种斗争，作品展开和处理的矛盾冲突，也正是列宁向取得了政权的工人阶级提出的一项斗争任务”。② 娅子在《谈评剧〈年青的一代〉》一文中也援引列宁《青年团的任务》中的一段话：“赶走沙皇并不困难，这总共用了几天的工夫。赶走地主也不困难，这在几个月内就做到了，赶走资本家同样也不是很困难的事情。但是，要消灭阶级就无比困难了”；“阶级斗争还在继续，只是改变了形式。这是无产阶级为了使旧的剥削者不再复辟，使散漫落后的农民群众联合起来而进行的阶级斗争……我们的任务，就是要使一切利益都服从这个斗争。”③ 至此，列宁有关革命教育的理论与“革命之后”的中国的相关性由此可见一斑。

列宁的问题恰恰在于苏联“革命之后”无产阶级文化领导权的焦虑，这直接启发了葛兰西（Gramsci Antonio）对“文化霸权”问题的关注。葛兰西认为，权力分为两种，所谓“正式的”和“非正式的”，这也就是人们常说的“硬权力”和“软权力”。在民主政治的现代条件下，一个政权要存在下去，获得自己的合法性，并不是简单地取决于武力和经济实力，在此之外，还得获得一种以文化认同为核心的统识力量，即“软权力”也要深入人

① 姚文元：《社会主义革命时代的青春之歌：论〈年青的一代〉》，《文艺报》1963年第10期。

② 侯金镜：《一个成功的创作和演出》，《戏剧报》1964年第1期。

③ ［苏联］列宁：《列宁论文学与艺术》，人民文学出版社1983年版，第599页。

心。如韩毓海所指出的，“文化霸权”的后果在于：在现代的民主制度之下，无产阶级既可以臣服于无产阶级的意识形态，也可以臣服于作为“社会共识”的资产阶级意识形态，如果出现后一种情况，则这里的无产阶级就会出现“帮助资产阶级统治自己”。这也意味着在经济基础发生了社会主义转变的制度下，其上层建筑依然可以是资产阶级的，这一点，甚至不会因为“生产资料的社会主义改造完成而自动完成”。即在社会主义条件下，无产阶级同样也可以帮助丧失了经济地位和基础的资产阶级“在文化上”统治自己，甚至听任他们从文化上摧毁社会主义制度的文化合法性。①

这种“文化霸权”意识的凸显，旨在强调“继续革命”的现实意义，完成社会主义的“漫长革命”旅程。这就像《千万不要忘记》的作者丛深所直言的，他的创作过程是通过勤奋学习列宁的《共产主义运动中的“左派”幼稚病》和中共中央 1962 年 10 月发布的八届十中全会公报来进行的，如其所言，“党的八届十中全会公报照亮了我正在酝酿着的剧本的主题”，它使得自己“豁然开朗”，找到了“阶级和阶级斗争的显微镜来分析工厂的日常生活”。这里值得注意的是“千百万人的习惯势力”，这包括小业主的“日常的、琐碎的、看不见摸不着的腐化活动”，以及“小资产阶级的自发势力从各方面来包围无产阶级、浸染无产阶级、腐化无产阶级”② 等诸多现象，这些都赋予了从社会主义过渡到共产主义时期的阶级斗争的严峻意义。

就《千万不要忘记》而言，所谓“千百万人的习惯势力”，不仅是指蕴藏在姚母身上的小商业生产者的自私与享乐对“新社

① 韩毓海：《“漫长的革命”——毛泽东与文化领导权问题》上，《文艺理论与批评》2008 年第 1 期。

② 丛深：《〈千万不要忘记〉主题的形成》，《戏剧报》1964 年第 4 期。

会”的破坏，更体现在她所表征的阶级趣味对“无产阶级新人”的巨大吸引，以及由此形成的文化争夺关系。这就像话剧《年青的一代》里那个“不露面的小吴”，这个“资产阶级腐朽势力的残余”，“不服从统一分配，靠着他家里有钱，在家摆阔，吃闲饭，寄生虫!”但是，他的影响却极为深远，“他象一条毒蛇一样，紧紧地缠着林育生，不断地向林育生输送资产阶级思想的毒液，而且通过林育生去毒害夏倩如”①。正是在此背景之中，城市文化的“资产阶级个人主义”和“资产阶级泥坑”，才变成无产阶级理性需要抵制的对象，否则便会有文化领导权旁落、资产阶级复辟的危险。于是，“青年的培养”和“革命接班人”的哺育变成了一个巨大的问题。“只有把青年的学习、组织和训练的事业加以根本改造，我们才能做到：这一代青年努力的结果是建立一个与旧社会完全不同的社会，即共产主义的社会。因此，我们需要详细论述的问题，就是我们应当教给青年什么；真正想无愧于共产主义青年称号的青年应当怎样学习；以及应当如何培养青年，使我们能够彻底完成我们已经开始的事业”②。

如前所述，无产阶级文化挥之不去的焦虑在于被资产阶级文化所征服，因此它竭力警惕着来自后者的潜移默化的侵蚀。如评论者所指出的，《年青的一代》中对李荣生等“社会青年”的恐惧，“暴露出列宁主义式的对‘社会’的抵制”。在官方流行语中，“社会”所指涉的对象常常是相对于新的秩序的不纯洁、复杂、威胁性的势力和影响。而在阐释戏剧《千万不要忘记》的意义时，侯金镜强调：“差不多每个劳动者、每个工作干部都有做

① 晋川：《警惕·斗争——看新剧〈年青的一代〉杂感》，《宁夏文艺》1964年第1期。

② ［苏联］列宁：《青年团的任务》，《列宁论文学与艺术》，人民文学出版社1983年版，第103页。

家务劳动的家属或保姆，他们中间有许多人从旧社会带着旧意识参加了新的家庭，成为一个成员；同时每个劳动者、每个工作干部也免不了要和各种社会关系（亲戚、朋友、乡亲）发生千丝万缕的联系，各个社会阶层也就在每个人的日常生活里，形成了犬牙交错的关系。”① 这种“社会关系”和“日常生活”所形成的巨大文化干扰，显然已经具备了冲决意识形态堤坝的能力。这一点，通过《年青的一代》中两段关于“幸福”的对话便可看出。其中一段是李荣生与林坚讨论“生长在社会主义”的“幸福”问题，另一段是萧继业与林育生之间关于“使谁的生活变得更幸福”的对话。②

尽管基于主流意识形态的考虑，剧本中“反面人物”的话语存在明显的被压制的迹象，却奇迹般地具备了某种“对话”的意味。在巴赫金的理论中，“对话”的意义在于，即便是“反面的声音”也同样有着不可忽视的现实意义。同样，《千万不要忘记》中的姚母也阐释了自己的“幸福观”，在这位小商人阶层的一员看来，“幸福”“不过就是穿一套毛料子，吃几块鸭子肉”，“幸福的生活就是吃点喝点”，这种市侩主义哲学极为形象地凸显了市民阶层的价值取向。因此，在这个意义上，剧本本身所承担的教育功能天然地具备着意识形态的辩论意义，它所驳斥的其实是当时社会具有危害性且影响极大的价值观念。

---

① 侯金镜：《关心和提出千百万群众所关心的问题——读剧漫谈》，《戏剧报》1964年第4期。

② 几乎与此同时，在《中国青年》杂志上展开了有关“什么是幸福”的讨论，这与20世纪60年代初期的大规模学雷锋，培养革命接班人的运动相映成趣。借用唐小兵的判断，这在很大程度上，征兆和回答的正是某种“后革命焦虑”：“即在日常性的社会生活和组织的层面上，怎样维持新型社会政治权力的正常化，并且确保既定社会关系及体制的再生产，同时实现国民经济的工业化。”参见唐小兵《〈千万不要忘记〉的历史意义——关于日常生活的焦虑及其现代性》，载《再解读：大众文艺与意识形态》（增订版），北京大学出版社2007年版，第229页。

批评家晋川在分析《年青的一代》时，曾提到了当时颇为重要的一个观念，即“和平演变”。面对城市消费主义的“幽灵”，“和平演变”的出现，既是对国内外紧张局势的客观回应，也是对“社会领域”内无产阶级文化领导权可能丧失的“想象性焦虑”：“‘和平演变’，就是帝国主义和地主、资产阶级的‘糖衣炮弹’政策，就是用不知不觉的潜移默化的办法，使社会主义国家在政治、思想，最后在经济上变质。国内外敌人总是千方百计地传播反动的政治思想影响和腐朽的生活方式，用来毒害无产阶级和革命的人民，从思想上为资本主义复辟创造条件，开辟道路。这种思想战线上的阶级斗争，是长期的、复杂的，有时甚至是很激烈的。如果我们对这种形势认识不足，丧失警惕，忽视了思想战线上的阶级斗争，那就可能使帝国主义和地主、资产阶级的阴谋得逞，就可能被象小吴那样的旧社会残余势力所腐蚀。”① 此外，作者还谈到了美国前国务卿杜勒斯（John Foster Dulles）试图把“希望”寄托在社会主义国家广大青年身上的说法，强调革命的“第三代”要对“西方文明和生活方式”保持警惕。就像话剧《年青的一代》中的林坚所说的：“警惕啊，孩子……！帝国主义、反动派正梦想从你们这一代人身上找到他们反革命复辟的希望，你们要争气啊！”这种有关“阴谋”与“变质”的想象，实际上已然凸显出社会主义文化没能深深植根于人们“身体”的现实。

社会主义文化领导权其实是依靠一种紧张的意识形态“超我”结构得以维系的，它难以承受消费主义所裹挟的“欲望”与“身体”快感，以及“无意识”心理结构的冲击。因此，革命的

① 晋川：《警惕·斗争——看新剧〈年青的一代〉杂感》，《宁夏文艺》1964年第1期。

传承并不能依赖一种社会主义文化领导权必定胜利的自信而实现，只能通过“超我”的意识形态结构来达成。在作品中，这种“超我”结构的明显表征便是对革命传统和仪式的铭记。最为明显的就是《年青的一代》中的“血书”，作为一种“从逝去的岁月传来的殷切呼吁，迫使现在的人们采取赎罪的行动”的“触媒”，“血书”提醒当事人林育生铭记“一种感恩或者说负债的逻辑”。旨在表明唐小兵所说的，“这最终极的牺牲不但使年青一代的自我观念充满内疚、负罪感，它同时也要求后来人绝不能违背先烈的业绩和信念”①。也就是说，社会主义的合法性需要不断地回溯革命的历史起源，从而在一种道德崇高感中提醒人们革命忠诚和献身情怀。因此，除了“千万不要忘记”的道德说教，社会主义在意识形态紧张的年代里似乎别无他法。相反，如果忘记了这种革命的历史起源，市民阶级的意识形态便会汹涌而来，就像剧本所说的，“卖野鸭子，你卖来卖去就会把工人阶级的思想感情统统卖掉！”这恰恰表现的是“市民意识形态”对无产阶级理想的腐蚀。

群狼环伺的国际局面，险象环生的“社会”状况，这些都加剧了社会主义时代意识形态的紧张局势。于是，城市的革命意识形态教育不得不扩大了“家庭”和“亲属关系”的层面。这无疑又回到了阿尔都塞（Louis Pierre Althusser）所指出的，“家庭”作为“意识形态国家机器”运作的场所，以及它维系着的“社会关系的再生产”。这也正像批评家所言及的，革命与家业具有同样的继承问题，同时，家庭教育属于阶级教育的一部分。“家庭本位的社会关系，在我们的实际生活中已成为历史的陈迹；但是

① 唐小兵：《抒情时代及其焦虑：试论〈年青的一代〉所展现的社会主义新中国》，张清芳译，《海南师范大学学报》2008 年第 1 期。

旧的家庭观念和亲族观念，还是远远没有得到清除，仍然还是一种残存的封建意识。对我们今天来说，子女，不仅只是家庭的下一代，也是革命的下一代。父母子女之间，不仅只是亲人，也是革命事业持续发展中的同志。问题在于，革命的精神，并不像血统那样可以递代遗传，归根结底，这一切不能不决定于进行阶级的教育和革命的锻炼。家庭的教育实质上也仍然是阶级的教育的一种形式。”① 于是，革命的意识形态教育，对市民价值观的抵制，便不得不从个人领域的家庭开始，而家庭与国家同构的意识形态格局也就此形成。

① 文萍：《发人深思的主题——读话剧〈年青的一代〉》，《戏剧报》1963 年第 8 期。

第五章 “生产城市”的建构及其文化政治

在现代中国的历史脉络中，“城市”是一个暧昧的所在。它一方面象征着资本主义总体性的压迫力量，是腐朽和堕落的标志；另一方面也指涉着现代化和工业化的前景，暗含着建设一个现代工业化国家的理想。于是，将“消费城市”转变成“生产城市”[①]，便成了中国共产党进入城市，掌握国家政权之后，所展开的社会主义想象的当然举措。这种“生产城市”的建构却并非一句空洞的意识形态口号，而是实实在在的政治实践，即它必须诉诸工业化的城市建设。在此之中，现代资本主义“总体性”的压迫与奴役，连同其“消费城市”的“胜景”，一起被打上剥削与罪恶的烙印。在这个意义上看，《剑桥中华人民共和国史》中所谈到的“斯巴达式的”“生产性的城市”，在某种意义上指涉的就是社会主义“工业化城市”及其建构的“历史祈愿”。

这种庄重的“历史祈愿”早在中国共产党人接管城市之前就

① “消费城市”与“生产城市”亦是马克斯·韦伯在梳理“城市的概念与类型”时提出的一组概念。但在韦伯那里，“消费城市”被视为那些以其“各种类型大消费者的存在（尽管其收入来源各异）”，而“对当地工业生产者及商人的盈利机会具有举足轻重的地位”的城市；而“生产城市”则指的是那些“人口及其购买力的增加取决于建于当地（提供城外所需物资）的工厂、制造厂或家内工业”的“近代的类型”的城市。因此，与本文所论及的“消费城市”“生产城市”有着并不相同的内涵。参见［德］马克斯·韦伯《非正当性的支配——城市的类型学》，康乐、简惠美译，广西师范大学出版社 2005 年版，第 6—7 页。

已经发出。1944年，毛泽东在一次讲话中反复强调：“中国落后的原因，主要的是没有新式工业。日本帝国主义为什么敢于这样的欺负中国，就是因为中国没有强大的工业，它欺负我们的落后。”“要打倒日本帝国主义，必须有工业；要中国的民族独立有巩固的保障，就必需工业化。我们共产党是要努力于中国的工业化的。”[①] 同年，毛泽东再次指出：“新民主主义社会的基础是机器，不是手工。我们现在还没有获得机器，所以我们还没有胜利。如果我们永远不能获得机器，我们就永远不能胜利，我们就要灭亡。现在的农村是暂时的根据地，不是也不能是整个中国民主社会的主要基础。由农业基础到工业基础，正是我们革命的任务”[②]。于是，当新历史的序幕在1949年的春天缓缓拉开之时，《人民日报》便接连发文讨论“变消费城市为生产城市”的问题。[③] 在主流意识形态看来，将“消费城市”转变为“生产城市”的逻辑在于，只有使中国从农业国变为工业国，才能巩固人民革命政权，使中国人民彻底翻身。这种鲜明的意识形态分野清晰可辨：如果说中华人民共和国成立以前的城市只是消费性的寄生/剥削城市，从而在“城市—资本主义—罪恶”的逻辑视域中被打入另册，那么中华人民共和国成立后的“社会主义城市”，则“与建立在对工人阶级残酷剥削基础上的资本主义城市有着本质不同”，这是因为，“在社会主义城市中，一切建设都是为劳动人民的利益服务的。保证劳动者物质文化生活水平的不断提高，是社会主义

① 毛泽东：《共产党是要努力于中国的工业化的》，《毛泽东文集》（第三卷），人民出版社1996年版，第46页。

② 毛泽东：《给秦邦宪的信》，《毛泽东文集》（第三卷），人民出版社1996年版，第207页。

③ 《人民日报》于1949年3月17日发表社论《把消费城市变成生产城市》，1949年4月2日又发文《如何变消费城市为生产城市》。

城市的基本特征"[①]。于是，在中共七届二中全会上，毛泽东同志庄严宣告"党的工作重点由乡村转移到了城市"之时，一切便显得顺理成章了。此时，他再次强调了"现代化工业"在国民经济中的决定性作用。在他看来，"管理和建设城市中最中心的问题是管好工厂、发展生产的问题，而如何依靠工人，则是管好工厂、发展生产的关键，也是管好城市的关键"。因此必须"把军队变成工作队"[②]，"必须用极大的努力去学会管理城市和建设城市"。于是，马克思主义哲学历史唯物主义的理论视野，及其所连带的"生产"和"劳动"的纯洁性所造就的乌托邦色彩，毋庸置疑地使得作为国家理想的"生产城市"被寄予厚望。

第一节　城市的消费与生产

提起中国近现代以来的城市文学，相当多的研究者都会把目光锁定在民国时期的上海。从 20 世纪 30 年代的"新感觉派"小说到 40 年代的张爱玲、苏青笔下的市民生活，"海派"与"市民小说"的传统伴随着上海城市文学的历史一同被建构。而作为"罪恶的渊薮"，都市的消费和娱乐（腐蚀）特征亦被"左翼"的"城市入侵者"列为亟待清除的对象。正如李欧梵在《上海摩登》中所考察的，"上海"这个城市的名字在英语中成了"一个贬义动词"，它意味着"被鸦片变得麻木不仁，随后被卖给需要人手的海船"，或者是"用欺骗或暴力发动一场打斗"。"这种流行的负面形象在某种意义上又被中国"左翼"作家和后来的共产党学者强化了，它们同样把这个城市看成罪恶的渊薮，外国'治

① 《贯彻重点建设城市的方针》，《人民日报》"社论"，1954 年 8 月 11 日第 1 版。

② 毛泽东：《把军队变成工作队》（1949 年 2 月 8 日），《毛泽东选集》（第四卷），人民出版社 1991 年版，第 1405 页。

外法权’所辖治的极端荒淫又猖獗的帝国主义地盘，一个被全体爱国主义者所不齿的城市”①。作为中国近代殖民主义的耻辱标志，旧城市的繁华所裹挟的民族主义创伤，深深地刻入城市的肌理之中。正是在这个意义上，与其说都市上海被看成“具有吸引力的现代商业、工业和娱乐业中心”，毋宁将其视为“腐朽文明”的代表。因此当新的“人民的中国”砸碎旧社会的锁链，拔地而起之时，“消费城市”的屈辱与悲情也在“历史清淤”的实践中被荡涤干净，上海也和许多殖民城市一道，连同它们炫惑的消费魅影“迅速从1949年后的中国文化图绘上消失或被边缘化”②。

法国理论家乔治·巴塔耶（Georges Bataille）将“消费”分为两种：“第一个是简约部分，它的最低要求表现为对生命的保存，以及在一个既定社会中个人的持续生产活动。因此，它就是一个简单的基本的生产活动状况。第二部分表现为所谓的非生产性的耗费：奢侈、哀悼、战争、宗教膜拜、豪华墓碑的建造、游戏、奇观、艺术、反常性行为，所有这些活动，至少在其原初状况下，它们的目的仅仅限于自身。”③ 根据雷蒙·威廉斯（Raymond Williams）在《关键词》里的考察，消费这个西方词汇Consumer的拉丁词源是“consumere”，指的是“完全消耗、吞食、浪费、花费”，这个词在西方早期是一个负面词汇，一直延续到19世纪末。之后在20世纪这个词才具有一些中性的意义。④ 无论是巴塔耶还是威廉斯，消费的形象在他们那里，都显得不算太过

---

① ［美］李欧梵：《上海摩登——一种新都市文化在中国（1930—1945）》，毛尖译，北京大学出版社2001年版，第4页。

② 转引自孙绍谊《想象的城市——文学、电影和视觉上海（1927—1937）》，复旦大学出版社2009年版，引言。

③ ［法］乔治·巴塔耶：《耗费的观念》，汪民安编《色情、耗费与普遍经济：乔治·巴塔耶文选》，吉林人民出版社2003年版，第27页。

④ ［英］雷蒙·威廉斯：《关键词：文化与社会的词汇》，刘建基译，生活·读书·新知三联书店2005年版，第85—86页。

消极。然而，在1949年之后的历史生产中，消费的负面意义却显而易见，它常常被作为生产的对立面，而在一种顽固的二元对立结构中占据着意识形态的负面位置。

这种“意识形态的负面位置”的形成，无疑要追溯到上海的“魔都”意象和殖民地历史，以及由此而生的“消费城市”的颓废罪恶和民族主义创伤。在《现代的诱惑》一书中，史书美（Shu-mei Shih）曾指出了上海的“半殖民地”特性，以及由此而来的政治文化领域内的“碎片化状态”与“中国知识分子的多元化追求”之间的关系。在她看来，“消费文化的边界清晰地标示出上海特定的文化氛围，突出了上海作为典型的半殖民地城市的性质。上海现代主义中突出的商品崇拜现象反映出：这个半殖民城市是色情和颓废的游乐场，本身只具有消费性而并不具有生产性”。[①] 她借用杜赞奇（Prasenjit Duara）的观点，指出“半殖民地”知识分子对消费主义的艳羡，与“殖民意识形态”笼罩下“现代性批判”的缺席密切相关。她进而指出，正是缺乏一种民族主义式的“抵抗”意识，才造就了“对现代性的‘彻底’批判”在中国的缺席，“取而代之的是对于现代性的不懈追求”[②]。毫无疑问，这种“抵抗”的缺席恰恰需要“左翼”激进主义予以

① ［美］史书美：《现代的诱惑：书写半殖民地中国的现代主义（1917—1937）》，何恬译，江苏人民出版社2007年版，第304页。

② ［美］史书美：《现代的诱惑：书写半殖民地中国的现代主义（1917—1937）》，何恬译，江苏人民出版社2007年版，第178页。杜赞奇将现代中国缺乏对（西方）现代性之强烈批判的原因归结为殖民控制的间接性。在印度，与殖民意识形态的充分遭遇催生了像甘地这样的人，他们创造了一整套反现代和非现代的话语。但是，中国与殖民意识形态的遭遇却呈现为另一种形态：“在中国，帝国主义的存在当然受到普遍痛恨，反帝则是20世纪前50年中国一切政治运动的核心。但是，在中国大多数地区，由于没有形成制度化的殖民主义，因此，这意味着无论对殖民者还是对被殖民者来说，都没有像印度或其他沦为直接殖民地的国家那样强烈的殖民主义意识形态。反帝主要是在政治经济层面上，从人民的自我认识中根除帝国主义意识形态的影响并非当务之急。”参见［美］杜赞奇《从民族国家拯救历史：民族主义话语与中国现代史研究》，王宪明、高继美等译，江苏人民出版社2008年版，第224页。

疗救。正像弗朗兹·法农（Frantz Fanon）在《全世界受苦的人》中指出的，“摧毁殖民地世界是恰好取消一个地带，把它埋在泥土的最深处或把它驱逐出领土”①。这种慷慨激昂的口号无疑与民族主义立场息息相关。而在中国共产党那里，“自20世纪30年代至70年代晚期的民族主义想象中”，同样会将上海这座城市引发的“相似的嫌恶感”“视作是民族耻辱和殖民剥削的象征”。用史书美的话说，“共产党致力于减少殖民主义的痕迹，即便不推倒那些殖民主义的建筑，也要对其市民进行极端的意识形态改造”②。“左翼”的城市批判其实就是在无产阶级立场和民族主义意识的紧密勾连中，呼唤出城市的“力”与“美”，从而一扫消费主义的颓靡。在此，“机械的颂赞”作为一种疗救的方式，成为左翼城市救赎和文化批判的动力所在。

其实早在20世纪30年代，茅盾就曾对城市“生产”与“消费”的对立提出了质疑，在《都市文学》一文中，茅盾对上海的城市发展形态有着明确说明，这“不是工业的生产的上海”，而是“百货商店的跳舞场电影院咖啡馆的娱乐的消费的上海”。“上海大发展了，但是畸形的发展，生产缩小，消费膨胀!”接着，这位“左翼”作家尖锐地批评了当时流行的都市文艺，认为“消费和享乐”已经是“我们的都市文学的主要色调”。在这些作品中，“大多数的人物是有闲阶级的消费者，阔少爷，大学生，以至流浪的知识分子；大多数人物活动的场所是咖啡店，电影院，公园；跳舞场的爵士音乐代替了工场中机械的喧闹，霞飞路上的彳亍代替了码头上的忙碌”③。在《都市文学》之外，茅盾在几乎同时的另一篇文

① ［法］弗朗兹·法农：《全世界受苦的人》，万冰译，译林出版社2005年版，第7页。

② ［美］史书美：《现代的诱惑：书写半殖民地中国的现代主义（1917—1937）》，何恬译，江苏人民出版社2007年版，第264页。

③ 茅盾：《都市文学》，《申报月刊》1933年第2卷第5期。

章中这样谈道："我们有许多描写'都市生活'的作品，但是这些作品的题材多半是咖啡馆里青年男女的浪漫史，亭子间里失业知识分子的悲哀牢骚，公园里林荫下长椅上的绵绵情话；没有那都市大动脉的机械！"在他的未来展望中，城市的形象是这样被勾勒的："也许在不远的将来，机械将以主角的身份闯上我们这文坛罢，那么，我希望对于机械本身有颂赞而不是憎恨！"[①] 这种"机械的颂赞"背后，表明了茅盾对"消费城市"所造就的"资本主义泥坑"的拒绝，也潜藏着这位"左翼"作家对工业化城市的"力"与"美"的呼唤。[②] 这种呼唤伴随着明确的意识形态诉求和疗救民族创伤的渴念，在1949年之后的工业题材文学中得到了鲜明呈现。

由于某种半殖民地的特性，在1949年以前的城市文学中，工业题材都是"缺席"的。尽管茅盾在《"现代化"的话》一文中，曾描绘过"中国轻工业的要塞"——杨树浦一家中国纱厂的生产景观。他用诗意的笔触描画了机器和"花衣"工场的细节："黝黑晶亮、蹲着的巨人似的机器，伸长了粗胳膊"[③]，在他这种"机械的颂赞"之中，明显暗藏着作者深沉的民族主义情感。或许在他那里，机器的形象固然令人震撼，"但是上海林立的纱厂和烟囱并不是中国人的，而是日本人的，是日本对中国进行经济侵略的见证，上海并未工业化、现代化。他呼唤中国民族工业发达，走上真正现代化的道路"。[④] 而与这种"匮乏"相伴随的，必

① 茅盾：《机械的颂赞》，《申报月刊》1933年第2卷第4期。

② 对此，有研究者指出，"茅盾理想中的城市是以机械化为主的工业发达的城市，而不是消费的、商业占主导地位的城市，这表明茅盾对工业文明的肯定"。在其看来，茅盾在《乡村杂景》中对火车充满神秘和诗情画意的描写，在《少年印刷工》中通过印刷工赵元生表现对于大机器的向往和赞美之情，都是对此的表现。参见陈晓兰《文学中的巴黎与上海——以左拉和茅盾为例》，广西师范大学出版社2006年版，第172—173页。

③ 茅盾：《"现代化"的话》，《申报月刊》1933年第2卷第7期。

④ 陈晓兰：《文学中的巴黎与上海——以左拉和茅盾为例》，广西师范大学出版社2006年版，第173—174页。

然是屈辱和批判。因此，彼时的工业题材文学多表现为民族主义式的城市批判。比如，在一本题为《春风沉醉的晚上》的“1919—1949 工业题材短篇小说选”中，编者就曾试图编选出“新民主主义革命时期的工业题材短篇小说选”。该选集收入了丁玲的《消息》、欧阳山的《七年忌》、草明的《倾跌》《没有了牙齿的》、萧军的《货船》、楼适夷的《盐场》、康濯的《工人张飞虎》，以及雷加的《鳝鱼》等若干短篇小说。用编者的话说，通过这部小说集，“我们可以看到新民主主义革命历史时期中，中国工人阶级的一些生活状况和精神面貌，也可以看到当时社会生活的某些本质方面。这些小说，对于当代工业题材的专业作家以及工人业余作家，在思想和艺术上都有一定的借鉴意义”[①]。严格说来，这些反映工人阶级生活状况的小说，很难归入“工业题材”和城市小说的行列，尤其是像郁达夫的《春风沉醉的晚上》这种以城市边缘人、贫民窟的劳动妇女为写作对象的小说，仅仅是在小说结尾之处听到了“工厂的汽笛”就将其归入“工业题材”，显然有些不合时宜。

在这个意义上，我们来回答洪子诚先生有关“十七年”城市书写被严格窄化为“所谓‘工业题材’创作”，“并没有取得预期的成绩”，而且“大多显得乏味，即使是出自有经验的作家手里”[②] 的问题时，其回应便显得合情合理。工业题材小说的出现，在某种程度上意味着“左翼”文学理想的实现，即城市的“力”与“美”的呈现。对于 1949 年之后的工业题材文学而言，“力”之“美”的选择，与新中国成立之初倒向苏联的建设策略有关，即与导向重工业的生产倾向有关，体现了落后社会主义国家的急

① 参见郁达夫等《春风沉醉的晚上》，工人出版社 1984 年版，前言。
② 洪子诚：《中国当代文学史》，北京大学出版社 1999 年版，第 131 页。

迫与焦虑。重工业的“当务之急”，使得中华人民共和国成立以后的工业题材文学多集中在矿山、钢铁等“要害部门”。比如草明的《火车头》和杜鹏程的《在和平的日子里》就表现了铁路工人开天辟地的劳动热情；周立波的《铁水奔流》、艾芜的《百炼成钢》、草明的《乘风破浪》、胡万春的《钢铁世家》和程树榛的《钢铁巨人》等，都集中呈现了钢铁工人忘我的生产斗争场面；萧军的《五月的矿山》、周良思的《飞雪迎春》和李云德的《沸腾的群山》则叙述了矿山工人的壮志豪情；而张天民的《创业》讲述的则是石油工人的创业精神。此外，还有其他工业战线上各行各业的车间文学，比如刘彦林的《东风浩荡》（制药厂）、李良杰、俞云泉的《较量》（生产车间）、雷加的《潜力》三部曲（造纸厂），以及焦祖尧的《总工程师和他的女儿》（动力机厂）等。

在这些反映“作为‘领导阶级’的工人的劳动和生活，工厂、矿山、建设工地的矛盾斗争”[①] 的小说中，工业化的城市成了重要的表现对象。而此中尤为重要的是钢铁的形象及其文学意义。就小说而言，钢铁不仅与国防建设有着密切关联，更是“力”与“美”的表征，是国族生命力的隐喻。1949 年 6 月，刘少奇在论述新中国的财政经济政策时指出：中国要工业化，路只有两条：一是帝国主义，二是社会主义。因此，表明新中国初期处于“恢复时期”的工业建设，其中钢铁工业是新中国工业化建设中优先发展的基础工业。值得一提的是，钢铁这一现代化意象所包含的政治隐喻，突出地体现在“超英赶美”这一口号的民族主义立场和意识形态争辩之上。“超英赶美”被认为是毛泽东发动“大跃进”的动机之一，当时有着“以钢为纲”“三个元帅”“两个先行”的说法，其中的“三个元帅”指的便是钢铁、机械

① 洪子诚：《中国当代文学史》，北京大学出版社 1999 年版，第 131 页。

和粮食；“两个先行”则指钢铁与机械。为此，宋庆龄曾这样来描述鞍山钢铁厂的伟大形象：“在东北，历史最悠久而且最著名的工业也许要算鞍山钢铁公司了。当我们在参观这座庞大的钢铁工厂的时候，那种有组织的社会生产给我无限的激动，使我口噤不能说话。我不由得憧憬着中国人民的前途，正如钢铁一样的锻炼……钢从巨大的桶里倾出，喷射出硕大无比的火花，照耀了满天。我心里不由得想到：‘这是中国的生命力’。”① 于是，现代化不可避免地被国家理解成为工业化，而重工业也开始成为国家钦定的文学题材。这些无疑都规约着当时作家的城市想象，同时，也规约了当时作家观察城市的立场。

第二节 共同体与社会主义新城

相较于“消费城市”的繁华胜景而言，“生产城市”的简朴外观显然“乏善可陈”。因此在许多研究者看来，城市的消费景观在“十七年”的文学书写中被工业化所取代，从而顺理成章地“失去了不少审美内涵”。即便如此，其工业化的旨归连同其世俗魅力的呈现，依然使得“生产的城市”焕发出远胜乡村的吸引力。如前文所言的，在《创业史》《金光大道》等农村题材小说中，主要人物常常在两种价值选择之间徘徊：“国家工业化”，还是“农村集体化”？这双重的合法性令人无法抉择。在此之中，城市总是对农村青年构成了“致命的诱惑”②。当然，这种“诱

---

① 宋庆龄：《新中国向前迈进——东北旅行印象记》，《人民日报》1951 年 5 月 1 日第 2 版。

② 《创业史》中的徐改霞报考国棉三厂这一献身国家工业化的“崇高思想”中，依然夹杂着对城市物质文化的迷恋，“她似乎是追求工资奉养寡母的乡村闺女，她似乎是很希望嫁给一个在城市生活的小伙子。结婚对她，似乎只不过是每月几十块人民币，一双红皮鞋和一条时髦的灯芯绒窄腿裤子的集中表现而已！”与此类似，《金光大道》（第一部）（转下页）

惑”或许与“左翼”文学传统农村题材作家对城市的“狭隘”想象有关，即在不经意的城市抗拒中誓死捍卫一种朴素的乡村本位主义。在工业题材文学中，这种捍卫显然出现了某种程度的松动，即城市的合法性逐渐开始显现。

在《百炼成钢》中的张福全那里，评剧、电影、收音机等都市娱乐的吸引力便值得重视，它们显然远胜乡下“午饭后躺在树荫底下，惬意地睡一觉”的悠闲生活。此外，“低矮的房屋，晚上到亮不亮的油灯”，也让他觉得闷气，而“村里人尊敬、羡慕的眼光”，终于让他感受到了工人阶级的无上光荣。作为城市工人，张福全却难以克服身上残存的农民弱点，而物质主义的欲望则左右着自己的价值选择，由此沉浸在“工人已成为国家的领导阶级”的算计之中。与张福全不同，同样来自农村的城市工人秦德贵、李少祥，则似乎在“社会主义新人”的意识形态构想中从容屏蔽了城市物质主义的侵蚀。较之张福全，秦德贵、李少祥的思想认识更加纯粹，某种程度上可以说，他们就是工业题材文学一直呼唤的“城市里的梁生宝”和“工厂里的高大泉”，其坚定的价值选择特别耐人寻味，也使我们得以重新评估《创业史》中徐改霞的价值选择所留下的理论难题，并为城市工业和生产的合法性做出合理的辩护。

在《创业史》《三里湾》等农村题材小说中，乡下人对城市的向往总是被当作某种物质主义的追求而给予负面的评价，但在《百炼成钢》《乘风破浪》等工业题材小说中，这种城市物质主义的合法性却得到了极大改善，尽管城市的欲望在反面人物身上仍然偶有表现，但这里的价值选择似乎开始表现出城乡兼顾的特点

（接上页）中的朱铁汉后悔没和高大泉一起去北京，“我那会儿要是和他一块儿去北京，春节工厂放假，往戏园子、电影院一坐，多美！”另外，高大泉的“北京之行”也常常被人误解为“走的另一条发家的道儿，留在北京当长期工人”。

来。如在《乘风破浪》中，面对即将进城的李少祥，小兰倾诉了自己的担忧，并透露出对城市生活的艳羡："人家说城里的水和乡下的不一样，人们喝了城里的水，就不喜欢乡下，只喜欢城里，把乡下忘记啦。"然而，我们的主人公李少祥终究留下了对乡土的承诺："城里的水喝上十担、一百担，也不会变心。"他的选择当然得到了李大爷的支持，在此，后者的形象显然代表着乡土文明的"守夜人"[①] 的角色，"乡下人去建设祖国，工业化，这是好事，少祥他们这些孩子会好好干的"。[②] 于是在此，城市的负面形象逐渐隐去，尽管这种城乡伦理的价值焦虑依然存在。

至此，工业题材文学中的城市形象，终究开始焕然一新了。城市的现代性面向不断彰显，它不再是"蹲在暝色中，闪着千百只小眼睛似的灯火"的"怪兽"，而是"宽大的柏油马路"、"林园似的学校"和"云烟冲天的工厂"组成的"童话的国度"。这个"童话的国度"不禁令那些进城的招工农民充满了希望，作为城市的新主人，他们投身国家工业化的伟大豪情，终究开始遮蔽城乡二元背景中事关金钱、身份和地位的"差异政治"。于是我们看到，在《我们夫妇之间》《上海的早晨》等小说中作为消费主义遗迹出现的城市生活空间，逐渐被工业题材文学中的"公园"、"工厂礼堂"和"工人俱乐部"等新的更"卫生的"娱乐空间取代。而一派不同于以往的城市新特征也开始被建构出来，它们牢牢地将城市建立在勤俭和美德，抑制消费并且张扬劳动与生产的基础之上。这种新型的"生产的城市"显然不同于既有的城市类型划分，而看上去更像是一种"扩大

① 参见杨庆祥对路遥《人生》中德顺老汉形象的分析。杨庆祥：《路遥的多元美学谱系——以〈人生〉为原点》，《文学评论》2020 年第 5 期。

② 草明：《乘风破浪》，《草明文集》（第四卷），光明日报出版社 1992 年版，第 978 页。

了的乡村”。以至于理论家詹姆逊（Fredric Jameson）这样评价20世纪50—70年代这段社会主义时期中国的城市改造活动，“他（毛泽东）愿意中国拥有和发达国家同样的生产力和科技水平（超英赶美），却同时希望将现代生产方式、现代科技所附带的社会后果——经济、金融和政治体制、生活方式、伦理道德、文化及审美意识形态等——拒之门外。虽然这种现代化模式推行了很短的时间就显出了其乌托邦的性质，但它毕竟支配了20世纪50年代至70年代间的中国社会发展。其间，中国工业产值大幅提高，国家致力于现代化，却用行政管理方式和手段代替经济方式和手段，干预、限制其自主性，因此，尽管此时中国社会城市化比例较历史有相当的提升，城市人口激增，但城市的性质，却更多地回到前现代形态（即以行政和军事为中心的形态）”。正像他所说的，这种疑似“前现代”的城市在不经意间保留了“乡下的乏味”和“农村的愚昧”，并且“转移到一种不同的城市，一种不同的社会现实”[①]之中。这种新的城市建构显然与中华人民共和国成立之初匮乏的物质条件密切相关，背后显示出的是改造“消费城市”的坚定信念。

关于毛泽东时代的中国文学，有研究者曾这样评论：“奇怪的是，这一时期的几乎所有城市小说都相当乏味。阶级斗争贯穿、渗透了所有城乡空间。从这一角度来说，乡村与城市的观念从50年代到70年代中期都没有多大变化，只不过城市取代乡村，成了实际政治中心。”[②]这样的论断，显然隐含着一种对所谓“后社会主义”时代的某种“偏见”，却也提醒我们注意一

① ［美］弗雷德里克·詹姆逊：《文化转向》，胡亚敏等译，中国社会科学出版社2000年版，第68页。

② 刘再复：《从独白的时代到复调的时代》，转引自张英进《中国现代文学与电影中的城市：空间、时间与性别构形》，秦立彦译，江苏人民出版社2007年版，第269页。

个基本的事实：20 世纪 50—70 年代的中国城市几乎还保留着所谓的“乡下的乏味”和“农村的愚味”。同时也意味着，当时所致力于的社会主义工业化城市，也极为矛盾地保留了乡村的“共同体”结构。

按照马克斯·韦伯的理解，仅仅拥有共同的种族或语言，还不能算是“共同体”，只有让社会成员在某种方式上互相联系，在他们之间产生一种新的社会关系，进而感觉到共同的生存境况与后果，这才会出现所谓的“共同体”。进一步说，只有让社会成员在实践上频繁互动、紧密联系，情感上彼此认同、相互守望，共同体内部的美好感情才能得以维系。相反，共同体的解体则与社会联系纽带的断裂相关。对此，韦伯提出了“共同体化”与“社会化”这一组概念。所谓的“共同体化”，指的是一种主观上感觉到参与者共同属性的团体，这种共同属性可以建立在某种情感的基础上，也可以建立在传统的血缘关系上。而“社会化”指的是将社会行为的调节建立在理性的利益平衡与利益结合之上的团体。[①] 显然，这一组“共同体化”和“社会化”的概念来源于社会学家费迪南德·滕尼斯（F. Tonnies）的名著《共同体与社会》中对人类群体形态的诠释。滕尼斯认为，“共同体”具有极强的内聚力，但社群内个体的特性及诉求往往湮没在集体意识之中；而“社会”组织的结构要素具有鲜明的个体化倾向，但群体内部彼此间的联系却较为松散。同样，这种“共同体”和“社会”之间的对立，亦可以用“礼俗社会”与“法理社会”这一组概念来理解。[②]

---

① ［德］马克斯·韦伯：《经济与社会》（上卷），林荣远译，商务印书馆 1997 年版，第 70—72 页。

② 参见费孝通《乡土中国》，上海人民出版社 2006 年版，第 8 页。另见《礼俗社会与法理社会》，载汪民安、陈永国、张云鹏主编《现代性基本读本》上，河南大学出版社 2005 年版，第 57—69 页。

沿着滕尼斯“礼俗社会”与“法理社会”的理论线索，韦伯将“共同体化”与“社会化”视作两个截然相反的社会进程，现代性的“祛魅”显然包含着一个打破“共同体”，不断去情感和去传统的“社会化”过程。在这个“社会化”的过程中，原有的“共同体”不断趋于瓦解，只留下人们对昔日脉脉温情的怀念。这就像齐格蒙特·鲍曼（Zygmunt Bauman）在《共同体》一书中所描述的，“共同体总是好东西”，总会给人留下许多美好的感觉：温馨、友善、相互依靠、彼此信赖。但令人感到遗憾的是，在现代社会脉络中，“‘共同体’意味着的并不是一种我们可以获得和享受的世界，而是一种我们热切希望栖息、希望重新拥有的世界……今天，‘共同体’成了失去的天堂——但它又是一个我们热切希望重归其中的天堂，因而我们在狂热地寻找着可以把我们带到那一天堂的道路——的别名”[①]。在城市化的历史进程中，原有的乡村宗法制度逐渐消失，整个社会在一种“祛魅”的过程中不断消解共同体的边界。在此之中，乡村的血缘联系，社区的邻里温情和一切集体主义的凝聚力都开始烟消云散，而新的“法理社会”所崇尚的则是个人主义基础上的理性与自我持存。就像马克思所说的，“资产阶级撕下了罩在家庭关系上的温情脉脉的面纱，把这种关系变成了纯粹的金钱关系”，“一切坚固的东西都烟消云散了”，这无疑是现代性的馈赠。

中国的社会主义革命，也伴随着一个从“礼俗社会”向“法理社会”转型的过程。然而对于社会主义中国而言，现代化（社会化或城市化）的过程则似乎有着更为复杂的轨迹，毋宁说体现出汪晖、李杨等所指出的“反现代的现代性”特征，反映到城市

---

① ［英］齐格蒙特·鲍曼：《共同体》，欧阳景根译，江苏人民出版社2003年版，第1—4页。

建设上则突出地表现在要在城市里建设一个共同体社会。尽管中国共产党在1958年掀起的城乡“人民公社化”运动遭到历史学家的诸多质疑，但在冷战的历史氛围之中，人民公社以其自身的方式将国家经济效益与社会共同体的政治认同感的提高融为一体，又确实有着极其特殊的意义。

以文学的方式讲述城市共同体的故事，在“大跃进”时期的文学创作中并不鲜见。沈浮等编剧的电影文学剧本《万紫千红总是春》便是以“一九五八年”为叙事背景，讲述了一个上海里弄的家庭妇女如何在“大跃进”运动中“走出家庭”的故事。电影的关键角色是为配合“大跃进”而成立的“里弄生产组”。在蔡翔看来，这一生产组，不仅承担了为国营工厂加工的任务，同时它所赋予的劳动权利也有着“解放妇女”的重要意义。[①] 与小说《李双双小传》中农村合作社的叙事情节相似，以城市合作社运作情况为背景的《万紫千红总是春》也展现了合作社与个人之间的矛盾问题，从而在“城市共同体”中别开生面地提出了一个“家庭妇女参不参加建设社会主义的问题”。小说以叙事的形式展现了“城市共同体”与个人社会之间的矛盾。其中主要讲到了郑宝卿、蔡桂贞夫妇之间就是否参加集体劳动所产生的矛盾。故事中，丈夫郑宝卿处处体现出对私人生活的强调，“不吃食堂，家里的事不能耽误，晚上回家不许过九点钟”。妻子蔡桂贞则与之相反，体现出“舍小家，顾大家”的集体主义热情。当然故事最后，个人和集体之间的矛盾通过生产的发展得到了妥善解决，以证明在城市共同体中，家庭生活服从于集体生产的代价是值得的。在此，工厂不仅是一个营利性的企业，更成功扮演了一个营

① 参见蔡翔《革命/叙述：中国社会主义文学—文化想象（1949—1966）》，北京大学出版社2010年版。

造社会共同体的政治空间。不仅仅是《万紫千红总是春》，“十七年”的其他工业题材作品中，工厂不仅承担组织企业生产的任务，还要承担职工生活方面的任务，如组织托儿所、公共食堂、办学校等，这些制度形式将工人的生产与日常生活紧密联系在一起，而建构出一个城市共同体社会。尽管现在看来，“企业办社会”的方式在意识形态转型的20世纪80年代遭受诸多质疑，但在此共同体之中，工厂所创造出的凝聚感和认同感却是不可忽视的政治力量。从个人角度来说，集体生活固然侵占了个人的生活空间，但集体的庇护却奇迹般地具有激发个人主观能动性和劳动热情的重要功能。就这一点来看，特定年代的政治实践与文学想象，值得我们重新思索。

第三节 工业“风景”与“劳动乌托邦”

在工业题材文学中，“生产城市”的建构并非一句空洞的意识形态口号，而是实实在在的政治实践，即它必须诉诸工业化的城市建设。作为暧昧城市的疗救手段，从“消费的贬抑”到“机械的颂赞”，工业“风景”与工人阶级的主体性得到了张扬。由此，“劳动”书写亦成为流行趋势。尽管作为社会主义现代性的劳动本身凸显出极其非凡的意义，但“劳动的乌托邦”以其与资本主义共享的现代性（现代化），也出人意料地显露出“异化劳动”的迹象。

一 工业的“风景”

艾芜的《百炼成钢》一开始便用“移步换景”的方法，向读者展示了一段别开生面的“城市穿行”经验。小说通过赵立明带领梁景春参观城区中的工厂，让这位新来的党委书记在新奇和震惊之中，揭开工业城市的神秘面纱，而后者壮观的视觉呈现也得以让这位“城市的观光者”领略工厂的无尽“美感”，那“冲天的高炉、庞大的瓦斯库、架在空中的煤气管、无数林立的烟囱，以及许多未曾见过的东西”，令梁景春“感到无限的惊奇，仿佛进入一个童话的国度”①。接着呈现在他面前的，就是“生产战线”上的“伟大景观”：“梁景春从来没有看过房子会有这么大。楼上许多地方，没有墙壁遮挡，平炉炉门上冒出的火光，可以很清楚地看见。楼下一座座窑也似的蓄热室、沉渣室，以及各种弯曲的巨大煤气管子，显得一片乌黑。金红色的液体，从楼上流了下来。空气中散播着瓦斯气味。在原料场的外边，从平地上，耸立一排高大的烟囱，吐着轻微的颜色不同的烟子：有的淡红色，有的淡青色，有的淡黄色，有的淡灰色……。”② 小说在此，甚至就连重度污染的金属浮尘，在人物眼中也是美丽异常，“雪花也似的铁粉子，一片一片地飞了进来。梁景春好奇地走到窗边，摊开手掌接了一片，亮亮的发光”。而“真正的火线”——生产车间，那个“到处都是火”的“大房子”，更是他眼中“奇异而又美丽”的景观，这是他在“任何地方看不到的”美景。

同样，在草明的《乘风破浪》中，也有一段不同凡响的开头：“浓烟弥漫，染黑了兴隆市的上空。忽然，西边浓烟深处冒出了一团红光，冲破了黎明前的黑夜。于是，盼望天明的小鸟儿唱起来，准备迎接太阳。但是不久，红光消逝了，太阳并没有出来，小鸟儿受骗了，这片红光不是初生的太阳，而是

① 艾芜：《百炼成钢》，作家出版社 1958 年版，第 2—3 页。

② 艾芜：《百炼成钢》，作家出版社 1958 年版，第 3 页。

兴隆钢铁公司的炼铁厂在深夜里按时出铁，铁水的红流映红了半边天。”[①] 这种壮观的景象，可以和她的另一部小说《火车头》里描写的令人骄傲的“浓黑的烟柱”相媲美。在《火车头》中，草明通过“外来者”记者蔡槐清的眼睛，呈现出工业城市的壮观景象，“出了办公的大楼门口，动力车间的马达声和送风机那洪亮的声音首先撞进蔡槐清的耳朵里。他举目一看，阔大的厂房从南往北，两边密密地排列着。贯穿南北两头的是一条宽阔的汽车道；路轨像蜘蛛网一样四通八达。许多烟囱跟着厂房的排列有次序地高耸着。冒出来的黑烟在互相竞争，拼命往高空升腾。把照耀着这个场子的一角阳光也遮得暗淡起来。水塔在阳光里骄傲地屹立着，似乎对林立着的烟囱说：‘没有我，连你们也不威风！’……他一路浏览着齐整地排列着的木材、轮圈，各种不知名的器材、零件，并且引起了年轻人所独有的、丰富的、快乐的幻想——祖国如何走向工业化的幸福的远景”[②]。同样，程树榛的《钢铁巨人》也是通过“外来者”，即到上海东方机器厂参观的王永刚之眼，表现工业新城的美景，“王永刚把头从车窗里伸出来。远远地看到了那一片宏伟的建筑物，如林的烟囱，蛛网般的脚手架，高压电线象一条条无限长的怪蟒，把头汇聚在一个地方，身子向四方伸展。骤然，厂房上空升起一片金黄色的雾霭，不断地向天空扩展，啊！‘炼钢’又出钢了。党支部书记的精神不由为之一振，旅途的倦意一下子消失了，他又聚精会神地欣赏起这工业新城的容貌”[③]。

然而就在二十年以前，在诗人艾青的作品中，同样是烟囱、

① 草明：《乘风破浪》，见《草明文集》（第四卷），光明日报出版社 1992 年版，第 975 页。

② 草明：《火车头》，见《草明文集》（第三卷），光明日报出版社 1992 年版，第 840 页。

③ 程树榛：《钢铁巨人》，人民文学出版社上海分社 1966 年版，第 63 页。

厂房和工业化的“壮观场面”，却是另外一番景象。在长诗《马赛》中，那个“盗匪的故乡”，“怕的城市”呈现出的完全是一番令人作呕的工业景观：“午时的太阳”，它“嫖客般”凝视着厂房之间“高高的烟囱”，而“烟囱”这个“为资本所奸淫了的女子”，所喷发的“弃妇之披发般的黑色的煤烟”，则“像肺结核病患者的灰色的痰似的”，工人们“摇摇摆摆”走向“这重病的工厂”；而在《巴黎》中，艾青把巴黎比作“解散了绯红的衣裤/赤裸着一片鲜美的肉/任性的淫荡”的“患了歇斯底里的美丽的妓女”。这样一种充满剥削压迫的“魔都式”城市想象，在刘呐鸥、穆时英等“新感觉派”小说家对上海的书写中得到了发扬。如果说“帝国主义的欧罗巴”和“消费主义的上海”，都在揭示资本主义的腐朽和堕落，那么社会主义的城市又是如何使其工业景观突获“美感”的呢？也就是说，“解放的叙述”是何以确保社会主义工业化景观在情感层面得以证明的呢？这就不得不从“主体”的角度予以考察。

同样的景观，在不同的主体那里会激起不同的感受，从而呈现出不同的“风景”，这种“风景之发现”就是日本学者柄谷行人在其名著《日本现代文学的起源》中所揭示的“认识论的颠倒”。在他看来，“风景之发现”“并不是存在于由过去至现在的直线性历史之中，而是存在于某种扭曲的、颠倒了的时间性中。已经习惯了风景者看不到这种扭曲”。因此，“所谓风景乃是一种认识性的装置，这个装置一旦成形出现，其起源便被掩盖起来了”。柄谷行人通过分析国木田独步的《难忘的人们》，揭示出“风景的发现”与“孤独的内心”的密切联系，即“只有在对周围外部的东西没有关心的‘内在的人’（inner man）那里，风景才能得以发现。风景乃是被无视‘外部’的人发现的。”这种“内”与“外”的颠倒，无疑是“符号论式的认识装置的颠倒”。

问题的复杂在于，“风景一旦确立之后，其起源则被忘却了。这个风景从一开始便仿佛是存在于外部的客观之物似的”。因此，“风景的发现”其实是一个“超越论式的倒置”，它隐含着“内面的发现”的问题。柄谷行人借此分析明治20年代末的“言文一致”这种现代性制度与民族国家文学形成的关系。他通过“文学”与“风景”的论述，其意在阐明“内在”或“内面”的问题，即“主体”的起源是一个容易被忘却的“装置”①。

依据柄谷行人的理论，相对于20世纪30年代的城市书写，如果将《百炼成钢》《乘风破浪》等工业题材文学中的城市景观看作“风景的发现”，那么其后隐藏的“认识论装置”，即“主体”的问题便值得讨论。在中国革命的历史脉络中，无产阶级的解放无疑是一个重大事件。随着1949年中华人民共和国成立，它宣告了一种新的历史主体的形成，进而揭示出社会主义革命理论从“空洞”到“实然”的历史“跨越”。这种“历史”的变化使他们获得了一种明确的“阶级意识”，从而在一种新的历史结构中占据了“主体的位置”。尽管这种主体性只是一种意识形态的“构造”，依赖于“表述的想象性歪曲”，但在阿尔都塞的意义上，“个人与其实在生存条件的想象关系的‘表述’”，却是不可或缺的实在之物。在阿尔都塞看来，“意识形态具有一种物质的存在”，也就是说，“每一个被赋予了‘意识’的主体，会信仰由这种‘意识’所激发出来的、自由接受的‘观念’，同时，这个主体一定会‘按照他的观念行动’，因而也一定会把自己作为一个自由主体的观念纳入他的物质实践的行为”②。其中，“解放”便

① ［日］柄谷行人：《日本现代文学的起源》，赵京华译，生活·读书·新知三联书店2003年版，第10—24页。

② ［法］路易·阿尔都塞：《意识形态与意识形态国家机器（研究笔记）》，陈越编《哲学与政治：阿尔都塞读本》，吉林人民出版社2003年版，第356—358页。

具有了一种触目可及的“实在性”，而非空洞的意识形态灌输，因此，这种“主体的位置”实际上意味着一种牢固的切身体验，一种翻身做主人的身体实践。其中，最为明显的体验便来自中华人民共和国成立前后个人处境的对比。

在罗丹的《风雨的黎明》中，老工人解年魁和刚接手钢厂的宋则周在一片死寂的鞍钢厂房区谈论、畅想着鞍钢的“全景”。然而，他们所谈论的“全景”却有着极为明显的今昔之别：“大大小小，上二百条烟囱里。你还没看到，全冒起烟来可真是……还有出焦出铁的红光哪，那才是制钢所的全景……”，解年魁静默了一会，却忽然转变了口气，“咱们工人，象给财主家干活的长工，给日本人牛马一样使唤，过的是黑天暗地的日子……咱们长年长月流汗流血，不知死了多少工人！全景了。可全景又有什么用！没咱们工人的份，都是日本人的……如今，日本人败了，国民党也该败。监委说的是，咱们变成制钢所的主人了”。解年魁笑了，“日后烟囱都冒了烟，这才是咱们自己的全景……”①。正是因为这种“主体性”的获得和阶级自觉，才杜绝了工人们在日本人时代养成的“落三锤，歇五锤”的消极怠工习惯，以及弥漫四溢的“看牌九”“坐车”等恶习。② 因此，正如小说中人物所说的，“工作要做好，必须要他们弄清楚了究竟为谁工作，才能把他们的被动、雇佣思想变为主动的，积极的”。用《原动力》

① 罗丹：《风雨的黎明》，中国青年出版社 1959 年版，第 162 页。

② 小说中这样写道：“百吨吊车工石宝树，吊着盛满钢水的钢桶铸锭时，故意弄得晃晃摇摇，以致钢水溅洒到钢锭模边上，溅洒到铸坑里和铁轨上，简直洒得满哪儿都是，就象石宝树常常从百吨吊车顶上朝下面撒尿似的。掌握压钢棒的铸锭工曹宗荣，弄得钢水象拉稀一样，哗哗四处淌，有时钢流又小得象根红线朝下流。由于温度不够，有大量的钢水冻结在钢桶里。”这种政治和经济的总体性压迫下，工人们将自己的不满情绪通过某种破坏性的方式表现出来的形式，被詹姆斯·斯科特（J. C. Scott）称为“弱者的武器”。参见［美］詹姆斯·斯科特《弱者的武器：农民反抗的日常形式》，郑广怀等译，译林出版社 2007 年版。

中李占春的话说，“以往多好，也不过是日本人的；现在多破，到底是咱中国的啊”。只有民族自觉和解放，以及无产阶级主人翁意识的获得，才能使得同样的城市工业化呈现出不同以往的景观，这就是“内面”与“风景之发现”的重要关系。隐藏其间的，无疑是主体性建构和意识形态物质性实践的内在展开。

在“十七年”工业题材小说中，以“解放”的叙事而获得的无产阶级主体性的声张，几乎随处可见。在此之中，随着“内面”的展开，在意识形态的观念领域内，工人和劳动都获得了非凡的意义。比如，萧军的《五月的矿山》，开篇即在解放的叙述中呈现了乌金市解放后的第一个节日——五一节的“忙碌、兴奋，几乎陷在一种狂热”[①] 的胜景。如果说这里的工人阶级通过劳动节的庆祝和生产的凸显，所要张扬的是一种“阶级意识”，一种阶级解放所带来的历史性跨越，那么接下来的一段话则体现了这种“历史跨越”所包含的民族主义内涵：“今天它终于又复归于中国人民所掌有、所开发，它将要更大量地供给全中国最多和最好的煤底食量，喂养着所有的轮船和火车、工厂和作坊底发动机。这里的工人阶级，他们如今明白了这一目的，也就是为了这一目的，他们愉快地、骄傲地、不知疲倦地工作着……。”[②] 因此毫不意外，小说之中那句“要做好自己矿山的主人啊!”具有阶级解放和民族解放的双重意义。

二 “劳动”：现代性的发现

新的人民政权之下，工人阶级主体意识的张扬，直接催生了

① 萧军：《五月的矿山》，作家出版社 1954 年版，第 1 页。
② 萧军：《五月的矿山》，作家出版社 1954 年版，第 4 页。

“十七年”文学中对“劳动”意义的强调和凸显，这也意味着在“生产的城市”的积极建构过程中，生产实践的具体环节——劳动及其相关的表述，毫无意外地被置于优先考察的地位。这一点毫不奇怪，纵观整个20世纪的中国“左翼”文化，“劳动”的非凡意义也被持续强调。这就像蔡翔所指出的：“正是‘劳动’这一概念的破土而出，才可能提出谁才是这个世界的真正的创造主体的革命性问题。这一命题深刻地影响了20世纪的中国。”① 其实，“劳动”意义的发现、张扬，不仅是20世纪中国的一个划时代事件，对于整个世界的影响也极为深远。众所周知，“劳动”的最初含义有着辛劳和痛苦的意思。在几乎所有的欧洲语言中，“劳动”一词都与“痛苦”和“费力”的含义相连，而从事劳动的人也被赋予无法摆脱的动物特性，而被极力蔑视。在亚里士多德看来，从事劳动的奴隶就不配具有人的称谓，这与《孟子》中的名句——“劳心者治人，劳力者治于人”是如此相似。

在亚里士多德看来，“人是政治的动物”②，在他那里，所谓的“人”只包括城邦的自由民，或者更确切地说，城邦公民的自由才是人性的所在。因此，公民要想获得自由，就必须摆脱劳动的束缚，并且力求控制他人，通过占有他人的劳动来实现这种自由。而劳动地位的改变，只是近代以来的一个“发明”。按照中世纪基督教的观点，劳动作为一种罪的报应和惩罚的观点，直到新教时代才获得正面的独立价值，被看作一种富有意义的人类成

① 蔡翔：《〈地板〉：政治辩论和法令的“情理”化——劳动或者劳动乌托邦的叙述（之一）》，《文艺理论与批评》2009年第5期。

② 亚里士多德最著名的论点是“就其本性而言，人是一个政治动物”。类似的命题在《政治学》中随处可见，在《尼各马可伦理学》中亦反复出现，如“人类自然是倾向于城邦生活的动物”，“人是政治生物，天性趋于与他人一同生活”，“人是为成为公民而生的”。然而有学者指出，此乃以讹传讹，原本语义在《政治学》的上下文中，意思是“城邦”，而不是“政治”；政治，在汉语语境中是上层建筑，是管理社会（城邦）的活动。

就。因此，如汉娜·阿伦特（Hannah Arendt）所说的，亚里士多德把人定义为政治的动物，这奠定了西方传统政治价值观的基础；那么在此基础上，马克思把人定义为“劳动的动物”，则意味着对于这一传统政治价值观的深刻颠覆。也就是从这个时候开始，作为人类活动的劳动，名正言顺地进入公共政治领域之中。

事实上，当马克思郑重地提出“人是劳动的动物”时，劳动已然被尊崇到了一个历史的高位。“劳动创造人类”，劳动才是人性的源泉，则显然是对于“上帝创造人类”的深刻颠覆。所以在阿伦特看来，“马克思挑战了神明，挑战了传统的对劳动的评价，挑战了传统对理性的赞美”[①]。从这个意义上来看，马克思显然是“劳动”概念的最深刻的阐释者。他的“劳动价值论”以及对于劳动关系的探讨，不仅揭示了“资本”和“剩余价值”的“历史之谜”，也由此确立了作为劳动者的“无产阶级”的主体性和历史意识。用阿伦特的话说，对劳动的阐释和赞美，是马克思学说真正反传统的一个未曾有的侧面，“马克思是19世纪唯一的使用哲学用语真挚地述说了19世纪的重要事件——劳动的解放的思想家”[②]。

众所周知，马克思的“劳动价值论”对现代中国的影响极为深远。1918年，较早关注俄国十月革命，并自觉接受马克思主义训练的李大钊，在其名文《庶民的胜利》中向全世界庄严宣告，“劳工主义的战胜，也是庶民的胜利”，这是一种“新命的诞生”和“新纪元的创造”，他进而呼吁，“须知今后的世界，变成劳工的世界。我们应该用此潮流为使一切人人变成工人的机会”，“我们要想在世界上当一个庶民，应该在世界上当一个工人”[③]。在李

① 贺照田主编：《西方现代性的曲折与展开》，吉林人民出版社2002年版，第402页。

② ［美］汉娜·阿伦特：《马克思与西方政治思想传统》，孙传钊译，江苏人民出版社2007年版，第12页。

③ 李大钊：《庶民的胜利》，《新青年》1918年第5卷第5号。

大钊的理论体系里，“庶民的胜利”指向了一个“布尔什维克主义的胜利”的总体性目标，也是在这个意义上，他满怀激情地宣布：“由今以后，到处所见的都是布尔什维主义战胜的旗。到处所闻的，都是布尔什维主义的凯歌的声，人道的警钟响了，自由的曙光现了，试看将来的环球，必是赤旗的世界。”① 而与李大钊同一时期的另一位五四新文化运动先驱蔡元培也曾高呼“劳工神圣”，断言“此后的世界，全是劳工的世界”②。

倘若蔡元培所论及的“劳工”概念还存在着稍微宽泛的理解，那么到了陈独秀这里，“劳工”一词则更具朴素的道德意识和激进的阶级立场，他将之概括为“一切的体力劳动者”和“下层民众”。如其所呼吁的，“我以为只有做工的人最有用、最贵重”，而“劳动者底觉悟”所指向的，是“劳力者治人，劳心者治于人”的政治结构变局。③ 这几乎开启了此后“左翼”文化思想中的“劳动”脉络，至此之后，“劳动”，尤其是“体力劳动”被郑重地视为一种具有崇高思想内涵的伟大行动。这一点，在毛泽东文艺思想中有十分清楚的表述，即“劳动”和“劳动人民”被赋予了特殊的道德、政治和审美价值，也奠定了其至高无上的思想地位。其实，毛泽东试图确立一种关于“劳动”的道德与政治：“拿未曾改造的知识分子和工人农民比较，就觉得知识分子不干净了……这就叫做感情起了变化，由一个阶级变到另一个阶级。”④ 在研究者看来，毛泽东关于“劳动”价值的表述并不完全等同于马克思主义政治经济学所理解的“劳动价值”。毛泽东的论述并不是肯定劳动的“脏”和“累”，而是强调

---

① 李大钊：《Bolshevism 的胜利》，《新青年》1918 年第 5 卷第 5 号。

② 蔡元培：《劳工神圣》，《新青年》1920 年第 7 卷第 6 号。

③ 陈独秀：《劳动者底觉悟》，《新青年》1920 年第 7 卷第 6 号。

④ 毛泽东：《在延安文艺座谈会上的讲话》（1942 年 5 月），《毛泽东选集》（第三卷），人民出版社 1991 年版，第 851 页。

“劳动”对“知识分子”的改造作用，即对“体力劳动”和“庶民”的一种认同和感情，而对“劳动”的感情又可被转喻为一种阶级的感情。这种阶级感情进而可以上升为一种政治觉悟，所谓“感情起了变化”，正在于对阶级归属的认同态度发生了变化。

正是在这个意义上，作为生存和生产方式的“劳动”，或更确切地说“体力劳动”，在20世纪中国文化的脉络中被赋予了多重内涵。在此前提下，将“劳动”道德化或政治化，甚至由此滋生的“劳动崇拜”倾向，也几乎奠定了社会主义文化的基本价值理念，这不仅是对传统民间伦理中“劳动美德”的创造性转化，更是一种新的阶级意识和情感形式的生动体现。

于是，“劳动”及其相关的表述也毫无意外地成了社会主义时代文学的重要概念。因此，在劳动价值崇拜之下，劳动的崇高地位、劳动者的美德，或者更具体的热火朝天的劳动场景，往往成为社会主义文学着力表现的对象。这一点在“十七年”时期的工业题材文学中表现得更加明显。随着“生产城市”的建构过程的展开，工人阶级的劳动更是为社会主义“劳动观”的建构提供了完整的伦理、道德和政治的维度。如果说“劳动”在马克思主义理论中的重要性在于，它依赖“无产阶级”这一概念，“展开一种既是民族的，也是世界的政治—政权的想像和实践活动”，那么在“十七年”的工业题材文学中，“劳动”及其相关表述则被限定在城市工人阶级这里，尽管这里的工人很大程度上来自农村。在此，“劳动者”的主体地位，“不仅是政治的、经济的，也是伦理的和情感的，并进而要求创造一个新的‘生活世界’”①。这显然

① 蔡翔：《〈地板〉：政治辩论和法令的“情理”化——劳动或者劳动乌托邦的叙述(之一)》，《文艺理论与批评》2009年第5期。

不同于当时农村题材作品对于劳动观念的本土化塑造。因此，这里展开的关于劳动的"道德化"与"审美化"，劳动的世界性与民族主义立场，以及劳动的解放抑或异化之间的复杂联系都值得人们认真思索。

三 "劳动乌托邦"的建构

关于劳动的表述，杜鹏程的《在和平的日子里》是一个极富意味的样本。在这篇小说中，作者通过诗意的笔触，借知识分子气质的劳动者韦珍之眼，为读者展现了工地上壮观的劳动场景。在这里，韦珍头一回见识到"排山倒海似的劳动场面"，"头一回和这么多创造世界的人一块激烈地战斗"，"头一回看到日常生活中的平凡人，怎么象获得法术似的，一下子变得宽阔、高大、威武"，"头一回知道什么叫：'满眼是力量'"，"头一回体验到：她曾经用死背工夫记忆的抽象语言，就在这一眨眼工夫变成活生生的景象"[①]。面对如此热烈的情境，韦珍的反应耐人寻味，她相继表现出震惊和诧异，臣服与认同，以及思想上成长等情感的明显变化，这当然可以视作一次意识形态的奇观。不仅如此，她还"头一回"见识到，真正的劳动让人觉着"有火在心里烧，有力量在身上扩张"，进而"成了一个顶天立地的好汉"的感觉。这便在不经意之间凸显出"劳动"的双重意涵：一方面，劳动的伟大在于马克思主义理论有关"劳动创造历史"的意识形态宣谕；另一方面，劳动作为个人的自我修养和教育，也存在着意识形态规训的重要功能。小说为了凸显劳动场景的感染力，还引入了令一位老工程师（另一位知识分子气质的人

---

① 杜鹏程：《在和平的日子里》，人民文学出版社 1958 年版，第 114—115 页。

物）深受感动的情景："这一刻，老工程师不是也跳着，跑着，叫着，指挥着，像是返老还童了？他眼力不够使，腿不灵便，不时地跌跤。他一次又一次地从泥水中爬起来……他和大伙一块劳动，一块战斗，一块欢乐。这，这就是人生最美妙，最充实，最幸福的时刻！"①

就像前文所说的，中华人民共和国的成立为激发工人的阶级情感和民族意识，并由此建构一种"历史的主体性"创造了条件。这里的深刻寓意在于，这种"主体性"的意识使得再苦再累的"劳动"，在工人阶级的积极分子那里，也会变得"欢乐"和"美妙"。繁重的"劳动"，亦会让人体会"最幸福的时刻"！作为苦役的劳动，也能让人体会到真正的幸福，这里显然体现的是神圣劳动所具有的意识形态的崇高位置。正像小说中人物所说的，社会主义的使命在于，"把任何美好的想象，立即变为蓝图，把蓝图立即变为体现中国人民伟大气魄的建筑物"。而这一切都得需要劳动才能完成，正所谓"劳动创造历史"，创造一个令人振奋的、崭新的历史，这是劳动的乐趣所在；"无数蓝图变成实物的具体而生动的感觉"，能够使人"得到坚定的信心，得到无穷无尽的乐趣"，这也是社会主义的意义所在。同样，草明的《火车头》中也有一段刘国梁对劳动"美景"的发现："人们敏捷的动作都表现着智慧和力量，闪来闪去的各种光和颜色，更增加了动的工场的美丽——这种景色，曾经使历来的无数工人们迷恋过，但是他们不久以前才知道：如果离开了人，离开了劳动者，工场就一无所成，美丽也不存在。他们不久以前才知道：世界上最美好的东西，是从工场里制造出来的。他们是世界上的功臣和主人。刘国梁一面走一面想，越想就越体会到马克思的'工人创

① 杜鹏程：《在和平的日子里》，人民文学出版社1958年版，第115页。

造文明世界’这句名言的深刻意义。”[①] 在刘国梁这里，“劳动”的“景致”，与马克思主义有关“工人创造文明世界”，“人是生产力中最活跃的因素”的理念密切相关。

关于劳动在马克思主义唯物史观中的位置，普遍的表述在于，人类的历史是在劳动中写就的。因此，当人们在谈论“人在历史中成长”的时候，毋宁说这其实是在表述，人在“劳动”中成长。关于这些理论的演绎，20 世纪 50 年代的工人文学体现得非常明显。如天津的工人作家董迺相，就曾创作了一篇小说，题目叫作《我的老婆》。小说讲述了一个落后妇女被改造成先进人物的故事。在这个故事中，“我”的那位起先并不愿意参加“工友家属座谈会”的落后的老婆，在“演戏”的诱骗下终于参加了会议，但她的思想状态的真正变化，还是得从她参观新时代的工厂，见识了壮丽的劳动场景之后才开始出现。用小说的话说，她的性格发生了极大的变化，不仅一扫旧社会的不良习气，还开始学会了理解和识字，并且能够当家主事。这一类型的故事，在新中国成立之初的工人题材文学中极为普遍。这些讲述“工人中间的落后分子如何转变而成为积极分子，而且比一般的积极分子更积极”的故事，是“变动着的生活现象中发见最普遍而基本的斗争”。在这些“新与旧的斗争”中，“人的改造是属于这一范畴的”[②]。只不过问题在于，这类改造为何总是通过劳动来完成，这确实是一个饶有兴味的问题。

“十七年”时期的小说，是极为注重思想转变问题的。它们总是将人物的弱点和偏见归结为思想问题，而一切的思想问题都是可以得到疗救的。面对“思想的问题”，劳动的感染力，便是

① 草明：《火车头》，见《草明文集》（第三卷），光明日报出版社 1992 年版，第 854 页。

② 茅盾：《关于反映工人生活的作品》，《文艺报》1950 年第 2 卷第 1 期。

疗救的一种途径。说起劳动所带来的思想转变，艾芜的《百炼成钢》值得分析。小说里，自私自利的“第一炼钢能手”袁廷发，便是在秦德贵的劳动与诚意中发生自觉的思想转变的。而在草明的《乘风破浪》中，无论是落后分子易大光，还是技术官僚宋紫峰，都是在见证工人阶级忘我劳动的壮观场景之后才实现“思想改造”的。而在此后类似题材小说的结尾，那些一味秉承技术理性，而无视群众劳动热情的厂长、技术员形象，也都是在劳动的感化中或隐或显地实现思想转变的。《创业》中的章易之便是如此，小说这样写道，他“被眼前这个工人的宽阔胸怀、英雄气概，对马克思主义的理解和对他本人的一片赤诚所震动、所教育、所感染”。于是，“自己半生所经历的道路闪电般地在脑海里闪过”，终于开始幡然悔悟！

然而值得注意的是，这种作为疗救思想的重要手段的劳动，有时候也会带来一些棘手的问题。比如，“十七年”小说中，往往有一类极为顽固的官僚主义者，他们的思想转变显然难度极高。面对这一类人群，小说不得不下一“猛药”——往往以主人公，即那些先进的工人积极分子，以他们在忘我的劳动中留下的“身体创伤”为代价，来获取更高意义上的劳动感染力。在此，劳动的可贵，总是通过某种身体的极端经验体现出来。《百炼成钢》中的秦德贵是这样，他奋不顾身抢救平炉，结果身受重伤；《乘风破浪》中的李少祥也是这样，他与秦德贵也有着几乎相同的遭遇；而到了张天民的《创业》里，劳动中的身体创伤，以及赋予这种创伤的政治性想象，都被发挥到了极致。小说中，“铁人”周铁杉在身负重伤的情况下，用身体做搅拌机实践“石油会战”的劳动本色，也被后世称为“铁人精神”。当然，对于小说的作者来说，他们都是希望通过这种“身体”的极端体验，来书写一种“劳动的激情”。即如评论者所说的，希望通过“对‘社会主义建设’和‘集体劳动’的浪漫想象同时也建构关于‘身体’的浪漫想象和极端体验”[①]。在这种极端体验中，身体的愉悦和劳动的激情，是由无产阶级的“主体性”，即某种意识形态的假设作为支撑的。“劳动”被“民族国家”“阶级”和“革命”等诸多话语建构成一个巨大的话语“生产场”。在此，“工人阶级”和“城市”所展现出来的新面貌，都以这些话语的展开为基本导向。无论是“社会主义建设”“大跃进”，还是工业战线上的“两条路线的斗争”，支撑解放的主体政治实践的动力，都来自一种前所未有的精神激情与愉悦。在这种“快感”之下，有一种“自由”“解放”“当家做主”的时代激情。这种“内面”的发现与展开之中，劳动的快感所透露的正是“社会主义时代的文化逻辑与文化政治”。

四 “社会主义劳动”：解放与“异化”的边界

行文至此，我们不禁会提出那个问题，劳动究竟是苦役，还是快乐？正如李杨曾借用“虐恋”的观点对《红岩》所作的阐释。他是这样讨论革命者受刑时的心理体验的，“在《红岩》中，受刑越重的人反而显得越不可战胜，对暴力的接纳与承受成为他们通向神性的资本”[②]。他所强调的是，身体的极端体验与一种神性维度的紧密联系。倘若我们将同样的逻辑挪用到关于劳动与主体性之间关系的讨论上来，就会发现，劳动生产中的“向死而生”所具有的“粗暴与诗意之美”，其实是值得认真探究的。革

① 李祖德：《劳动、性别、身体与文化政治——论“十七年”文学的“劳动”叙述及其情感与形式》，《重庆师范大学学报》2010 年第 3 期。

② 李杨：《50—70 年代中国文学经典再解读》，山东教育出版社 2003 年版，第 201 页。

命年代的“向死而生”，与生产年代的劳动与牺牲，都是依靠身体的“实践”（抑或“表演”）而得以实现的。在那个“生产第一要紧”的建设年代里，劳动的效率也是革命律令的一种，因此与其说“劳动美学取代了牺牲美学，劳动美学成了革命的身体最重要标准”[①]，不如说“劳动美学”延续了“牺牲美学”的逻辑，生产也是革命，劳动亦是战斗。在《百炼成钢》和《乘风破浪》的最后，主人公秦德贵和李少祥都以受伤的身体赢得了生产上的胜利，与此同时，也收获了各自的爱情，这就像《创业》中最后喷涌而出的石油一样，是对忘我牺牲的劳动者的最高奖赏。

在此，作为一项由身体参与的物质性生产实践，劳动类似于韦伯所说的“神圣天职”，都具有一种不容忽视的精神性特征，为了这种信仰的纯洁，身体往往可以弃之不顾。“对政治经济制度来说，身体的理想类型是机器人。机器人是作为劳动力的身体得以‘功能’解放的圆满模式，是绝对的、无性别的理性生产的外推。”[②] 新中国所需要的理想的身体类型就是这种无限生产的“机器人”，或者如《创业》中张天民所诠释的“铁人”。就像汪民安所说的：“福柯关注的历史，是身体遭受惩罚的历史，是身体被纳入到生产计划和生产目的中的历史，是权力将身体作为一个驯服的生产工具进行改造的历史；那是个生产主义的历史。”[③] 某种程度上可以说，社会主义时代的工业生产，也可以纳入这种“生产主义的历史”之中。“新的人民的文艺”时代所建构的工人阶级主体性，赋予劳动一种“超级意识形态”的崇高位置。在此情形之中，劳动是积极的，是健康的，是美的，也是无上光荣的。

---

① 葛红兵、宋耕：《身体政治》，上海三联书店 2005 年版，第 91 页。

② ［法］让·鲍德里亚：《身体，或符号的巨大坟墓》，汪民安、陈永国编《后身体：文化、权力和生命政治学》，吉林人民出版社 2003 年版，第 53 页。

③ 汪民安、陈永国编：《后身体：文化、权力和生命政治学》，吉林人民出版社 2003 年版，第 20 页。

不仅如此，在一种快感机制之下，劳动还会使人产生一种意识形态的快感。而残缺与伤痛的身体，更加深了这种“快感”。

唐小兵在分析话剧《千万不要忘记》时，曾一针见血地指出了社会主义意识形态中工业生产与日常生活焦虑之间的复杂联系，在他看来：“这样一个以大规模工业生产为出发点的社会组织方案，与其说反映了意识形态选择，不如说是由现代工业的基本逻辑所决定的。大规模、高效率的工厂工作必须依靠纪律化、组织化的劳动大军，因此现代工业生产的一个重要环节就是确保劳动力的再生产。对于这一点，美国20世纪初的大工业家亨利·福特有同样清晰、深刻的认识。在所谓的‘福特方式’或‘福特式现代化’里，便包括工人组织家庭生活，安排业余时间，发展生活情趣这样一些重要项目，其目的是确保和提高工业‘新人’的生产力，而手段也正是全面控制工人的私人时间和空间。”① 而在“十七年”工业题材文学作品里，社会主义似乎同样以“向死而生”的方式建构了一种“劳动崇拜”的意识形态，其目的也是为了促进现代工业生产。因此，无产阶级在实现了阶级解放和民族解放之后，接着便陷入现代工业主义的牢笼之中。这正如梅斯纳所分析的，“毛泽东的苦行主义与反传统主义之间的联系遵循着一种西方的理性模式和社会经济发展模式”②。换言之，劳动及其劳动崇拜与个体的不自由实际上是紧紧联系在一起的。

由此我们可以看到，正是由于解放带来的翻身意识与这种工业主义的控制，使社会主义时代人们内心的自由与现实的不自由构成了一种矛盾关系。顺着这种矛盾状况来思索，或许我们可以

① 唐小兵：《〈千万不要忘记〉的历史意义——关于日常生活的焦虑及其现代性》，《再解读——大众文艺与意识形态》，北京大学出版社2007年版，第228页。

② ［美］莫里斯·梅斯纳：《毛泽东的中国及其发展——中华人民共和国史》，张瑛等译，社会科学文献出版社1992年版，第115页。

关注一下社会主义时代的劳动异化问题。这似乎又回到了阿伦特关于马克思劳动价值理论的批评。阿伦特认为，劳动之所以获得重大的社会意义和政治意义，这既是近代资本主义发展的结果，也是它的一个标志性现象。“劳动”以及“劳动阶级”的解放，当然意味着人类社会朝着非暴力方向的极大进步，但并不意味人类社会向自由的进步。阿伦特对马克思认同资本主义制度的历史必然性极为不满，她指出：“劳动在现代得到提升的原因恰恰在于它的‘生产性’，马克思看似大逆不道的观点——劳动（而非上帝）创造了人，或劳动（而非理性）使人区别于其他动物，只不过是整个现代都一致同意的某种观点的最连贯和最激进的表述。”[①] 也就是说，马克思是在接受了资本主义现代性的前提下展开资本主义批判的。她认为，马克思没有看到劳动社会无限制地扩大物质生产，使人越来越走向“劳动崇拜”以及随之而来的不自由，从而使历史越来越具有必然性。因此，马克思对劳动的赞美隐含着对强制、自然必然性的赞美和对自由的攻击。在她看来，马克思“劳动”概念隐含着根本的矛盾，即他一方面把人定义为“劳动的动物”；一方面又期待未来社会是从劳动中获得解放的“自由王国”，因此不得不徘徊于“生产性的奴役和非生产性的自由的痛苦选择”之中。

尽管阿伦特对马克思的理解来源于“她把异化劳动当作了马克思劳动概念的全部内容，进而把对异化劳动的批判变成了对劳动本身的批判，最后走向一种彻底乌托邦式的反资本主义立场，并试图以此来超越马克思对资本主义的经典批判”[②]。实际上，在

① ［美］汉娜·阿伦特：《人的境况》，王寅丽译，上海人民出版社2009年版，第64页。

② 李志军：《马克思的劳动概念与政治哲学——兼评阿伦特对马克思“劳动”论题的批判》，《江西社会科学》2009年第11期。

马克思看来，劳动的异化意味着人的本质的全面丧失，本真的劳动是“自由的、全面的劳动”，这才是人的自由本质的真正实现。“在奴隶劳动、徭役劳动、雇佣劳动这样一些劳动的历史形式下，劳动始终是令人厌恶的事情，始终是外在的强制劳动，而与此相反，不劳动却是‘自由和幸福’。”① 除了我们所熟知的现代资本主义劳动，几乎所有传统意义上的劳动在马克思那里都被归结为异化劳动，它是社会生产组织的特殊形式，最终必然会被历史所超越，这也是社会主义的“本真的劳动”所指向的“自由的、全面的”乌托邦远景。

然而，中国的社会主义实践，并没有超越现代资本主义的生产模式。甚至在某种意义上，它们共享了“工业化”这一现代生产逻辑。正是源于“超英赶美”的“落后焦虑”，社会主义时代的工人阶级不得不在“解放感”和“尊严感”的激励下，在民族独立和阶级翻身的激情中，去竭力追求和享受劳动的“苦役”，这其实是“生产城市”建构过程中的无法忽视的矛盾。在此之中，“自由的、全面的”的幸福远景也被置于遥远的“乌托邦之境”：“将来到了社会主义社会，资本家没有了，人人都有活干；人人都有文化，咱们每个人都有所洋房子，带小花园的；老娘们也和老爷们一样干活。说上班时大伙都穿工服，一下了班，大伙就都换的干干净净，上业余大学，上夜党校，赶到星期六有晚会，老娘们还穿的漂漂亮亮的去跳舞。”② 这是草明在小说《火车头》里向读者描述的社会主义幸福远景，为了这一远景的到来，此刻的我们都必须努力地劳动，投身到社会主义工业化的建设中。尽管在这个过程中，人们已然清楚，“单纯以加强劳动强度

① 《马克思恩格斯全集》第46卷，人民出版社1977年版，第112—113页。

② 草明：《火车头》，《草明文集》（第三卷），光明日报出版社1992年版，第849页。

来完成生产计划是资本主义国家的方法"，而社会主义的优越性在于，能够"发挥工人阶级的创造性"。但是也不得不承认，工人阶级的创造性往往是以积极性为基础的，即主动参与到劳动的"苦役"之中。

第四节　工业题材文学的文化政治

如果说"劳动崇拜"或"劳动拜物教"，某种程度上构成了"十七年"工业题材文学的核心观念，并以此呈现出社会主义工业化与资本主义工业主义共享的现代性结构，那么这种劳动的具体展开过程，以及围绕周边所发生的意识形态争斗，则更为明显地揭示出中国现代性的复杂脉络。在"生产的城市"的建构过程中，工业题材文学凸显出它的核心矛盾，即"激情"与"理性"的冲突，此处的"激情"成为一种社会主义意识形态的表达方式，也是疗救资本主义科层制现代性的重要手段，当然，在"冲破规程"的背后，也隐藏着社会主义的意识形态争辩和第三世界的现代性焦虑。

为了建设一个"生产的城市"，工厂或车间当仁不让地成为"十七年"工业题材文学的核心空间。以文学的形式，这一"空间的生产"，标示出社会主义工业生产的空间性和政治性。在《空间政治学的反思》中，亨利·列斐伏尔反复重申："有一种空间政治学存在，因为空间是政治的。"① 在"空间政治学"的理论视域中，空间不再是客观中性的场所，而是经济生产、政治统治与文化观念的斗争领域。在列斐伏尔看来，"人们自己创造自己

① ［法］亨利·列斐伏尔：《空间政治学的反思》，陈志梧译，载包亚明主编《现代性与空间的生产》，上海教育出版社2003年版，第67页。

的历史”，这样的表述完全可以替换为“人们自己创造自己的空间”。也就是说，围绕空间的战争，既是领土之争，也是某种意义上的文化和意识形态之争。在社会主义的城市文学中，工人阶级通过占据工厂这一生产的空间，得以在城市劳动中占据主体地位，进而成功表征无产阶级解放的政治寓言。然而，这种占据却是伴随着一系列惊心动魄的争斗才得以实现的。在此，文学这一审美的意识形态，在建构城市空间的过程（与此同时，也是赋予空间以政治文化意义的过程）中发挥着重要作用。

一 “激情”与“理性”：工业文学中的两条路线

在“十七年”工业题材文学中，一个有趣的现象便是两组性格迥异而又相互冲突的“人群”总是相对呈现。其中一方往往依赖秉持群众路线的党委书记和满腔热情的工人积极分子走“又红又专”的技术革新之路，而与他们相对的，则是一群仰仗科技理性而又“自私冷漠”的厂长、技术知识分子和工程师。于是围绕工厂车间这一政治性的生产场所，他们之间事关理智与情感的争斗往往蕴涵着复杂的政治内涵，借助这些别开生面的“两条路线斗争”的形式，社会主义现代性的复杂秘密也被惊心动魄地揭示出来。

在草明的《火车头》里，迷信检查员，对工人们的热情不屑一顾的刘国梁，却时时表现出“照搬农村经验”的农民习性和固执己见的官僚主义做派。尽管在他看来，“要实现社会主义，需要很多条件的，不是光靠决心和热情就行”，但他对社会主义热情的敌视却绝非因为对科学主义的崇拜。正如小说所指出的，“刘国梁丝毫没有意识到现代化工业对他提出来的新的问题：好比怎么准备材料，怎样组织劳动力等等。他只想起了延安大砭沟那只有八台床子的机械所；想起了总共有三百学生的青年干部学校；和想起了二十万人口的县……经验是工作的指南；经验避免走冤枉路”[①]。在此，他的经验主义并不是出自一种科技信仰，而只是源自一种农民式的保守与狭隘。因此小说在对他农民式教育的淡淡嘲讽之余，也呼唤着工业化从“保守的零乱的农村式的工作方法，逐渐走到有创造性的科学的管理方法”的“历史跨越”。

如果说固执己见的刘国梁对社会主义热情的排斥，主要来源于他农民式的经验主义习惯，即以农村环境里的保守思想来面对组织现代化的机器大生产时势必产生的尖锐冲突，那么此后不久，热情的敌人便变成了科学本身。在艾芜的《百炼成钢》中，全篇小说围绕厂长赵立明与党委书记梁景春之间的争斗展开。争斗的双方，一位是强调生产，迷信科学的“技术至上主义者”；一位则是强调政治学习，主张走群众路线的“政治官僚”。在二人之间，技术理性与群众热情形成了尖锐的冲突。同样，在草明的《乘风破浪》中，厂长宋紫峰与党委书记唐绍周的冲突几乎贯穿了全篇小说。与赵立明相似，宋紫峰亦被塑造为一个“不关心政治”，“只热衷于生产技术”的“傲慢人物”，他的一切行动都以“精密的计算”为标准，坚持“不按着人们的意志来转移”的“科学”，以“厂长命令簿”来否定工人的创造性、积极性和主观能动作用。在他心中，有一把排斥政治和党委的“计算尺”，如其所言的，“这是办企业，科学技术问题明摆在那儿，大家都看得见，用不着政治说服，也用不着婆婆妈妈”[②]。就这样，宋紫峰指责唐绍周是“企业中的手工业作风和农村作风”，而唐绍周将

---

① 草明：《火车头》，见《草明文集》（第三卷），光明日报出版社1992年版，第826—831页。

② 草明：《乘风破浪》，见《草明文集》（第四卷），光明日报出版社1992年版，第1124页。

宋紫峰视为"厂矿领导干部的右倾保守思想"。除此，《钢铁世家》里的刘贵山与马振民的对峙，也突出地展示了"大跃进"中"依靠群众，和群众商量"的"激情政治"的路线，与"设备条件不够，不能搞快速炼钢"的科学主义路线之间的矛盾。尽管剧本最后所指向的是"苦干加巧干，献计献办法"的折中主义办法，但"条件不够是事实，可是条件是人创造的"的断言，还是让人清晰地看到社会主义热情所包含的"冲天干劲"。此后，程树榛的《钢铁巨人》也旨在表明"三无一缺"，"异想天开"的"科学拜物教"，与"自力更生，奋发图强"的群众豪情的主要矛盾。而刘彦林的《东风浩荡》，周良思的《飞雪迎春》，李良杰、俞云泉的《较量》，以及冉淮舟的《建设者》，都将其争斗归结为惊心动魄的"两条路线斗争"，并旗帜鲜明地"歌颂了工人、农民、革命干部战天斗地的英雄气概、大公无私的高尚品质和科学的求实精神；同时，对右倾保守、不相信群众的资产阶级世界观进行了有力批判；并揭露了阶级敌人的反动本质"①。

值得一提的是，作为厂长与党委书记争斗的衍生物，工人积极分子与技术员的冲突，在这些小说中也得到了鲜明地呈现，如《铁水奔流》中的苑清与李玉深。然而大多数小说都形成了激情与理性的两大阵营，即以厂长与技术员为一方，党委书记与工人积极分子为另一方。如《沸腾的群山》中的张学正、焦昆与邵仁展、严浩，《钢铁巨人》中的王永刚、杨坚与李守才、梁君。当然，斗争的结局往往以迷信科学，给群众"泼冷水"的厂长被改造，技术人员改变世界观，敌特分子被揪出，技术革新实现，生产计划完成，即党委书记与工人积极分子的大获全胜而告终。现实总体上呼唤的"又红又专"的技术新人，即工业战线上的"梁

① 冉淮舟：《建设者》，天津人民出版社 1974 年版，扉页。

生宝”式的人物，也在小说中层出不穷。这种结局的设置既是当时意识形态所规定的选择，也体现了社会主义时代对现实矛盾的“想象性解决”。作为一个落后的第三世界国家，民族独立与阶级解放固然奠定了无产阶级的无限豪情，一种势不可当的“激情政治”也喷薄而出，但现实工业化的资本主义现代性框架又牢牢地限定了社会主义的发展条件，换言之，在“科学理性”的框架内，社会主义中国的“匮乏”局面严重阻碍了它的现代化梦想与民族富强的远景期待。于是，只能“有条件要上，没有条件创造条件也要上”，即用“激情政治”来克服“科学理性”的“宿命抗争”开始上演。

二　冲破“规程”：“人民及其精神”的意义

马丁·布伯（Martin Buber）认为，社会主义制度的实现“并不依赖于技术状态如何”，而是依赖于“人民及其精神”。他的这种乌托邦社会主义公式虽然是非马克思主义的，但却与毛泽东主义不谋而合。[①] 确实，在毛泽东那里，如何在资本主义科学理性之外，被“理性”之光判定为“不可能”的条件中创造“可能”，这不仅需要极大的实践勇气，也需要奇迹般的思维勇气。毛泽东寻找的便是人民的“冲天干劲”，即用火热的“激情”来疗救冷漠的“理性”。

如果说科学的运用属于生产力的发展问题，那么，如何调动群众的“激情”、联系群众、发动群众，则是一个生产关系的调整问题。对此，韩毓海这样分析，“毛泽东认为现代历史不是简

① 参见［美］莫里斯·迈斯纳《马克思主义、毛泽东主义与乌托邦主义》，张宁、陈铭康译，中国人民大学出版社2005年版，第50页。

单的生产力发展的历史，而是人的类本质逐步复归的历史。是把生产力的发展与建立合理的人与人之间关系的斗争统一起来的历史。现代革命，不是资产阶级所说的，片面的生产工具的改进，经济的革命，而是把人从片面的劳动中，从不合理的政治统治中解放出来的政治革命和文化革命”。因此，当 1958 年因中苏决裂，中国丧失了进行工业化的资金和技术条件时，毛泽东也得以借此破除“苏联模式”，并独树一帜地认为，中国发展生产力，只能依靠劳动人民的主人翁意识和觉悟。社会主义之所以能够解放了生产力，归根结底是因为社会主义解放了“人”，也就是把人解放为“忘我的劳动者”。对此，毛泽东说：“只要有利，向魔鬼借钱也要。我们不走这条路，魔鬼不给我们贷款，贷款给我们，也不要。我们要靠陈家庄陈以梅，大寨陈永贵。”他还说：“不管赫鲁晓夫说我们是小资产阶级，总之，他是修正主义，他站在 5% 的人一边，我们站在工人阶级，贫下中农一边。”① 因此，在韩毓海看来，“社会主义革命就是把解放人的政治革命与解放生产力的经济革命统一起来的过程”②。

这种现代性的路径，在某种程度上体现了中国这个第三世界国家，遭遇资本主义现代性与社会主义理想双重压力下的无奈选择。一方面要“超英赶美”，实现“社会主义现代化”，既不能因为工业主义的资本主义性质而放弃工业化，又要保证其社会主义性质。这使得社会主义必须重复资本主义的发展路径，实现现代化；另一方面又要避免资本主义与社会主义理想之间的冲突。这种尴尬的处境突出地表现在以社会主义热情对待资本主义经济理

① 毛泽东：《关于农村社会主义教育等问题的指示》，转引自韩毓海《20 世纪的中国：学术与社会》（文学卷），山东人民出版社 2001 年版，第 340 页。

② 韩毓海：《20 世纪的中国：学术与社会》（文学卷），山东人民出版社 2001 年版，第 340—341 页。

性的态度之上。这不由得使人想起《乘风破浪》中老工友刘进春对宋紫峰的批驳，小说中的他这样说道，“科学？兴许我不明白，可我知道热情就是宝。你能说日本人不懂科学？可是我们现在就比伪满时多出钢。这不是因为工人有热情，大家要社会主义是什么？我说，热情加科学就能增加二十五万吨钢。厂长，你说不凭热情凭什么呀？”他用瞧不起的眼光看看那把精致的计算尺，生气地说：“这把尺又不是万能尺，有好多东西它算不出来——工友们心里痛快不痛快它就算不出来。”① 这无疑体现出社会主义工业文学对“科学主义”不屑一顾的态度。小说中还有一段唐绍周对宋紫峰心理活动的分析，表现出社会主义对待现代科技理性的批判态度：“老宋心目中认为企业里的经营管理和技术管理，应有一套神圣不可侵犯的成规。这套成规除了他谁也不能动；不，连他自己也不敢动。唐绍周刚来时，也曾经给这套成规吓住了。但是日子长了，他发觉群众常要冲破成规；事实上，不冲破它，增产也是很困难的……但是，不放手发动群众，不依靠群众哩，却寸步难行。这两个月有了党委的新决议，但是群众的创造性和积极性没有发挥出来，生产不是上不去么？‘为什么由人们定出来的规程，却不让人们自己去改动？’……是啊，事物发展，就是要冲破平衡。拿操作规程来说，它不过是人们用它来巩固已经取得的技术成就，但是技术是不断发展的，它一发展就必定冲破规程。”②

确实，“为什么由人们定出来的规程，却不让人们自己去改动？”即便是在现在看来，这样的现代性批判也是振聋发聩的。这也似乎可以让人联想到当代西马学者对“科学理性”的批判态

① 草明：《乘风破浪》，见《草明文集》（第四卷），光明日报出版社 1992 年版，第 1048 页。

② 草明：《乘风破浪》，见《草明文集》（第四卷），光明日报出版社 1992 年版，第 1144—1145 页。

度。事实上，在他们那里，作为意识形态的“科学理性”是广受质疑的。我们从《历史与阶级意识》中可以看到，青年卢卡奇（György Lukács）对实证主义的批判立场。在他看来，所谓的实证主义“科学”，其基础正在于资本主义特殊的社会结构，“资本主义的发展本身倾向于产生出一种非常应和这种看法的社会结构。”只有通过马克思主义的历史辩证法，才有机会“戳穿这样产生出来的社会假象，使我们看到假象下面的本质”。如卢卡奇所说，所谓的科学方法总是试图将现实世界的种种现象放到“不受外界干扰而探究其规律的环境中”，从中提炼出所谓的“纯事实”。而这又是经过“把现象归结为纯粹的数量，用数与数的关系表现的本质而更加加强”。由此他指出，这种特殊的抽象过程，其实与资本主义特有的“拜物教”以及社会的“物化”关系紧密相关。如其所言，“非常科学的方法的不科学性，就在于它忽略了作为其依据的事实的历史性质。”也就是说，资本主义所谓的“科学”方法，其本质在于它的“非历史性”。从这个意义上看，实证主义的“科学”，恰恰是历史发展特定阶段的产物，“它们作为历史发展的产物，不仅处于不断的变化中，而且它们——正是按它们的客观结构——还是一定历史时期即资本主义的产物。”在这个意义上，卢卡奇将“历史唯物主义”视为“重写历史”的科学方法，批判第二国际机会主义的“科学”方法。他认为，所谓公正客观的“科学”，其实是“模糊资本主义社会的历史的、暂时的性质。它的各种规定带有适合一切社会形态的无时间性的永恒的范畴的假象”①。这也就是所谓的实证主义通向一种非批判性的根本原因。②

① ［匈］卢卡奇：《历史与阶级意识——关于马克思主义辩证法的研究》，杜章智、任立等译，商务印书馆1996年版，第53—57页。

② 在此，如评论者所言，“青年卢卡奇这里的批判完全契合马克思对资产阶级意识形态批判的基本原则”。参见张一兵《文本的深度耕犁：西方马克思主义经典文本解读》第一卷，中国人民大学出版社2004年版，第26页。

这也就像唐绍周所想的，“平衡，是暂时的”，“事物发展，就是要冲破平衡”，“操作规程”只不过是“人们用它来巩固已经取得的技术成就”，但是“技术是不断发展的”，它“必定冲破规程”。因此，当科学以“事实”的存在形式作为概念的出发点，以教条主义的方式，无批判地把它的本质、结构和规律性当作凝定的社会基础时，对“事实”和“规程”的“冲破”，便具有了划时代的意义。如论者所分析的，“工业不仅仅是一种风景，更是一种制度，一种新的文化政治”①。在此，无论是《百炼成钢》中的赵立明，还是《乘风破浪》里的宋紫峰，甚至是《在和平的日子里》的梁建，或是《原动力》里的吕屏珍，这些迷信科学，崇拜工具理性的厂长们，无不在这种“文化政治”的挟持下深陷马克斯·韦伯所论述的资本主义的理性牢笼之中。作为那个时代主流意识形态所指认的“官僚主义者”，他们代表的现代理性体制与以“群众热情”为表征的社会理想之间的冲突之所以无法避免，“源于作为现代大工业产物的官僚制与现代资本主义的内在联系”。韦伯笔下的现代官僚制，常常被比喻为“冰冷的机器”，因为二者都是根据形式化知识的“专门”应用建立起来的。正所谓“专家没有灵魂，纵欲者没有心肝”，工具理性和价值理性的脱节，使得作为工业资本主义产物的现代官僚制逐渐蜕变为一种“非人格化的制度”。它以“物化”的形式将个人束缚在理性的“牢笼”里，压抑个体的主观能动性，压抑人的积极性和创造力，从而使个体退化成温顺的“羊群”。于是在体制内，人“异化”为机器上的齿轮和螺丝钉，这便是冷漠理性的罪过所在。在这个意义上，卢卡奇直言不讳地指出，“当科学认识的观念被应用于自然

① 李杨：《工业题材、工业主义与“社会主义现代性”——〈乘风破浪〉再解读》，《文学评论》2010年第6期。

的时候，它只是推动了科学的进步，当它被应用于社会的时候，它反转过来，成了资产阶级的思想武器”[①]。这种以大规模工业生产为出发点的社会法则，服膺于现代工业的基本逻辑，整个社会也由此开始遵循冰冷的技术控制、物质结构与社会组织的原则。由此，工业主义的逻辑进而全面扩展至思想伦理领域，逐步建立了新的准则，扮演新的社会组织和控制形式。丹尼尔·贝尔对此有着清晰的表述，“工业革命归根结底是一种用技术秩序取代自然秩序的努力”，“这是一个调度和编排程序的世界”，“这个世界变得技术化、理性化了”[②]。

面对理性社会的控制形式，西方马克思主义展开的社会批判其实卓有成效。霍克海默（M. Max Horkheimer）直言不讳地指出，“不仅形而上学，而且还有它所批判的科学本身，皆为意识形态的（东西）；科学之所以是意识形态，是因为它保留着一种阻碍人们发现社会危机真正原因的形式……所以掩盖以对立面为基础的社会真实本质的人的行为方式，皆为意识形态的（东西）。”[③] 在《单面人——发达工业社会意识形态研究》中，马尔库塞（Herbert Marcuse）也对科技异化的意识形态问题作了深入的批判。他认为，科学技术本身成了一种意识形态，这是因为它们有着同样的控制性，具有明显的工具性和奴役性，即“把科学技术占为己有的工业社会被组织起来，为的是要比过去任何时候都要更为有效地支配人和自然”[④]。由此，他也认为：“技术理性

---

① ［匈］卢卡奇：《历史与阶级意识——关于马克思主义辩证法的研究》，杜章智、任立等译，商务印书馆 1996 年版，第 54 页。

② ［美］丹尼尔·贝尔：《资本主义的文化矛盾》，赵一凡、蒲隆、任晓晋译，生活·读书·新知三联书店 1989 年版，第 198—199 页。

③ ［德］马克斯·霍克海默：《批判理论》，李小兵等译，重庆出版社 1989 年版，第 5 页。

④ ［美］赫伯特·马尔库塞：《单面人——发达工业社会意识形态研究》，左晓斯、张宜生等译，湖南人民出版社 1988 年版，第 15 页。

的概念，也许本身就是意识形态。不仅技术理性的应用，而且技术本身就是（对自然和人的）统治，就是方法的、科学的、筹划好了的和正在筹划着的统治。统治的既定目的和利益，不是‘后来追加的’和从技术之外强加上的；它们早已包含在技术设备的结构中。”他进一步指出，“科学依靠它自身的方法和概念，设计并且创立了这样一个宇宙，在这个宇宙中，对自然的控制和对人的控制始终联系在一起。这种联系的发展趋势对作为整体的这个宇宙产生了一种灾难性的影响”①。尽管马尔库塞的“大拒斥”和解放远景的批判对象是“当代发达工业社会”，但对于社会主义时代的中国，对于工人“激情”与“理性”的争斗事件，依然具有理论的参照意义。

当然，在哈贝马斯（Jürgen Habermas）看来，（马尔库塞）“离开了科学和技术本身的革命化来谈论解放，似乎是不可思议的”②。由此，他对马尔库塞的悲观主义提出了批评，但他还是毫不留情地批判了现代“工业主义”和“技术统治论”。如其所言，“资本主义首先创立了工业化主义（industrialisms），然后工业化主义才能够从资本主义的制度框架中摆脱出来，并且才能够以私人的形式被固定在不同于资本价值增值机制的机制上”③。而“技术统治论的命题作为隐形意识形态，甚至可以渗透到非政治化的广大居民的意识中，并且可以使合法性的力量得到发展。这种意识形态的独特成就就是，它能使社会的自我理解同交往活动的坐标系以及同以符号为中介的相互作用的概念相分离，并且能够被

① ［德］哈贝马斯：《作为“意识形态”的技术与科学》，李黎、郭官义译，学林出版社 1999 年版，第 43 页。

② ［德］哈贝马斯：《作为“意识形态”的技术与科学》，李黎、郭官义译，学林出版社 1999 年版，第 43 页。

③ ［德］哈贝马斯：《作为“意识形态”的技术与科学》，李黎、郭官义译，学林出版社 1999 年版，第 53 页。

科学的模式代替”①。

确实，哈贝马斯所警惕的“工业化主义”（工业主义）和“技术统治论”，似乎奇迹般地成为社会主义工业文学最大的敌人。源于“工业主义逻辑与社会主义信念之间的悖反”，新中国作为以“社会主义现代化”为战略目标的政体，几乎宿命般地面临社会主义热情与现代理性制度之间的文化冲突。现在看来，社会主义工业文学对“激情政治”的争辩还存在诸多争议之处，其对现代理性制度展开的意识形态批判却是“现代性反思”的题中之义。同时，在激情与理性的争辩之中，“社会主义工业化”策略也凸显了错综复杂的问题。

三 “激情”的消逝与“工业政治”的重写

尽管轰轰烈烈的“大跃进”运动，在当代史上留下了并不光彩的业绩，但彼时毛泽东提出的书记挂帅，全党全民办钢铁工业的方针，以及由此而生的工业题材文学的想象方式，却对群众路线的强调，激发人民的热情和主观能动性方面，依然有着至关重要的意义。当然，其间不可避免地出现了一些“恶果”②，“群众政治”的“污名化”也由此而生。但一时间，相对于西方社会单向度的“科学主义”，在遥远的东方，“革命热情要和科学精神相

① ［德］哈贝马斯：《作为“意识形态”的技术与科学》，李黎、郭官义译，学林出版社1999年版，第63页。

② 据中央工业工作部1959年5月16日向党中央、毛主席报告：由于在强调党委领导的同时，没有注意加强生产行政管理方面的厂长负责制，一些企业成立了党委书记处，实行党委委员分片包干，“大权独揽，小事都管”，使企业生产处于无人指挥状态……有些企业在改革规章制度过程中，把所有规章制度都说成教条主义或压制工人积极性的条条框框而一脚踢开，以致出现所谓“十大随便”（上班随便，下班随便，干活随便，吃饭随便，开会随便等）。参见薄一波《若干重大决策与事件的回顾》（修订本），人民出版社1993年版，第715页。

结合”却几乎成为社会共识。

1958年底1959年初,《人民日报》发表了一系列文章,讨论“革命热情要和科学精神相结合”的问题,即一方面要贯彻党的“鼓足干劲,力争上游,多快好省地建设社会主义”的方针,调动群众的“革命热情”,正所谓“不破不立”,“尊重群众的首创精神”;另一方面也要尊重客观规律,发扬科学精神,实事求是。这些思想在当时的出现被认为是对“大跃进”造成的混乱局面的纠偏。正如侯永在文章中指出,“既发扬蓬勃的革命热情,又提倡冷静的科学分析”,“既重视人的主观能动性,又重视客观实际可能性”,从而将“热情”与“理性”结合起来①。吴传启主张“亦‘冷’亦‘热’”,“热是充沛的革命热情,冷是科学分析的精神”②;薛克诚则批判了“只看到客观方面”,“忽视主观能动性”的“唯条件论者”,和“只从主观愿望出发,单凭一股热情办事”的“无条件论者”,而主张“把革命热情和科学精神结合起来”③。然而,1959年夏天召开的庐山会议和八届八中全会号召全党全民“保卫三面红旗”,“反击右倾机会主义者”对三面红旗的“攻击”,骤然打断了1959年上半年工业战线上对“大跃进”混乱局面的纠偏。④ 正如关锋所言,“大跃进”被污蔑为“小资产阶级的狂热性运动”,“我们要把革命热情提高提高再提高,干劲一鼓再鼓”⑤。舒同也将此视为“严重的阶级斗争”:“资产阶级

① 侯永:《革命热情要和科学精神相结合》,本社编《亦“冷”亦“热”和其他》,山西人民出版社1959年版,第22—23页。

② 吴传启:《亦“冷”亦“热”》,本社编《亦“冷”亦“热”和其他》,山西人民出版社1959年版,第17页。

③ 薛克诚:《论条件》,本社编《亦“冷”亦“热”和其他》,山西人民出版社1959年版,第12—16页。

④ 参见高华《革命年代》,广东人民出版社2010年版,第240页。

⑤ 关锋:《革命的干劲万岁》,《人民日报“思想评论”集》一九五九年第三集,人民日报出版社1959年版,第108页。

右派趁党整风的机会向党向社会主义发起的猖狂进攻"，于是，"坚持党的总路线"成为"一场严重的阶级斗争"，这是"十年来社会主义和资本主义两条道路的斗争"①。这些无疑都预示了20世纪60年代激进的政治走向。

当代史上轰轰烈烈的"大跃进"过后一二年，工业题材小说中"激情"与"理性"的争斗开始有了新的形式。自1960年我国诞生了"鞍钢宪法"之后，"鞍钢宪法"与"马钢宪法"又成了工业题材长篇小说创作的必涉之笔。在《钢铁巨人》《建设者》《创业》《沧海横流》等作品中，这也成为构思矛盾冲突、描写路线斗争的中心内容。小说《创业》以电影为基础，在广阔的背景下描绘了20世纪60年代的石油大会战，歌颂战无不胜的毛泽东思想、歌颂大庆红旗、歌颂石油工人的创业精神。在此，"两条路线的斗争"不再是温文尔雅的改造故事，而是实实在在地与"阶级敌人"的斗争。在"再造敌人"的叙事逻辑中，小说"发现"并揭露了搞修正主义、搞分裂、搞阴谋诡计的叛徒冯超以及苏修特务霍家根的丑恶面目。在这部小说中，"热情"与"理性"的争斗，不仅仅是对资本主义现代性的批判，更包含着一种民族主义的意识形态逻辑，从现代性批判到民族主义的情感高扬，这或多或少体现了"冷战阴云"笼罩下的"意识形态焦虑"。这就像小说主人公周铁杉所说的，"我一定要跟着毛主席走社会主义道路，天塌下来也要顶得住……要胜利，就要读毛主席的书，要向前走，全靠毛泽东思想指引"。同样，对秉持"科学主义"的章易之的批判，也不再单纯强调技术理性的控制作用，而是凸显其对民族气节的漠视。小说中，他和政委华程之间的对话便可看出，"这个可敬的政

---

① 舒同：《坚持党的总路线是一场严重的阶级斗争》，《人民日报"思想评论"集》一九五九年第四集，人民日报出版社1960年版，第2—3页。

委，你的民族自豪感使我敬佩，可我也不是没有民族自尊心的人。现在不是谈这个问题，而仅仅是谈怎样勘探和开发油田，这是科学问题，政治感情不能取代。科学问题就是科学问题，你再为我们的祖国自豪，石油它没有生成，也是毫无办法的”①。

也就是说，此处的“技术问题”与“政治问题”的缠绕，以及“理性”与“激情”的争斗，是以民族主义的争辩形式出现的。这就像评论者所分析的，创业油田是在“困难的时间、困难的地点、困难的条件”下大打石油翻身仗的。“帝国主义的代理人勃拉克早在他和司徒雷登一起滚蛋时就预言，中国没有‘美孚’，将是一片黑暗；帝国主义的地质学家早就断言，中国是贫油国；伊凡诺夫、安德烈之流也幻想着外国不给我们输入石油，我们的钻机就会停钻，我们的油田就会瘫痪。然而，中国石油工人用铁的事实粉碎了他们的一切谎言。中国不仅不贫油，而且已经建设起好多个油田。我们的钻机不仅照样打钻，而且愈钻愈欢。我们离开了‘美孚’，不仅不是一片黑暗，而是烈焰升腾，光辉四射。这就是《创业》所反映的中华民族的志气和时代精神。”② 民族主义“热情”不仅扮演着意识形态争辩的媒介，更是批判工具理性的利器。

要拒绝科技理性的牢笼，以及冷战阴影下“现代化意识形态”的控制，就必须依赖群众的“激情政治”。因此，在20世纪60年代以后的工业题材作品中，秉承“科学主义”论调的厂长、技术员等不再被视为有着某种可以克服的“病症”，而被视为“资产阶级猖狂进攻的工具”。如小说中所指出的，“对转变中的困难和挫折幸灾乐祸，散布惊慌情绪，宣传开倒车，——这一切是资产阶级知识分子进行阶级斗争的工具和手段”。然而，群众

---

① 张天民：《创业》，中国青年出版社1977年版，第505页。

② 朱兵：《开拓中前进——新中国三十年工业题材长篇小说发展概观》，工人出版社1984年版，第16页。

激情的维持也需要新的思想武器不断输送能量，正所谓：“我们要实现革命化，千条万条，最根本的一条，是学习毛泽东思想。”[①] 这也是60年代以后，工业小说中更多出现毛泽东语录的重要原因。甚至，“鞍钢宪法”[②] 本身就是毛泽东语录的一部分。小说《创业》在表现工人热烈欢呼“鞍钢宪法”出现的场景时，便套用了毛泽东的语录，“伟大领袖毛主席极为高兴地批阅了一个文件，提出来坚持政治挂帅，加强党的领导，大搞群众运动，实现两参一改三结合，大搞技术革新和技术革命等五项原则，制定了鞍钢宪法”[③]。正像李杨指出的，“鞍钢宪法”的历史焦虑，在于“大工业带来的极权主义与社会主义理想之间的冲突”[④]。从历史来看，《鞍钢宪法》遭受诸多非议，但它将政治重新引入经济领域，试图以人的因素来突破工业科层制，重申工人阶级当家作主的历史地位，这对于瓦解工业科学主义及其官僚政治，具有重要意义。亦如论者所言，“鞍钢宪法”体现了“以广大劳动人民取代少数经济政治精英对社会资源的操纵”的“经济民主”的重要范例，“象征着中西文明交流碰撞史上的一个崭新阶段的开始”[⑤]。在这个意义上，毛泽东主义在“激情政治”的冲击中演绎

① 白夜：《革命热情和求实精神》，上海人民出版社1964年版，第8页。

② 1960年3月，毛泽东在鞍山钢铁公司《关于工业战线上大搞技术革新和技术革命的报告》上批示，宣称“鞍钢宪法在远东，在中国出现了”，并把鞍钢在“大跃进”期间实行的以政治挂帅为核心内容的一套做法誉为“鞍钢宪法”。其主要内容包括“两参一改三结合”，“两参”指干部参加集体生产劳动，工人群众参加企业管理；“一改”指改革企业中不合理的规章制度，建立健全合理的规章制度；“三结合”指企业领导干部、技术人员与工人群众相结合。“鞍钢宪法”被认为是毛泽东找到的一条中国发展社会主义工业化的正确道路。

③ 张天民：《创业》，中国青年出版社1977年版，第328—329页。

④ 李杨：《工业题材、工业主义与“社会主义现代性”——〈乘风破浪〉再解读》，《文学评论》2010年第6期。

⑤ 崔之元：《鞍钢宪法与后福特主义》，《读书》1996年第3期。对此有人提出质疑，认为“将某些概念从具体的历史事实中剥离开来，再赋予这些概念以‘政治正确性’的判断，已和当年的历史事实大相径庭，对‘鞍钢宪法’的新诠释就是一个突出事例”。参见高华《鞍钢工人与“鞍钢宪法”》，《革命年代》，广东人民出版社2010年版，第235页。

着“历史与意志的辩证法”①，这在某种程度上类似于竹内好所指出的东洋的“抵抗”②，不仅是意识形态和民族主义意气用事的争辩，更是现代性本身的反思和推进。

工业题材小说中，写“鞍钢宪法”与“马钢宪法”的对立和斗争，曾一度成为时髦的内容，同时也是“激情”与“理性”争斗的新形式。但到了20世纪70年代后期焦祖尧的小说《总工程师和他的女儿》③中，便开始在一种意识形态的转轨中有意识地疏离这种“时髦”。这部作品虽然反映了“鞍钢宪法”中群众运动的基本精神，但不同于“一哄而起”和“一哄而散”的群众运动，而是有组织、有领导、有计划、有步骤的群众运动；主人公叶赋章所坚持的，并且到了后来大家都同意了的部件试验，其实体现了“马钢宪法”中严格规章制度的精神。尽管小说坚持的是“革命热情要和科学精神相结合”的意识形态原则，但“激情”的“疏离”其实可见一斑。联系到小说反映的时代背景，庐山会议开过不久，小说通过主人公刘之毅说道：“当前，批判右倾保守思想，但要防止另一种倾向：违反规律，胡干蛮干，这是虚劲，不是实劲。这种作风，搞坏一个企业可是很容易的啊!”④因此，同样是“反右防左”，相对于同时期其他作品，这部小说明显体

① 魏斐德（Frederic Wakeman）认为，“没有意志，无所谓历史；而没有历史，也就完全没有意志”。“历史与意志的矛盾辩证法”是毛泽东思想的核心。参见［美］魏斐德《历史与意志：毛泽东思想的哲学透视》，李君如等译，中国人民大学出版社2005年版，第9页。

② 在竹内好看来，“美国和苏联对立的问题，确实具有作为在欧洲内部的东西方对立这一历史遗产在深层次之再生产的性质。”而“通过抵抗，东洋实现了自己的近代化。抵抗的历史便是近代化的历史，不经过抵抗的近代化之路是不存在的”。参见［日］竹内好《何谓近代——以日本和中国为例》，载《近代的超克》，李冬木、赵京华、孙歌译，生活·读书·新知三联书店2005年版，第186页。

③ 这部小说写作时间标明为：1965年1月—1965年7月初稿，1977年12月—1978年2月二稿，1978年4月定稿于大同。时间的跨度体现出思想的转折。

④ 焦祖尧：《总工程师和他的女儿》，北岳文艺出版社2018年版，第206页。

现出思想的变化。这似乎也预示着70年代后期《乔厂长上任记》的出场。用研究者的话说，蒋子龙笔下的乔厂长的故事，完全是为了"把被颠倒的历史重新颠倒过来"，重写工业政治。[①] 从《乔厂长上任记》引发的巨大反响来看，乔厂长显然成了"新时期"的"改革英雄"，这也当然意味着对于之前所有秉持"科学主义"的厂长们的成功平反，于是"懂技术，讲科学，有事业心"变成了优点，当年的厂长们普遍嫌恶政治的缺点，如今也被扭转了乾坤，"尤其可贵的是他尊重科学，按科学规律管理工厂"。

尽管思想的变迁折射出"政治动乱"之后意识形态走向困顿的现实，但也预示着一个毫无反思地走向世界，拥抱作为意识形态的"现代化"[②] 的"新时期"的来临。这个新的时代尽管有着百般美妙的工业化前景和现代化发展机遇，但却在某种程度上不可自拔地陷入全球资本主义编织的工具理性的牢笼之中。在"告别革命"和"历史终结"的欢愉之后，似乎再也没有某种"激情政治"来冲决冷漠理性的控制，而迎向未来解放的前景。这更加使得"十七年"时期工业题材文学的诸多思考有着弥足珍贵的意义。

---

① 李杨：《工业题材、工业主义与"社会主义现代性"——〈乘风破浪〉再解读》，《文学评论》2010年第6期。

② 在雷迅马（Michael E. Latham）看来，"现代化理论决不仅仅是一种纯粹学术性的学说。到20世纪60年代时，现代化理论已经成为一种关于进步的幻象，它预言世界的未来发展方向是自由主义、资本主义和非革命化的。作为一种有吸引力的学说，现代化理论似乎也成为一篇'非共产党宣言'，一种美国可以用来加速全球发展的手段，而美国主导下的发展模式将消减激进主义的吸引力和必要性"。参见［美］雷迅马《作为意识形态的现代化：社会科学与美国对第三世界政策》，牛可译，中央编译出版社2003年版，序言。

结语 “革命之后”或“漫长的革命”

在蔡翔出版于2010年的著作《革命/叙述：中国社会主义文学—文化想象（1949—1966）》中，他用“革命之后”这一“比喻性的说法”概括了1949年之后的中国：“我的叙述重点并不完全在于‘革命’，而在于‘革命之后’，或‘革命之后’的中国。‘革命’在这里首先指的是一种具体的历史实践……相对于这一‘革命’而言，1949年之后的中国，在某种意义上，也可以说，开始进入了‘革命之后’的历史阶段。”① 在蔡翔看来，中国的“革命之后”并不完全等同于丹尼尔·贝尔在《资本主义文化矛盾》中所提及的“革命的第二天”，即“真正的问题都出现在‘革命的第二天’。那时，世俗世界将重新侵犯人的意识，人们将发现道德理想无法革除倔强的物质欲望和特权的遗传。人们将发现革命的社会本身日趋官僚化，或被不断革命的动乱搅得一塌糊涂”②。为此，他进一步指出，在这种“革命之后”的“表面特征”之外，仍然有着“更为复杂的意味”，“在某种甚至是根本的

① 蔡翔：《革命/叙述：中国社会主义文学—文化想象（1949—1966）》，北京大学出版社2010年版，第10页。

② ［美］丹尼尔·贝尔：《资本主义文化矛盾》，赵一凡等译，生活·读书·新知三联书店1989年版，第75页。

意义上，它显然和列宁主义——尤其是‘一国实现社会主义’这一具体的革命理念——有着密切的内在联系”。正是在这个意义上，蔡翔把中国的社会主义革命解释成“一个历史的运动过程”，这个过程充满了“自我否定的紧张乃至继续革命的冲动”。

在蔡翔的讨论中，“革命之后”的说法指的是无产阶级革命成功，新的人民政权建立之后的一种制度化的社会现实。从这个角度来看，“革命之后”可以被解释成“某种生产性的装置”，涉及一系列复杂的问题：“这一装置，一方面在生产平等主义的革命理念，也在生产社会的重新分层；一方面在生产政治社会的设想，另一方面也在生产生活世界的欲望；一方面在生产集体观念，另一方面也在生产个人；一方面强调群众参与，另一方面也在生产科层化的管理制度；等等。”于是，他接着指出，“我倾向于这样一种说法：社会主义很难在政治上持续稳定，社会主义不仅在生产自己的支持者，也在生产自己的反对者，社会主义国家的出现不仅没有结束革命，相反，它很可能意味着另一个革命时代的开始”①。

就世界范围内的社会主义革命而言，蔡翔这种“不断革命论”的说法其实并不新鲜。美国历史学家莫里斯·梅斯纳在其名著《毛泽东的中国及其发展》中，就评述了有关“社会主义自建立之日起，便走向了死亡”的论断。进而他也指出，“虽然社会主义者也许会胜利，但是社会主义不会胜利，社会主义社会在社会主义的信徒们获得胜利的那一时刻灭亡”②。这里所谈到的胜利时刻的灭亡

---

① 蔡翔：《革命/叙述：中国社会主义文学—文化想象（1949—1966）》，北京大学出版社 2010 年版，第 13—14 页。

② 例如，在俄国革命后不到五年，列宁觉得要宣布：“强大的力量（已经）迫使苏维埃国家离开它的‘正轨’”并且在他弥留之际得出结论说，旧时代的力量已经压倒布尔什维克，他们“仅仅给”老沙皇的官僚主义以“一块苏维埃的遮羞布。”于是面对苏联社会的重新官僚化，便有托洛斯基有关“被背叛的革命”之说。参见［美］莫里斯·梅斯纳《毛泽东的中国及其发展——中华人民共和国史》，张瑛等译，社会科学文献出版社 1992 年版，第 63—65 页。

确实耐人寻味，不由得让人联想起社会主义革命在其成功之后出现的与革命目标相背离的诸多状况，即“革命历史上司空见惯的模式是，革命的乌托邦目标不久就变成空洞的仪式，使那些在革命后时代的不平等和压迫的新形态合理化”。随后，他以俄国革命为例，阐明了“革命家们自己一致痛苦地觉察到在革命成功后接踵而来的失败”。其实对于社会主义革命来说，从列宁到毛泽东，一国实现社会主义的国家，都曾陷入对“旧时代力量”的“复辟”的恐惧，以及由此而来的意识形态的焦虑。这里最主要的原因在于从列宁到葛兰西一直在讨论的“文化领导权”的问题。革命的成功固然意味着无产阶级顺利建立自己的政权，但这并不能保证他们能够建构自己的文化。因此，倘若他们仅仅将建立政权视为革命的终点，那就只能悲剧性地看到，他们将意识形态渗透进人民的日常生活，在社会层面建立自己的“霸权统识”，将永远是遥遥无期的事情。大概是在这个意义上，我们就不难理解为何毛泽东仅仅将革命的成功视作“万里长征的第一步”，他显然明白，“进京赶考”的中国共产党人需要面对的，是雷蒙·威廉斯意义上的“漫长的革命”。

让我们再次回到蔡翔的表述，“我并不认为社会主义的矛盾完全来自传统遗留或外部的威胁因素，而是应该深入这一社会的结构内部或者它们的生产装置，只有这样，才能寻找这些矛盾产生的原因。而当矛盾无法解决的时候，就会形成一定程度的社会性危机”。在他的论述中，“革命之后”的两个主要特征在于：一是“强调建设，政权建设和经济建设，因此，它就不是以往那种大规模的和以颠覆和反抗为目的的革命运动”；二是“它还强调了治理，也就是说，它明显突出了国家的重要性”①。从革命到建

① 蔡翔：《革命/叙述：中国社会主义文学—文化想象（1949—1966）》，北京大学出版社2010年版，第14页。

设，从战争到治理，从“打天下”到“坐天下”，毛泽东意义上的“打天下容易，坐天下难”的确切含义在于，旧有的价值、习惯与意识形态，并不会随着革命的成功而自动消失。相反，它“幽灵般”地潜伏在“革命之后”遍布的日常生活之中，伺机在人的心灵深处发动最后的“政变”。“无论是被消灭的阶级，还是被保留的阶级，阶级记忆，尤其是这一阶级的文化记忆并不可能完全消失，相反，这些记忆被‘深埋’，但是在某一特定的时候，这一被‘深埋’的记忆将会重新浮现，并深刻地影响人的‘生活世界’，因此，意识形态的尖锐冲突，在更多的时候，转化成记忆和记忆的冲突。”① 而死去的意识仍在侵扰活人的头脑，而这一切更加戏剧性地发生在中国共产党领导的人民政权从乡村来到城市之后。也就是说，城市其实是“革命之后”所展开的意识形态斗争的主要场所。在此，“冷战”的“结构性制约因素”，以及顽强的市民传统与消费记忆的合谋，给革命意识的继续推进造成了诸多障碍，也使得“社会主义城市”展现出暗流涌动的别样面貌。

对于“十七年”时期的文学，即便是那些广泛涉及当时城乡关系的小说，相当多的研究者也将它们简单指斥为“乏味的”“阶级斗争”的作品，这种自新时期以来形成的意识形态偏见，时至今日早已成为文学的“常识”。而本书关于“十七年”社会主义时代文学中的城市表述研究，显然试图讨论一种有别于“常识”的城市观念，并借此展开对“革命之后”社会主义文化危机及现代性困境的深入探索。从“进城”时气势如虹的城市改造，到忧心忡忡的蜕变焦虑；从激情飞扬的消费城市变革，到庸俗不

① 蔡翔：《事关未来的正义——“革命中国”及其相关的文学表述》，《上海文化》2010 年第 1 期。

堪的“日常生活泥淖”；从“生产的城市”的积极建构，再到无法逃脱的“现代化陷阱”，“十七年”文学中的城市表述，其实一直在以文学的方式向现实提问，反映并预测危机，并试图在想象中作出解答。尽管那些“想象的解决”方案终究各有问题，但也体现了一代人面对现实的焦虑、希冀与思考。多年以后，回顾这段历史和文学，总结其经验和教训的时候，不由得会想起特里·伊格尔顿在《马克思主义文学理论》中的那段名言：“社会主义并不是像刷牙或用皱纹纸把威斯敏斯特桥包起来那样，仅仅是个好想法；它无可辩驳地是人类历史上最伟大的变革运动，这样一种运动对严重的挫折是比较习惯的。它意识到自己拥有无敌的力量，也意识到历史变动的神速和无常。即使它没有这样的意识，即使‘晚期’资本主义实际上意味着一个漫长的与其说是接近尾声不如说是刚刚开始的过程，这种清醒的思想也绝不会改变人们的奋斗目标，这一目标无论此时此地能否实现，它依然具有真理价值。”①

20世纪70年代后期，中国的社会主义革命终于在对资产阶级“复辟”的恐惧中迎来了历史转折的“新时期”。紧接着，一个资本全球化的时代向我们缓缓展开。我们的城市也开始重新拥抱一种世俗的消费主义和市民生活，而“十七年”时期“乏味的”城市文学也终究被“一扫而空”。与此同时，一个“去消费的”，包含着“共同体”温情的城市也在“反人性”的意识形态审判中被打入另册。然而在此，倘若“人文学的想象力”在于从并不斑驳的历史中追索有益的经验，为如今单向度的现实提供些许臧否的依据的话，那么本书的研究便还有一点所谓的现实意

① ［英］特里·伊格尔顿：《马克思主义文学理论》，《历史中的政治、哲学、爱欲》，马海良译，中国社会科学出版社1999年版，第109页。

义。尽管这里所提供的文学的城市想象和表述来自过去，但它同样也可以——或许说也应该——来自未来。

正是怀着这样的期待，笔者希望以雷蒙·威廉斯在《乡村与城市》中的最后结语来结束本书的写作：“这一直是种具有局限性的探究：探究在一种单一传统中的乡村和城市。但这种探究让我能够提出它的意义、它的内涵和它同其他事物的联系：为了能够进行讨论和修正；为了能够进行各种可能的合作；但最重要的是为了能够凸显我们生活着的许多乡村和城市——凸显对一种经历的感觉以及对改变该经历的各种方式的感觉。”①

① ［英］雷蒙·威廉斯：《乡村与城市》，韩子满、刘戈、徐珊珊译，商务印书馆2013年版，第412页。

参考文献

《人民日报》（1949—1976）

《人民文学》（1949—1966）

《文艺报》（1949—1966）

* * *

包亚明主编：《现代性与空间的生产》，上海教育出版社 2003 年版。

北京市档案馆编：《北平和平解放前后》，北京出版社 1988 年版。

薄一波：《若干重大决策与事件的回顾》（上、下），中央党史出版社 2008 年版。

蔡翔：《革命/叙述：中国社会主义文学—文化想象（1949—1966）》，北京大学出版社 2010 年版。

曹洪涛、刘金声：《中国近现代城市的发展》，中国城市出版社 1998 年版。

陈建华：《“革命”的现代性：中国革命话语考论》，上海古籍出版社 2000 年版。

陈建华：《革命与形式——茅盾早期小说的现代性展开（1927—1930）》，复旦大学出版社 2007 年版。

陈平原、王德威主编：《北京：都市想象与文化记忆》，北京大学出版社 2005 年版。
陈晓兰：《城市意象：英国文学中的城市》，广西师范大学出版社 2006 年版。
陈晓兰：《文学中的巴黎与上海——以左拉和茅盾为例》，广西师范大学出版社 2006 年版。
陈晓明：《表意的焦虑》，中央编译出版社 2002 年版。
陈晓明：《中国当代文学主潮》，北京大学出版社 2009 年版。
陈晓明主编：《现代性与中国当代文学转型》，云南人民出版社 2003 年版。
陈永国主编：《激进哲学：阿兰·巴丢读本》，北京大学出版社 2010 年版。
陈越编选：《哲学与政治——阿尔都塞读本》，吉林人民出版社 2003 年版。
程光炜：《文学想象与文学国家——中国当代文学研究（1949—1976）》，河南大学出版社 2005 年版。
程巍：《中产阶级的孩子们——60 年代与文化领导权》，生活·读书·新知三联书店 2006 年版。
戴嘉枋：《样板戏的风风雨雨：江青·样板戏及内幕》，知识出版社 1995 年版。
戴锦华：《电影理论与批评》，北京大学出版社 2007 年版。
戴锦华：《犹在镜中：戴锦华访谈录》，知识出版社 1999 年版。
丁桂节：《工人新村："永远的幸福生活"——解读上海 20 世纪 50、60 年代的工人新村》，博士学位论文，同济大学，2007 年。
丁亚平主编：《1897—2001 百年中国电影理论文选》（上、下），文化艺术出版社 2002 年版。
董之林：《旧梦新知："十七年"小说论稿》，广西师范大学出版社 2004 年版。

董之林：《追忆燃情岁月——五十年代小说艺术类型论》，河南人民出版社 2001 年版。

樊国宾：《主体的生成：50 年成长小说研究》，中国戏剧出版社 2003 年版。

范希春主编：《解放：新中国城市经济社会生活的变迁》，岳麓书社 2009 年版。

高华：《革命年代》，广东人民出版社 2010 年版。

高秀芹：《文学的中国城乡》，陕西人民教育出版社 2002 年版。

葛红兵、宋耕：《身体政治》，上海三联书店 2005 年版。

葛永海：《古代小说与城市文化研究》，复旦大学出版社 2004 年版。

公羊主编：《思潮——中国“新左派”及其影响》，中国社会科学出版社 2003 年版。

郭冰茹：《十七年（1949—1966）小说的叙事张力》，岳麓书社 2007 年版。

韩毓海：《20 世纪的中国：学术与社会》（文学卷），山东人民出版社 2001 年版。

韩毓海：《从“红玫瑰”到“红旗”》，上海远东出版社 1998 年版。

韩毓海：《知识的战术研究：当代社会关键词》，中央编译出版社 2002 年版。

贺桂梅：《人文学的想象力：当代中国思想文化与文学问题》，河南大学出版社 2005 年版。

贺桂梅：《书写“中国气派”——当代文学与民族形式建构》，北京大学出版社 2020 年版。

贺照田主编：《西方现代性的曲折与展开》，吉林人民出版社 2002 年版。

洪宏：《苏联影响与中国“十七年”电影》，中国电影出版社 2008

年版。
洪子诚:《百年中国文学总系：1956 百花时代》，山东教育出版社 1998 年版。
洪子诚:《中国当代文学概说》，香港青文书屋 1997 年版。
洪子诚:《中国当代文学史》，北京大学出版社 1999 年版。
胡菊彬:《新中国电影意识形态史》，中国广播电视出版社 1995 年版。
胡绳:《中国共产党的七十年》，中共党史出版社 1991 年版。
荒林、王光明:《两性对话》，中国文联出版社 2001 年版。
黄凤祝:《城市与社会》，同济大学出版社 2009 年版。
黄金麟:《历史、身体、国家：近代中国的身体形成（1895—1937)》，新星出版社 2006 年版。
黄盈盈:《身体·性·性感：对中国城市年轻女性的日常生活研究》，社会科学文献出版社 2008 年版。
黄子平:《“灰阑”中的叙述》，上海文艺出版社 2001 年版。
《建国以来毛泽东文稿》（第 1—13 册），中央文献出版社 1987、1998 年版。
旷新年:《写在当代文学边上》，上海教育出版社 2005 年版。
蓝爱国:《解构十七年》，华东师范大学出版社 2003 年版。
李洁非:《城市像框》，山西教育出版社 1998 年版。
李今:《海派小说与现代都市文化》，安徽教育出版社 2000 年版。
李猛:《日常生活中的权力技术：迈向一种关系/事件的社会学分析》，硕士学位论文，北京大学，1996 年。
李培林等:《20 世纪的中国：学术与社会》（社会学卷），山东人民出版社 2001 年版。
李书磊:《都市的迁徙：现代小说与城市文化》，时代文艺出版社 1993 年版。

李杨:《50—70年代中国文学经典再解读》，山东教育出版社2003年版。

李杨:《抗争宿命之路——“社会主义现实主义”(1942—1976)研究》，时代文艺出版社1993年版。

李杨:《文学史写作中的现代性问题》，山西教育出版社2006年版。

李遇春:《权力·主体·话语——20世纪40—70年代中国文学研究》，华中师范大学出版社2007年版。

李芸:《空间的改造、争夺和生产——“文本”叙述与作为社会主义城市的上海想象》，硕士学位论文，华东师范大学，2008年。

李祖德:《“农民”话语研究导论》，博士学位论文，北京大学，2006年。

廖炳惠:《关键词200》，江苏教育出版社2006年版。

《列宁论文学与艺术》，人民文学出版社1983年版。

林拓等:《现代城市更新与社会空间变迁：住宅、生态、治理》，上海古籍出版社2007年版。

林伟然:《一场夭折的中国文化启蒙运动——阶级斗争理论与文化大革命》，李玉华译，威斯康星大学—麦迪逊1996年版。

吕俊华、彼得·罗等编著:《中国现代城市住宅(1840—2000)》，清华大学出版社2003年版。

罗岗:《想象城市的方式》，江苏人民出版社2006年版。

罗平汉:《“文革”前夜的中国》，人民出版社2001年版。

马军:《1948年：上海舞潮案——对一起民国女性集体暴力抗议事件的研究》，上海古籍出版社2005年版。

《马克思恩格斯选集》(第一至四卷)，人民出版社1972年版。

《毛泽东年谱(1949—1976)》，中央文献出版社2013年版。

《毛泽东选集》(第五卷)，人民出版社1977年版。

《毛泽东选集》(第一至四卷)，人民出版社1991年版。

冒建华：《从城市欲望到精神救赎：当代城市小说欲望与审美关系研究》，甘肃人民美术出版社 2008 年版。

孟繁华：《传媒与文化领导权：当代中国的文化生产与文化认同》，山东教育出版社 2003 年版。

孟广来、牛运清编：《中国当代文学研究资料——柳青专集》，福建人民出版社 1982 年版。

任丽青：《“十七年”时期上海的工人文学创作——暨工人小说家论》，博士学位论文，上海大学，2007 年。

任宁：《影像都市——中国大陆电影中的城市（1949—1966）》，博士学位论文，上海戏剧学院，2008 年。

邵雍：《中国近代妓女史》，上海人民出版社 2005 年版。

史静：《主体的生成机制——“十七年电影”内外的身体话语》，博士学位论文，北京大学，2009 年。

孙绍谊：《想象的城市——文学、电影和视觉上海（1927—1937）》，复旦大学出版社 2009 年版。

孙逊、杨剑龙主编：《都市空间与文化想象》，上海三联书店 2008 年版。

唐小兵：《英雄与凡人的时代：解读 20 世纪》，上海文艺出版社 2001 年版。

唐小兵编：《再解读：大众文艺与意识形态》（增订版），北京大学出版社 2007 年版。

涂光群：《五十年文坛亲历记（1949—1999）》（上、下），辽宁教育出版社 2005 年版。

汪晖：《去政治化的政治——短 20 世纪的终结与 90 年代》，生活·读书·新知三联书店 2008 年版。

汪晖：《汪晖自选集》，广西师范大学出版社 1997 年版。

汪晖、陈燕谷主编：《文化与公共性》，生活·读书·新知三联书店 1998 年版。
汪民安：《身体、空间和后现代性》，江苏人民出版社 2005 年版。
汪民安、陈永国编：《后身体：文化、权力和生命政治学》，吉林人民出版社 2003 年版。
汪民安、陈永国等主编：《城市文化读本》，北京大学出版社 2008 年版。
汪民安编：《现代性基本读本》（上、下），河南大学出版社 2005 年版。
汪民安主编：《文化研究关键词》，江苏人民出版社 2007 年版。
王本朝：《中国当代文学制度研究（1949—1976）》，新星出版社 2007 年版。
王德威：《想象中国的方法：历史·小说·叙事》，生活·读书·新知三联书店 1998 年版。
王宏图：《都市叙事与欲望书写》，广西师范大学出版社 2005 年版。
王晓文：《二十世纪中国市民小说论纲》，博士学位论文，山东大学，2006 年。
王一川：《中国现代卡里斯马典型——二十世纪小说人物的修辞论阐释》，云南人民出版社 1994 年版。
王振峰：《五十年代小说中的城市空间》，硕士学位论文，北京大学，2006 年。
吴迪编：《中国电影研究资料（1949—1979）》（上、中、下），文化艺术出版社 2006 年版。
吴福辉：《都市漩流中的海派小说》，复旦大学出版社 2009 年版。
吴琼：《中国电影的类型研究》，中国电影出版社 2005 年版。
吴琼编：《凝视的快感：电影文本的精神分析》，中国人民大学出版社 2005 年版。

谢保杰：《主体、想象与表达——1949—1966 年工农兵写作的历史考察》，北京大学出版社 2015 年版。

徐剑艺：《城市与人——当代中国城市小说的社会文化学考察》，云南人民出版社 1989 年版。

徐友渔：《形形色色的造反——红卫兵精神素质的形成及演变》，香港中文大学出版社 1999 年版。

薛凤旋：《中国城市及其文明的演变》，世界图书出版公司 2010 年版。

薛毅主编：《西方都市文化研究读本》（第一至四卷），广西师范大学出版社 2008 年版。

严家炎：《中国现代小说流派史》，人民文学出版社 1989 年版。

杨东平：《城市季风——北京和上海的文化精神》，新星出版社 2006 年版。

杨健：《文化大革命中的地下文学》，朝华出版社 1993 年版。

杨洁曾、贺宛男编著：《上海娼妓改造史话》，上海三联书店 1988 年版。

杨菁：《新中国建立初期城市公正体制研究——以重庆为例（1949—1957）》，四川人民出版社 2010 年版。

尹鸿：《新中国电影史（1949—2000））》，湖南美术出版社 2002 年版。

余岱宗：《被规训的激情：论 1950、1960 年代的红色小说》，上海三联书店 2004 年版。

翟建农：《红色往事：1966—1976 年的中国电影》，台海出版社 2001 年版。

张闳：《乌托邦文学狂欢》，载张炯主编《共和国文学 60 年 · 第 2 卷》（1966—1976），广东教育出版社 2009 年版。

张鸿声：《城市现代性的另一种表述——中国当代城市文学研究

(1949—1976)》，北京大学出版社 2014 年版。

张均：《中国当代文学制度研究（1949—1976)》，北京大学出版社 2011 年版。

张柠：《再造文学巴别塔》，载张炯主编《共和国文学 60 年 · 第 1 卷》(1949—1966)，广东教育出版社 2009 年版。

张硕果：《“十七年”上海电影文化研究》，社会科学文献出版社 2014 年版。

张晓春：《文化适应与中心转移：近现代上海空间变迁的都市人类学研究》，东南大学出版社 2006 年版。

张旭东：《批评的踪迹：文化理论与文化批评（1985—2002)》，生活 · 读书 · 新知三联书店 2003 年版。

张颐武：《从现代性到后现代性》，广西教育出版社 1997 年版。

张颐武：《在边缘处追索——第三世界文化与当代中国文学》，时代文艺出版社 1993 年版。

赵园：《北京：城与人》，北京大学出版社 2002 年版。

郑树森编：《文化批评与华语电影》，广西师范大学出版社 2003 年版。

中共北京市委党史研究室：《见证北京：1919—2004》，北京燕山出版社 2004 年版。

朱兵：《开拓中前进——新中国三十年工业题材长篇小说发展概观》，工人出版社 1984 年版。

朱鸿召：《延安日常生活中的历史（1937—1947)》，广西师范大学出版社 2007 年版。

朱寨主编：《中国当代文学思潮史》，人民文学出版社 1987 年版。

* * *

[法] 阿尔都塞著，陈越编：《哲学与政治：阿尔都塞读本》，吉林人民出版社 2003 年版。

［英］阿雷恩·鲍尔德温等：《文化研究导论》，陶东风等译，高等教育出版社 2004 年版。

［美］爱德华·苏贾：《后现代地理学——重申批判社会理论中的空间》，王文斌译，商务印书馆 2004 年版。

［美］安东尼·M. 奥罗姆、陈向明：《城市的世界——对地点的比较分析和历史分析》，曾茂娟、任远译，上海人民出版社 2005 年版。

［英］安东尼·吉登斯：《超越左与右——激进政治的未来》，李惠斌、杨雪冬译，社会科学文献出版 2003 年版。

［英］安东尼·吉登斯：《现代性的后果》，田禾译，译林出版社 2000 年版。

［法］安克强：《上海妓女——19—20 世纪中国的卖淫与性》，袁燮铭、夏俊霞译，上海古籍出版社 2004 年版。

［英］巴特·范·斯廷博根：《公民身份的条件》，郭台辉译，吉林出版集团有限责任公司 2007 年版。

［美］保罗·康纳顿：《社会如何记忆》，纳日碧力戈译，上海人民出版社 2000 年版。

［英］本·海默尔：《日常生活与文化理论导论》，王志宏译，商务印书馆 2008 年版。

［美］本尼迪克特·安德森：《想象的共同体：民族主义的起源与散布》，吴叡人译，上海人民出版社 2003 年版。

［德］本雅明：《发达资本主义时代的抒情诗人》（修订译本），张旭东、魏文生译，生活·读书·新知三联书店 2007 年版。

［美］彼得·布鲁克斯：《身体活：现代叙述中的欲望对象》，朱生坚译，新星出版社 2005 年版。

［日］柄谷行人：《迈向世界共和国》，墨科译，台湾商务印书馆 2007 年版。

［日］柄谷行人：《日本现代文学的起源》，赵京华译，生活·读书·新知三联书店 2003 年版。

［美］布莱恩·贝利：《比较城市化——20 世纪的不同道路》，顾朝林、汪侠等译，商务印书馆 2008 年版。

［美］大卫·哈维：《巴黎城记：现代性之都的诞生》，黄煜文译，广西师范大学出版社 2010 年版。

［美］大卫·哈维：《希望的空间》，胡大平译，南京大学出版社 2006 年版。

［美］丹尼尔·贝尔：《资本主义文化矛盾》，赵一凡等译，生活·读书·新知三联书店 1989 年版。

［美］杜赞奇：《从民族国家拯救历史：民族主义话语与中国现代史研究》，王宪明、高继美等译，江苏人民出版社 2008 年版。

［美］弗雷德里克·詹姆逊：《文化转向》，胡亚敏等译，中国社会科学出版社 2000 年版。

［美］弗雷德里克·詹姆逊：《政治无意识——作为社会象征行为的叙事》，王逢振、陈永国译，中国社会科学出版社 1999 年版。

［美］葛凯：《制造中国：消费文化与民族国家的创建》，黄振萍译，北京大学出版社 2007 年版。

［美］古尔德纳：《新阶级与知识分子的未来》，杜维真等译，人民文学出版社 2001 年版。

［德］哈贝马斯：《作为"意识形态"的技术与科学》，李黎、郭官义译，学林出版社 1999 年版。

［美］汉娜·阿伦特：《马克思与西方政治思想传统》，孙传钊译，江苏人民出版社 2007 年版。

［美］汉娜·阿伦特编：《启迪：本雅明文选》，张旭东、王斑译，生活·读书·新知三联书店 2008 年版。

［美］汉娜·阿伦特：《人的境况》，王寅丽译，上海人民出版社 2009 年版。

［美］贺萧：《危险的愉悦：20 世纪上海的娼妓问题和现代性》，韩敏中、盛宁译，江苏人民出版社 2003 年版。

［美］赫伯特·马尔库塞：《爱欲与文明——对弗洛伊德思想的哲学探讨》，黄勇、薛民译，上海译文出版社 1987 年版。

［美］赫伯特·马尔库塞：《单面人——发达工业社会意识形态研究》，左晓斯、张宜生等译，湖南人民出版社 1988 年版。

［德］黑格尔：《精神现象学》上卷，贺麟、王玖兴译，商务印书馆 1979 年版。

［法］亨利·勒菲弗：《空间与政治》，李春译，上海人民出版社 2008 年版。

［法］亨利·列斐弗尔：《论国家——从黑格尔到斯大林和毛泽东》，李青宜等译，重庆出版社 1988 年版。

［法］亨利·列斐伏尔：《空间的生产》，刘怀玉译，商务印书馆 2022 年版。

［美］华莱士·马丁：《当代叙事学》，伍晓明译，北京大学出版社 1990 年版。

［美］J. 希利斯·米勒：《小说与重复》，王宏图译，天津人民出版社 2008 年版。

［加］简·雅各布斯：《美国大城市的死与生》，金衡山译，译林出版社 2006 年版。

［美］杰克·D. 道格拉斯等：《越轨社会学概论》，张宁、朱欣民译，河北人民出版社 1987 年版。

［英］K. J. 巴顿：《城市经济学——理论和政策》，上海社会科学院部门经济研究所城市经济研究室译，商务印书馆 1984 年版。

［美］卡尔·休克斯：《世纪末的维也纳》，李锋译，江苏人民出

版社 2007 年版。

[意] 卡尔维诺:《看不见的城市》,张宓译,译林出版社 2006 年版。

[法] K. S. 卡罗尔:《毛泽东的中国》,刘立仁、贺季生译,贵州人民出版社 1988 年版。

[美] 凯文·林奇:《城市形态》,林庆怡、陈朝晖等译,华夏出版社 2001 年版。

[法] 劳尔·阿德勒:《巴黎青楼》,施康强译,文化艺术出版社 2003 年版。

[英] 雷蒙·威廉斯:《乡村与城市》,韩子满、刘戈、徐珊珊译,商务印书馆 2013 年版。

[英] 雷蒙·威廉斯:《关键词:文化与社会的词汇》,刘建基译,生活·读书·新知三联书店 2005 年版。

[英] 雷蒙德·威廉斯:《漫长的革命》,倪伟译,上海人民出版社 2013 年版。

[美] 雷迅马:《作为意识形态的现代化:社会科学与美国对第三世界政策》,牛可译,中央编译出版社 2003 年版。

[美] 理查德·利罕:《文学中的城市:知识与文化的历史》,吴子枫译,上海人民出版社 2009 年版。

[美] 李欧梵:《上海摩登——一种新都市文化在中国(1930—1945)》,毛尖译,北京大学出版社 2001 年版。

[美] 刘禾:《跨语际实践——文学、民族文化与被译介的现代性》,宋伟杰等译,生活·读书·新知三联书店 2002 年版。

[美] 刘剑梅:《革命与情爱:二十世纪中国小说史中的女性身体与主题重述》,郭冰茹译,上海三联书店 2009 年版。

[美] 刘易斯·芒福德:《城市文化》,宋俊岭、李翔宁、周鸣浩译,中国建筑工业出版社 2009 年版。

[匈] 卢卡奇：《历史与阶级意识——关于马克思主义辩证法的研究》，杜章智、任立等译，商务印书馆 1996 年版。

[日] 芦原义信：《街道的美学》，尹培桐译，百花文艺出版社 2006 年版。

[美] 罗芙芸：《卫生的现代性——中国通商口岸卫生与疾病的含义》，向磊译，江苏人民出版社 2007 年版。

[德] 马克斯·韦伯：《非正当性的支配——城市的类型学》，康乐、简惠美译，广西师范大学出版社 2005 年版。

[美] 马泰·卡林内斯库：《现代性的五副面孔》，顾爱彬、李瑞华译，商务印书馆 2002 年版。

[美] 马歇尔·伯曼：《一切坚固的东西都烟消云散了——现代性体验》，徐大建等译，商务印书馆 2003 年版。

[英] 迈克·费瑟斯通：《消费文化与后现代主义》，刘精明译，译林出版社 2000 年版。

[法] 米歇尔·德·塞托：《日常生活实践·1. 实践的艺术》，方琳琳、黄春柳译，南京大学出版社 2009 年版。

[法] 米歇尔·福柯：《福柯读本》，汪民安主编，北京大学出版社 2010 年版。

[法] 米歇尔·福柯：《知识考古学》，谢强、马月译，生活·读书·新知三联书店 2007 年版。

[美] 莫里斯·迈斯纳：《马克思主义、毛泽东主义与乌托邦主义》，张宁、陈铭康译，中国人民大学出版社 2005 年版。

[美] 莫里斯·梅斯纳：《毛泽东的中国及其发展——中华人民共和国史》，张瑛等译，社会科学文献出版社 1992 年版。

[美] 帕克、伯吉斯等：《城市社会学》，宋俊岭等译，华夏出版社 1987 年版。

[印度] 帕萨·查特杰：《被治理者的政治：思索大部分世界的大

众政治》，田立年译，广西师范大学出版社 2007 年版。
［法］潘鸣啸:《失落的一代：中国的上山下乡运动（1968—1980）》，欧阳因译，中国大百科全书出版社 2010 年版。
［美］乔尔·科特金：《全球城市史》（修订版），王旭等译，社会科学文献出版社 2010 年版。
［美］乔纳森·卡勒:《文学理论》，李平译，辽宁教育出版社 1998 年版。
［法］乔治·巴塔耶著，汪民安编:《色情、耗费与普遍经济：乔治·巴塔耶文选》，吉林人民出版社 2003 年版。
［美］R. 麦克法夸尔、费正清编:《剑桥中华人民共和国史》，俞金尧等译，中国社会科学出版社 1998 年版。
［美］施坚雅主编:《中华帝国晚期的城市》，叶光庭等译，中华书局 2000 年版。
［美］史书美:《现代的诱惑：书写半殖民地中国的现代主义（1917—1937）》，何恬译，江苏人民出版社 2007 年版。
［斯洛文尼亚］斯拉沃热·齐泽克：《幻想的瘟疫》，胡雨谭、叶肖译，江苏人民出版社 2006 年版。
［斯洛文尼亚］斯拉沃热·齐泽克：《意识形态的崇高客体》，季广茂译，中央编译出版社 2002 年版。
［美］苏贾:《后现代地理学》，王文斌译，商务印书馆 2004 年版。
［美］苏珊·桑塔格:《疾病的隐喻》，程巍译，上海译文出版社 2003 年版。
［英］特雷·伊格尔顿：《二十世纪西方文学理论》，伍晓明译，北京大学出版社 2007 年版。
［英］特里·伊格尔顿：《历史中的政治、哲学、爱欲》，马海良译，中国社会科学出版社 1999 年版。
［英］特里·伊格尔顿：《审美意识形态》，王杰、傅德根等译，

广西师范大学出版社 2001 年版。

［德］托马斯·海贝勒、君特·舒耕德：《从群众到公民——中国的政治参与》，张文红译，中央编译出版社 2009 年版。

［美］王斑：《历史的崇高形象：二十世纪中国的美学与政治》，孟祥春译，上海三联书店 2008 年版。

［美］魏斐德：《历史与意志：毛泽东思想的哲学透视》，李君如等译，中国人民大学出版社 2005 年版。

［美］约翰·奥尼尔：《身体形态：现代社会的五种身体》，张旭春译，春风文艺出版社 1999 年版。

［美］詹明信著，张旭东编：《晚期资本主义的文化逻辑》，陈清侨等译，生活·读书·新知三联书店 1997 年版。

［美］詹姆斯·R. 汤森、布莱特利·沃马克：《中国政治》，顾速、董方译，江苏人民出版社 2007 年版。

［美］詹姆斯·费伦：《作为修辞的叙事》，陈永国译，北京大学出版社 2002 年版。

［美］詹姆斯·斯科特：《弱者的武器：农民反抗的日常形式》，郑广怀等译，译林出版社 2007 年版。

［美］张英进：《审视中国——从学科史的角度观察中国电影与文学研究》，南京大学出版社 2006 年版。

［美］张英进：《影像中国：当代中国电影的批评重构及跨国想象》，胡静译，上海三联书店 2008 年版。

［美］张英进：《中国现代文学与电影中的城市：空间、时间与性别构形》，秦立彦译，江苏人民出版社 2007 年版。

［美］朱克英：《城市文化》，张廷佺、杨东霞等译，上海教育出版社 2006 年版。

［日］竹内好：《近代的超克》，李冬木、赵京华、孙歌译，生活·读书·新知三联书店 2005 年版。

Barthes, Roland, *A Barthes reader*, New York: Hill and Wang, 1982.

Dirlik, Arif, *Marxism in The Chinese Revolution*, Maryland: Rowman & Littlefield Publishing Group, Inc. , 2005.

Foucault, Michel, *Security, Territory, Population: Lectures at The College De France, 1977—78*, New York: Palgrave Macmillan, 2007.

Lefebvre, Henri, *The Production of Space*, Oxford: Blackwell, 1991.

Paul Clark, *Chinese Cinema: Culture and Politics Since 1949*, Cambridge: Cambridge University Press, 1987.

William Chapman Sharpe, *Unreal Cities: Urban Figuration in Wordsworth, Baudelaire, Whitman, Eliot, and Williams*, Johns Hopkins University Press, 1990.

后　记

本书是由我的博士学位论文《1950—1970 年代中国文学中的城市叙述》修改而成的。掐指算来，距离博士毕业已经过去十一年了。十一年间，当代文学的研究和发展日新月异，时至今日，“十七年”文学与文化的探讨似乎不再时髦，而批判理论，或者说广义的文化研究，也早已是明日黄花。此时重写旧作，还是令人感慨颇多。

仍然记得我在当年博士学位论文的后记中，曾写下这样豪迈的语句：

> 在这资本全球化时代，思考“社会主义城市”如何可能，多少有些不合时宜，但人文学的想象力也许正在于从这种“不合时宜的思考”中搜索某种指向未来的可能。在这个意义上，这个由于时间仓促，学养不足，而显得漏洞百出的论文，似乎有了那么一点“敝帚自珍”的勇气。

这似乎可以与我在前面《结语：“革命之后”或“漫长的革命”》中的那段话联系起来：

> 倘若“人文学的想象力”在于从并不斑驳的历史中追索有益的经验，为如今单向度的现实提供些许臧否的依据的话，那么本书的研究便还有一点所谓的现实意义。尽管这里所提供的文学的城市想象和表述来自过去，但它同样也可以——或许说也应该——来自未来。

这大概可以部分地回答我为什么要写这部《中国当代文学的城市叙述（1949—1966）》。当然，这肯定称不上是一部令人满意的作品。正如我当年也表达过类似的遗憾之情，“由于时间的关系，许多原本希望深入讨论的话题都没有来得及展开”。当时我还大言不惭地宣布，“完善的工作”要“留待将来”。然而十一年间，它一直静静地躺在那里。我曾无数次设想它理应“长成”的模样，以此匹配我年少时的雄心，那一定是一部完美的厚重之作。然而，就像所有幻想中的完美之作一样，它们都不得不面对那注定无法完成的命运。

幸运的是，真正的转机发生在今年年初。当我着手写作另一本书《中国当代电影的城市叙述（1949—1966）》的时候，这本关于“十七年”文学的书便不自觉地浮现在我眼前。事实上，那部电影研究专著有不少篇幅也来自博士学位论文。于是，几乎是突然之间的灵机一动，修改的线索便豁然开朗了：并不是所有的修改都要致力于“做加法”，向更丰富更厚重迈进固然可喜，删繁就简又何尝不是另一种“成长”的方式。这样一想，接下来的修改工作就无比顺畅了。只需大刀阔斧地将博士学位论文中涉及电影的部分删去，本书的主干就极为清晰了。当然，这不仅仅是在原有的基础上去掉五万字这么简单，更重要的是为另一本书的完成预留出足够的空间。当时的设想非常明确：计划中的两部著作都将以“城市表述”为中心：一部谈论电影，一部研究文学，以此更完整地表达我对于“十七年”文化研究的总体思考。

需要指出的是，本书的部分章节已经在《文艺理论与批评》《当代电影》《文艺争鸣》《南方文坛》《东吴学术》《汉语言文学研究》《河北师范大学学报》《粤海风》《山花》等刊物发表，其中有些篇章还被人大复印资料《中国现代、当代文学研究》全文转载，也借此机会郑重地向李云雷、崔柯、檀秋文、王双龙、张涛、张燕玲、刘浏、武新军、刘德兴、徐南铁、李晁，以及程光炜等诸位老师说一声谢谢。

郑重感谢我供职的中国社会科学院文学研究所，感谢领导一直以来的关心和支持；感谢当代文学重点学科对本书的资助，感谢建军主任、美莲副主任，感谢当代室的各位同事！另外，本书还曾以“城市空间与十七年文学研究”为题，获得了中国作家协会 2019 年度重点作品扶持项目的资助，在此也一并感谢中国作协，感谢重点作品扶持办公室，感谢项目评审委员的支持！最后，还要感谢中国社会科学出版社，感谢郭晓鸿老师的宽容，出版合同已签署多年，今天终于能够勉力完成，也算了却一桩心愿。

徐 刚

2022 年 8 月 11 日记于武圣东里